鲁迅文学奖获奖作家自选集

刘笑伟　主编

报告文学·中篇小说合集

山那边的风景

龚盛辉◎著

中国言实出版社

图书在版编目（CIP）数据

山那边的风景 / 龚盛辉著. -- 北京：中国言实出
版社，2024.6. --（鲁迅文学奖获奖作家自选集 / 刘
笑伟主编）. -- ISBN 978-7-5171-4847-0

Ⅰ. I217.2

中国国家版本馆CIP数据核字第202427UJ51号

山那边的风景

责任编辑：张国旗

责任校对：宫媛媛

出版发行：中国言实出版社

地　　址：北京市朝阳区北苑路180号加利大厦5号楼105室

邮　　编：100101

编辑部：北京市海淀区花园北路35号院9号楼302室

邮　　编：100083

电　　话：010-64924853（总编室）　010-64924716（发行部）

网　　址：www.zgyscbs.cn　　电子邮箱：zgyscbs@263.net

经　　销：新华书店

印　　刷：北京铭传印刷有限公司

版　　次：2024年10月第1版　　2024年10月第1次印刷

规　　格：880毫米×1230毫米　　1/32　　9.375印张

字　　数：248千字

定　　价：60.00元

书　　号：ISBN 978-7-5171-4847-0

总　序

文 / 徐贵祥

　　2023 年八一建军节之际，欣闻中国言实出版社正在组织编纂一套"鲁迅文学奖获奖作家自选集"丛书，而且第一批十一卷本即推出十一位军旅作家的作品，感到十分振奋和欣喜。

　　鲁迅文学奖是体现国家荣誉的重要文学奖之一。中国言实出版社"鲁迅文学奖获奖作家自选集"丛书收录了走上中国文学圣殿作家的获奖作品（节选），以及由作家本人精选的近年来创作的代表作。每一本"鲁迅文学奖获奖作家自选集"既是对现实生活的生动写照，也是对时代精神的赓续和传承，体现了文学的风骨，彰显了中国精神、中国特色和中国气派。我为中国言实出版社的胆识和气魄叫好！据我所知，在第七届、第八届鲁迅文学奖的评选中，中国言实出版社连续两届都有作品荣膺鲁迅文学奖桂冠。这个成绩的取得十分不易，可喜可贺！

尤其令我欣慰与自豪的是，第一批十一卷本以军旅作家为代表，收录了十一位获得鲁迅文学奖的军旅作家的作品。这些作品体现了近年来军事文学取得的突出成绩，展现了新时代强军兴军伟大历史进程中人民军队的精神风貌，是新时代军旅文学的重要果实，是军旅作家们献给建军百年的一份难得而珍贵的文学记忆。

军事文学是社会主义先进文化的重要组成部分，无论在艰苦卓绝的战争年代，还是在意气风发的和平建设时期，军旅作家肩负着光荣使命，弘扬时代的主旋律，倾情书写爱国主义和革命英雄主义精神，在中国文学史上留下了一部又一部难忘的经典，耸起一座又一座艺术的高峰。

新时代以来，随着强军兴军的时代步伐的迈进，人民军队体制一新、结构一新、格局一新、面貌一新，发生了深刻的变化，军事文学也迎来了全新的机遇与挑战。面对强军兴军的崭新实践，军旅作家们深入生活、深入基层、深入官兵，创作出一大批优秀文学作品，捕捉到反映出新时代特质的崭新意象，描绘出一系列新时代官兵的艺术形象，非常值得鼓励和提倡。这套丛书，就是对新时代军事文学的一次检阅。

我想，军旅作家们任何时候都不能缺失责任感和勇气，军旅文学就是要勇于攀登思想与精神的高地。军队作家要进一步"根往下扎，树往上长"，贴近基层、贴近生活、贴近官兵、贴近现实。同时，要把握世界军事格局的新变化、新动态，掌握强军训练出现的一些新特点，这样才能够写出接地气、有温度、有力度的军事文学作品。

"鲁迅文学奖获奖作家自选集"丛书给了军旅作家这样一个展示军旅文学最新成果的平台，善莫大焉。相信这套丛书一定能够得到读者的喜爱！

2023 年 8 月 1 日于京郊

（徐贵祥，中国作家协会副主席、军事文学委员会主任，茅盾文学奖获得者）

目　录
CONTENTS

报告文学

002 ／ 中国北斗（节选）

125 ／ 决战崛起

　　　　——中国超算强国之路（节选）

171 ／ 铸剑

　　　　——国防科技大学自主创新纪实（节选）

中篇小说

222 ／ 导　师

【报告文学】

中国北斗（节选）

放眼寰宇，茫茫太空中翱翔着种类繁多的卫星，时时刻刻为人类活动提供各种各样的服务。其中有一种卫星叫导航卫星，它们就像一双双"天外慧眼"，目不转睛地俯瞰地球，让人们随时都知道自己身在何处，又可以去往何方。有了它们，海洋里的航船在礁群浪丛间从容穿行，天空中的飞机在茫茫云海上永不迷航，陆地上的车辆和行人在歧途岔路间找到方向……

美国是世界上首先探索卫星导航技术，率先建成全球卫星导航系统（GPS）的国家，在惠及普通民众的同时，美国也首次将卫星导航技术引入战场。这一得天独厚的军事技术，使得美军的"战斧"巡航导弹创造了"千里穿杨"的神话，实现了精准打击，赢得了巨大的战场优势，并开启了新一轮世界军事技术革命的大幕。

从此，卫星导航技术成为世界强国志在必得的重要战略技术。对于中国而言，拥有自己的导航技术可以打破垄断、不惧恐吓，维护世界和平、造福世界人民。这是大国的格局、大国的眼光。

中国是拥有五千多年文明史的古国，古代的"四大发明"有力地推动了人类社会的发展和进步。当今世界早已进入信息化时代，创新已成为引领发展的第一动力，中国理应在卫星导航这个高科技领域作出自己的贡献。这既是推动社会经济发展、实现中国梦的需要，也是中国对世界科技发展应尽的责任、应有的担当。

正是出于这样的大国理想、大国情怀，1994年，中国作出重要决策，研制发展中国独立自主的北斗卫星导航系统。转眼间，北斗已经走过二十七年艰辛跋涉之旅。

起步之初，我国在卫星导航领域的技术储备相当薄弱，经费紧张、技术落后、人才匮乏，开局困难重重。但从启航的那一天开始，北斗建设就坚持走自己的路，依靠科技创新解决核心技术。"两弹一星"元勋陈芳允，放眼世界，结合中国国情，提出具有中国特色的"双星定位系统"方案；"两弹一星"元勋孙家栋，毅然肩负起北斗一号总设计师重任，带领北斗团队迈出了自主创新的坚定步伐；测绘专家谭述森，临近退休之年担当大任，带领团队在一间铁皮屋里完成了北斗一号总体设计；北京卫星导航中心主任王小同，不畏艰辛，立下"哪怕舍弃生命，也要践行使命"的"军令状"；航天专家李祖洪、范本尧，勇于担当，毅然肩负起北斗"双星"研制重任；高新科技研究院北斗团队背水一战，攻克关键核心技术，突破制约工程进展瓶颈，几个年轻人更是情系北斗，无私奉献……北斗人以破釜沉舟的坚定毅力，于21世纪初完成北斗一号系统建设，迈出了中国卫星导航系统建设坚实的第一步，使中国成为继美国、俄罗斯之后第三个拥有自主导航定位系统的国家。

中国坚持以"自主、开放、兼容、渐进"的原则建设和发展北斗，目标是建设世界一流的卫星导航系统，满足国家发展需求，为全球用户提供连续、稳定、可靠的服务。2004年，国家有关部门批准建设北斗二号卫星导航系统。北斗人瞄准建设世界一流导航系统的高远目标，设计了独一无二的"中国星座"；在星载铷原子钟这个卫星导航关键核心技术领域，成功实现由追赶到领先的跨越；在与欧盟伽利略卫星导航系统的频率协调中，为赢得发展民族卫星导航事业的最后机遇，努力拼搏，奋起冲刺，在频率"七年之限"的最后时刻，成功发射北斗二号组网首星。之后，北斗人一路奋进，开启"密集发射"之旅，降伏"太空魔王"，镇住"伪距波动"，赢得了"四个第一"，实现了"十大创新"，不仅占领了频率阵地，而且达到了系统主要性能"覆盖区域与 GPS 相当"的建设目标。北斗导航开始应用于大众消费、智慧城市、交通运输、公共安全、减灾救灾、农业渔业、精准机控、气象探测等众多领域，服务多个国家的现代化建设和百姓日常生活。

为顺利推进北斗卫星导航全球系统建设，北斗人坚持两条腿走路。2006 年，他们在紧锣密鼓地开展北斗二号工程攻坚的同时，拉开了国家科技重大专项建设的序幕，展开北斗三号全球系统关键技术攻关。美国建设 GPS，在天上布了一张卫星网，在世界各地建设了一张基站网，共同构成了"天罗地网"，但中国无法在世界各地建设地基网站。北斗人不怕一切困难，别人走过的路，我们走不通，就勇辟新路，巧妙地为北斗三号设计了星间链路，占领了世界卫星导航技术新的制高点。凭着北斗精神，北斗人攻克了新一代导航信号技术难题，实现了卫星小型化等一系列颠覆性创新，开启了北斗卫星导航新气象，创造了卫星导航新奇迹。

二十七年时光荏苒，为了北斗，多少当初的"毛头小伙儿"已然白了头，多少"子欲养而亲不待"的悲痛永留心间，多少健壮的身躯历尽沧桑，又有多少造星人已然远去，化作北斗星座璀璨的光芒……

北斗人用心血、汗水与智慧，成功地开创了一条中国式卫星导航之路。在这条中国特色卫星导航创新道路上，北斗人披荆斩棘、继往开来，从覆盖国土的北斗一号、覆盖亚太的北斗二号到建成覆盖全球的北斗三号，探索创新的脚步从未停歇。随着北斗卫星导航服务全球时代的来临，在实现中华民族伟大复兴的征程上又增添了一件大国重器，国家经济更加繁荣昌盛，高新技术创新更加充满生机，人民生活更加丰富多彩……而且，随着北斗导航不断走向世界，尤其是通过与 GPS、格洛纳斯、伽利略等导航系统广泛深入的融合，北斗导航将为世界提供质量更佳、稳定性更好、可靠性更高的服务，更好地服务"一带一路"建设发展，造福世界人民，为人类社会发展作出应有的贡献。

北斗，是中国人民的福星！

北斗卫星导航，是中华民族的慧眼！

北斗卫星导航的全球化推广应用，是大国的责任与使命，是真正的大国担当！

生命之问："我在哪里"

"我在哪里？"

"我该往哪里去？"

这既是时空概念，也是哲学话题，甚至是关乎生死存亡的关键问题。

20世纪80年代初的一天，一支国家地质考察队完成当天的勘探任务后，天色已晚。按计划，他们要赶到十公里外的宿营地。他们背好勘探设备，沿着预定行进路线进入一条林木茂密、杂草齐肩的狭长山谷。队长走在前面，用事先准备好的砍刀一路披荆斩棘，把大家带到一个三岔谷口。

队长掏出地形图铺在地上，借着手电筒微弱的亮光，对照地形图查找自己所处的位置，可因该地形图过于老旧，等高线非常粗糙，且与实际地形地貌严重不符，加之夜色茫茫，压根无法确定自己所在的地点。

队长只好收起地形图，用指北针辨别前行的大致方向，哪知屋漏偏逢连夜雨，受当地特殊地质条件影响，指北针失灵了。

队长把目光投向头顶的天空，却见乌云压顶，漆黑一片，根本看不到用以辨别方向的大熊星座、小熊星座。

他又透过夜幕仔细观察周围树木的长势，试图以枝叶疏密判定南北东西，哪知在这亚热带山谷里的树木，受光均匀，四周枝叶长势差别极小。

他想起此前参加业务集训时，地形学专家说，南面的山坡多长苔藓且密盛，而北面的山坡却少有苔藓，即便有也比南坡稀疏得多。但他仔细查看两边山坡后，却发现两边不仅都长有苔藓，而且疏密相差无几。

队长忽然间感觉像掉进了汪洋大海，四顾茫然，只能凭直觉带着大家向最左边的峡谷走去，可走了一个多小时后，却发现前头三面峭壁，是条绝路。

他们只好折回原地，沿着中间峡谷前进，哪知半个小时后，又发现前面是断崖……

就这样，他们在深山丛林间迷路了。三天后，大本营的救援队找到他们时，考察队的队员们已饿得奄奄一息。

这样的险情并非个例啊，有时甚至可能演变为悲剧。

1980 年 5 月，经过政府批准，科学家彭加木带领考察队赴罗布泊进行科考活动。他们完成穿越罗布泊核心地带的任务后再次返回，试图开辟一条新的穿越之路，可不久，携带的水和汽油快用完了，他们被迫安营驻扎。彭加木为寻找急需的水源，给大家留下一张"我往东去找水井"的字条后，一个人离开了科考队，就再也没有回来。中国科学院得到彭加木失踪的报告后，先后派出四批搜寻队伍、上千人次深入罗布泊地区反复寻找，但始终没有发现彭加木的踪迹。彭加木的失踪，给后人留下了一个大大的问号。

俗话说，"海阔凭鱼跃，天高任鸟飞"，洄游的巨鲸、迁徙的候鸟，自有导航的天赋。人类面对深山丛林、无垠沙漠会迷失方向，在浩瀚的海洋和辽阔的天空面前，长期以来，导航方式也非常有限。比如地标导航，早期航海只能沿着海岸航行，飞行也无法跨洋。再比如天文导航，受天气影响较大，导航的精度不高，十分容易发生偏航。即使在无线电领航技术兴起的岁月里，因为沙漠和大洋之上难以兴建地面导航台，或者能设置地面导航台的地方因偏远而难以维护，都会给定位带来很大的困扰。

"我在哪里""我该往哪里去""何时能到何地"，是人们时刻都会遇到而且必须回答的问题。

带着"向导"的导弹

在充满未知的地球上，如何准确找到自己的位置和前行方向，是科学家矢志不移的追求之一，并时刻牵动着他们敏锐的神经。

1957 年 10 月 4 日，人类第一颗人造地球卫星在苏联的拜科努尔航天发射中心升空，开启了人类的太空时代。

美国当局立即指示约翰斯·霍普金斯大学应用物理实验室跟踪卫星运行情况，并设法计算卫星轨道数据。

实验室主任弗兰克·麦克卢尔指派数学家比尔·盖伊和物理学家乔治·威芬巴赫负责这一任务。他们在跟踪这一卫星时，发现它的频率出现了偏移现象，经研究认为，这是相对运动引起的多普勒效应。两位科学家研究后，在地面上架设了多部接收机，根据接收到的信号的不同频差，成功地对这颗苏联卫星进行了多普勒定位跟踪，最终推算出了这颗卫星的运行轨道。

麦克卢尔得到报告后，向他们表示祝贺，然后又去思考自己的问题了，把盖伊和威芬巴赫晾在一旁。可就在他们打算转身离开时，麦克卢尔示意两人等等，然后一把将他们抱住，兴奋地说："真是太棒了！你们不仅解决了自己的问题，也为我眼下的难题提供了新的解决思路！"

盖伊和威芬巴赫不约而同地摊了摊手，他们不知自己的顶头上司在说什么。

麦克卢尔激动地拍着他俩的肩膀说："难道你们不知道我正在做一个海军的项目吗？他们让我想一个办法，可以尽快知道茫茫大海中军舰的具体位置，这些日子都把我愁死了。可刚才，就在刚才，我似乎已经找到了这个办法。你们想想看，既然你们能够发现卫星在哪里，如果把问题反过来，卫星就能发现你们在哪里，海军军舰的定位问题不就解决了吗？"

人类首颗卫星升空的第二年，即 1958 年，美国海军率先开启了卫星定位研究，经过数年卓有成效的探索，建成了人类第一个卫星定位系统——子午仪卫星定位系统。尽管它还显得有些简陋，由于定位时间长，不能连续导航，也难以修正电离层延迟误差，但它在人类定位技术史上无疑具有革命性的影响和意义。针对它的缺陷，美国海军也提出新计划，试验了星载原子钟，拟为海军舰艇尤其是核潜艇提供低动态的二维定位服务。与此同时，美国空军提出"621B"计划，准备以伪随机码为基础的测距原理，为空军提供高动态三维定位服务。1973 年，美国国防部将海空军的方案合二为一，建立国防导航卫星系统，这是 GPS（Global Positioning System）的雏形。此后不久，国防导航卫星系统更名为全球定位系统，即GPS。从 20 世纪 70 年代末到 80 年代中期，美国先后发射十一颗试验卫星，充分验证了地面接收机、地面跟踪网络和 GPS 卫星定位能力的可靠性。1989 年 2 月，第一颗 GPS 工作卫星成功发射，GPS 开始组网。此后短短两年间，美国共发射了九颗 GPS 卫星，可谓争分夺秒、紧锣密鼓。

经历了 20 世纪 50 年代的朝鲜战争和自 50 年代持续至 70 年代的越南战争后，面对数字惊人的人员伤亡，美军对短兵相接、相互渗透的作战模式产生了恐惧，开始探索新的作战模式。随着信息技术的出现并不断成熟，美国提出了"精确战"概念。

"精确战"是指依靠信息技术的支持，运用精确制导武器系统，对敌人实行精确打击的作战模式。它可在多维空间和不同时间，以多种方式对敌人目标实施全方位立体打击，进而达到作战目的。它具有作战距离远、重点打击精确、作战节奏快、作战效益高、附带伤亡小、作战可控性强的特点。

"精确战"的实现，需要信息技术尤其是卫星导航定位技术的支撑。20 世纪 80 年代末 90 年代初，随着美军 GPS 初具规模，"精确战"这一新的作战方式即将呱呱坠地。

1990 年 8 月，海湾战争爆发。1991 年初，美国发起了代号为"沙漠风暴"的军事行动。这场行动几乎是在美军部署完成第一个 GPS 基本星座的同一时间爆发的。就在行动实施之前的十六个月里，美军先后发射了十颗导航卫星，与在轨的数颗超期服役试验卫星，共同组成一个庞大的 GPS 星座，为整个海湾战区提供全天候二维（经度、纬度）和每天十九小时的三维（经度、纬度、高度）导航定位服务。

当时美军的导航卫星为防区外发射的空对地导弹提供精确制导，在高密度空袭中，为几百架飞机提供精确导航，提高了战斗机和轰炸机的攻击精度，隐身飞机和巡航导弹几乎全靠 GPS 来选择隐蔽的进攻路线。同时，它还为在沙漠中行军的部队提供了精确定位服务和方向指引。虽然此时GPS卫星在战争中应用有限，但它却向世人展示了巨大的潜在军事价值，尤其是"战斧"巡航导弹的威力，更是让人目瞪口呆。

伊拉克时任总统萨达姆耗时近十年，苦心经营了一座深入地下数十米、富丽堂皇的地下总统府。战争爆发后，美军实施"斩首行动"，从战舰上发射的两枚"战斧"巡航导弹，在GPS引导下飞行两千多公里，一前一后精确通过直径不到两米的位于沙漠腹地的地下总统府地面换气窗，一举摧毁了萨达姆的地下宫殿。萨达姆因为在军营视察，才侥幸逃过此劫。

两枚"战斧"巡航导弹，飞行两千多公里，全部命中直径不到两米的目标！还有什么比它更精准？

由此，"战斧"被人们称为"带着'向导'的导弹"。

这场战争，也被军事理论家们称为"精确战的源头与象征"。

高科技领域的"新宠"

大量高科技武器的使用，使第一次海湾战争向人类呈现出一个崭新的战争形态：以往的沟壕战、攻城战全部不见了踪影，取而代之的是运用高科技武器对敌方高价值战略目标进行定点清除。但它的战争消耗空前巨大，这场正面交锋仅持续40余天的战争，耗资数百亿美元。好在美国自己仅支付其中的20%，剩余的80%由科威特、沙特、日本、德国、阿联酋、韩国等盟友买单。否则，就像美国参议员们说的："这样的战争，连我们美国都打不起。"

不过，空前的高消耗，换来的是空前的低损失。以美国为首的联军共有69万余人参战，投入航母9艘、战机3500余架、战舰200多艘，但有数据显示，联军伤亡只有4200多人，其中美军阵亡不到 300 人，而且约 140 人是非战斗阵亡。武器装备上，多国部队只损失战机 120 余架、坦克 35 辆、舰艇 2 艘，这与美国在越南战争中的损失相比，简直不可同日而语。

而战争的另一方——伊拉克，可谓损失巨大。

占据压倒性优势的多国部队大量使用高科技武器装备，摧毁了伊拉克大量的地面目标。伊拉克投入的 70 多个师 120 多万人、4000 多辆坦克、约 2800 门火炮和 2800 辆装甲运输车中，近 90 辆坦克被摧毁，50 辆以上的装甲运输车被打成筛子，火炮阵地被连根拔起，伤亡超过 10 万人，近 9 万人被俘，海军几乎全军覆没，投入前沿一线的 40 多个师完全失去了战斗力。伊拉克不得不宣布无条件从科威特撤军。

经济上，伊拉克更是遭到前所未有的重创，其赖以生存的工业支柱——石油工业几乎坍塌，大量的采油、炼油工厂和基础设施被摧毁，直接经济损失达 2000 亿美元。战后，伊拉克还要对科威特赔款 400 多亿美元，两项相加，可以说，伊拉克 40 余天就损失了 2400 亿美元。

此外，美军投下的 300 余吨贫铀弹，给伊拉克国土带来了严重的放射性污染，当地居民饱受恶性疾病之苦，发病率明显高于其他地区，而且放射性物质的释放周期会长达数十年，甚至数百年。

昔日的富裕国家伊拉克，人均 GDP 从战前 4000 美元骤然下降到不足 400 美元！

"沙漠风暴"出人意料的结局，尤其是"战斧"巡航导弹精准的"千里穿杨"技术向各领域释放的冲击波，比那两枚"战斧"巡航导弹本身的威力要强千万倍，有人形象地把它称作"信息原子弹"。

第一次海湾战争结束后，它的最高导演和指挥者——美国时任总统老布什，向国会发表国情咨文演讲，在讲到这场战争时，挥手在空中画了一个圆，然后微昂着头，迎接从台下响起的掌声、欢呼声。

按理，两枚"战斧"巡航导弹攻击伊拉克地下总统府的视频应属保密等级很高的情报内容，但不知为何，这段视频竟然在海湾战争结束后不久，便在世界上广泛流传开来，给各国带来了不小的震动。

军事观察家们把老布什画圆的手势称为"开启世界卫星导航时代的经典手势"。它不仅向美军发出了加紧 GPS 建设的号令，而且标志着导航"战国时代"的来临。

美国国防部闻令而动，更加积极地推进全球卫星导航系统建设。1991 年 7 月，所有 GPS 卫星全部使用新一代技术，将定位精度提高到粗码精度 100 米、精码精度 10 米。

1993 年 12 月，GPS 具备初步作战能力。1994 年 3 月，预定的二十四颗卫星全部发射完毕。1995 年 4 月，GPS 宣布具备完全作战能力。

此后，美国为保持在世界导航技术领域的绝对优势，按照"部署一代、改进一代、研发一代"的战略，坚持以每代间隔十年的速度，紧锣密鼓地对 GPS 进行更新换代。1997 年，美国开始新一代导航卫星发射，到 2004 年，共有十二颗新一代导航卫星升空，民用 GPS 的定位精度达到 6.2 米的实用化水平。从 2005 年到 2009 年，共发射八颗 GPS 升级版卫星，信号强度增加 4 倍，定位精度达到分米级。从 2010 年至 2014 年，美国发射了十二颗新一代 GPS 卫星，定位精度再次提升，系统整体性能进一步增强。

随着 GPS 卫星的不断现代化，美军 GPS 制导武器应用领域越来越广、比重越来越大。第一次海湾战争，美军尝试运用 GPS 制导武器。1999 年科索沃战争时，美军把库存的 645 枚由 GPS 制导的灵巧炸弹全部投放到战场，再次打出了令人瞠目结舌的效果。随着 21

世纪的来临，美军新一代 JDAM（联合制导攻击武器）、JSOW（联合防区外攻击武器）、JASSM（联合防区外空地导弹）和 SDB（小直径炸弹）弹药，几乎都采用 GPS 制导，极大地提升了美军的打击能力。从 2001 年到 2003 年，以美军为首的联军先后发起阿富汗战争和第二次海湾战争。这期间，美军分别投放了 4500 枚和 6540 枚 JDAM 炸弹，加上 SDB 等炸弹，GPS 制导的灵巧炸弹已经成为美国实施高精确打击的主力武器。

苏联与美国同期展开对卫星导航定位技术的探索，并于 1982 年发射了格洛纳斯导航系统的首颗卫星。由于国内动荡接踵而至，格洛纳斯卫星导航系统建设几乎中断。

1993 年，俄罗斯局势稍有好转，叶利钦政府能够腾出精力重新审视美军 GPS 建设情况及其在第一次海湾战争中的表现时，竟被老布什那个在空中画圆的手势惊出一身冷汗。俄罗斯紧急调拨数十亿美元，陆续向太空发射数十颗导航卫星，建成了覆盖全球的格洛纳斯卫星导航系统。

欧盟则于 1999 年首次公布了伽利略卫星导航系统建设计划。伽利略计划由欧盟国家投资 35 亿欧元，同时联合日本、以色列、乌克兰、印度、摩洛哥、韩国、阿根廷、巴西、墨西哥、挪威、智利、马来西亚、加拿大、澳大利亚等国家共同建设。伽利略导航定位系统是欧洲自主的、独立的全球卫星导航系统，提供高精度、高可靠性的定位服务，有着覆盖全球的导航和定位功能。

我们的近邻日本和印度，前者建立了覆盖本土及周边的准天顶导航系统，后者也研制建设了区域导航系统。因为在他们看来，卫星导航系统是国家崛起的重器，亦是大国标志之一。

卫星导航，已成为全世界高科技领域的"新宠"。

代号："北斗一号"

卫星导航方兴未艾之际，正值解放思想、锐意进取的改革开放初期。那些有着敏锐目光的科技工作者惊喜地认识到，卫星导航技术在社会各领域有着巨大的应用价值和广阔的发展前景。中国作为世界第一人口大国，如果使这一技术惠及民众，不仅会造福本国百姓，也是对世界人民的重要贡献。

1983 年，以中国航天测控技术创始人之一、国家"863"计划倡议人之一、"两弹一星功勋奖章"获得者陈芳允教授为代表的老一辈航天科学家，为中国卫星导航找到了一条科学的道路——"双星定位系统"。

陈芳允，1916 年 4 月生于浙江黄岩一个殷实之家。1921 年开蒙启智，1928 年进入黄岩县立中学读初中，1931 年到上海浦东中学读高中，1934 年考入清华大学。

他小学时丧母，中学时国破，大学时流亡。这些遭遇锤炼了他自立顽强的个性，孕育了他读书救国的情怀。

1957 年，苏联成功发射了人类第一颗人造地球卫星。陈芳允立即对它进行无线电多普勒频率测量，并带领大家计算出中国历史上第一个有关卫星轨道的参数，为新中国航天测控事业奠定了第一块基石。

1965 年，中国正式启动研制人造地球卫星。陈芳允担任卫星测控总体技术负责人。他带领技术人员深入研究，大胆实践，反复论证，创造性地完成了技术方案设计、多套设备研制和多个测量台站建设，圆满完成中国第一颗人造地球卫星东方红一号的测控任务，为中国卫星测控网建设奠定了基础。

1969 年，中国卫星地面测控网即将建成，陈芳允经过充分论证，在国内首次提出微波统一测控系统方案，实现了高轨卫星的精确测控，并成功应用于我国第一颗通信卫星。同期，陈芳允还设计完成了遥感卫星测控系统方案，为中国第一颗遥感卫星的成功回收作出了重要贡献。

1971 年，中国启动远望号航天远洋测量船工程。陈芳允通过不懈探索，提出频率分配法，解决了测量船上众多设备之间的电磁兼容这一重大技术难题，为中国向太平洋成功发射运载火箭的试验作出了贡献。

20 世纪 90 年代初，为解决地球环境观测这一国际技术难题，陈芳允提出了地球环境观测小卫星星座系统方案，并在国际宇航大会上宣读了题为《地球环境观测小卫星群系统与国际合作》的论文，在国际上首次提出建立对地球环境观测的小卫星群系统，缩短了对世界各地重复观测的周期，实现了对地球环境的动态观测，成为自然灾害和环境监测事业的里程碑。

作为我国航天事业的奠基人之一，陈芳允始终关注着人类头顶上的这片星空，捕捉那一缕缕从天际出现的曙光，点燃创新的激情，用沸腾的热血迎接祖国科技事业新的黎明。

1958 年，美国启动了世界第一个卫星定位系统"子午仪卫星定位系统"建设工程。这一信息宛如一颗陨石掉进了陈芳允等航天专家的脑海，激起层层波澜，让大家魂牵梦绕、寝食难安，他们从那时就开始对新兴的卫星导航技术进行跟踪研究。

虽然中国航天事业刚刚起步，但在航天专家们的倡导下，国家很快制定了代号为"灯塔计划"的卫星导航方案，还写入了"七五"计划。受限于当时的经济条件，技术力量和生产条件也不成熟，直到 20 世纪 70 年代末 80 年代初，"灯塔计划"始终没有进入工程实施阶段。

陈芳允认为，中国卫星导航计划之所以出现迟滞，是因为没有找到适合中国国情的卫星导航发展之路。

况且，卫星导航定位技术不仅技术要求高、工程难度大，而且还是个吞金熔银的"时尚游戏"，像美国建设 GPS 那样，动辄投入数十亿上百亿美元，这对 20 世纪 70 年代末 80 年代初的中国来说，无疑是个令人生畏乃至望而却步的天文数字。须知，1980 年中国的 GDP 总量仅有 4587.6 亿元。建设卫星导航系统这样的"时尚游戏"，中国人显然玩不起。

但玩不起就不玩了吗？

当然要玩。20 世纪五六十年代时国家更穷，但再穷也得有根"打狗棍"，照样赶超时代潮流，研制"两弹一星"，加入了国际核俱乐部，让中国屹立于世界东方。卫星导航系统影响着世界未来，事关中华民族的伟大复兴，这样的"时尚游戏"，国家再穷、再玩不起，也要玩。

"穷家"玩"时尚"，这游戏怎么玩？首先要"玩得起"，然后还要"玩得像"。"玩不起"，再像样的玩法也白瞎；"玩不像"，同样是瞎子点灯——白费蜡。前面那些玩法，要么"玩不起"，要么"玩不像"，这正是导致卫星导航计划"研究不止，论证不休"的真正原因。

怎样才能让中国在世界导航定位技术领域既"玩得起"又"玩得像"呢？陈芳允、沈荣骏、孙家栋等我国老一辈航天科学家一直在苦苦思索这个问题，而且经常相互交流探讨。陈芳允把大家的讨论成果予以总结提炼，于 1983 年首次提出了"双星定位系统"的设想，并在世界上首次设计了系统的通信功能，让系统不仅像 GPS 那样能让人知道"我在哪里"，这种当时独有的通信功能，还能告诉别人"我需要什么"。

1984 年，中国成功发射首颗地球静止轨道卫星东方红二号，在航天科学发展之路上迈出了一大步。地球静止轨道卫星是人类

青春的美丽是我们青春时代，
青春时代拥有过的时刻！

李飓松

"我在哪里？"
"我该往哪里去？"
这既是哲学概念，也是哲学话题，甚至是关乎生死存亡的关键问题。

——《中国北斗》（根据报告文学画作 AI 生图）

航天史上的重要里程碑。1964 年 8 月 19 日，美国成功发射人类第一颗地球静止轨道卫星辛康三号后，使地球静止轨道卫星广泛应用于通信、气象、广播电视、导航预警、数据中继等众多领域成为可能。因此，欧美航天专家们说："这是上帝为人类打开的另一扇窗。"

一天傍晚，陈芳允与高级工程师刘志逵在院子里边散步边交流学术问题。

陈芳允若有所思地放缓脚步，看着刘志逵说："我们马上就有两颗地球静止轨道卫星了，是不是可以开展地球静止轨道卫星的各类资源综合利用开发，达到一星多用、多星综合利用的目的？尤其是'双星定位'设想的论证，该是做这篇文章的时候了。"

刘志逵听了，轻轻点点头说："是啊，有了两颗静止轨道卫星后，'双星定位'论证条件已经成熟，这篇文章能做了。"

此后，陈芳允和刘志逵开始琢磨如何利用地球静止轨道卫星资源论证"双星定位"方案。当时，已年过古稀的陈芳允，还经常到国家航天主管部门介绍"双星定位"方案。主管部门负责同志认为，这一方案相对于美国 GPS 来说，技术要求不算太高、工程实现不算太难、投资不算太大，比较符合中国国情。

沈荣骏教授对陈芳允的"双星定位"构想非常支持。

那年，沈荣骏、孙家栋等一行人出国考察。他们出访巴西、加拿大后，辗转来到美国。一天，他们在高通公司参观时，意外发现该公司用两颗地球静止轨道卫星建立导航系统，为汽车、轮船等交通工具提供的导航服务效果非常好。沈荣骏、孙家栋都感到"双星定位系统"工程建设简单，经费需求相对较少，而技术起点高、创新亮点多，符合中国国情，体现了中国特色，中国既能"玩得起"又能"玩得像"，是中国卫星导航系统建设的最优方案。

回国后，沈荣骏立刻与陈芳允进行交流，并安排了项目专款，在北京跟踪与通信技术研究所设立了"双星定位"总体论证和试验演示项目。为此，研究所很快成立了以刘志逵为组长，何平江、王莉、曹绍鹿等人为成员的"双星定位系统"论证小组。两年后，研究所领导给论证小组加强了技术力量，人员增加到十几人。

夜幕下的曙光

论证小组组长刘志逵，当时已经四十多岁，在卫星控制及通信专业领域干得风生水起，是所里数得着的骨干力量，继续发展下去，前程可期。

很多人知道他当了"双星定位系统"论证小组组长后，都有些不理解。一个朋友还找到他问："你原来的专业干得顺风顺水的，怎么另起炉灶干起了这个事？"

刘志逵嘿嘿一笑说："凡事都得有人起个头嘛。"

朋友说："可你这个炉灶什么时候起，最后起成什么样，还不知道呢。"

刘志逵脸上还是那副憨憨的笑容："什么事情开始时是明了的呢？要是不明了的事情大家就不干，恐怕我们中国到今天还没有原子弹，也没有卫星上天呢！"

不过，刘志逵带着论证小组开始砌中国卫星导航这个"炉灶"时，也的确砌得很艰难。没有实验室，甚至没有办公室，更不用说专用论证设备了。尤其对于卫星导航这种在航天领域有着重要应用潜力和价值的新兴技术，美国等世界卫星导航强国都是严严实实地锁在保险箱里，还外加了几把密码锁，所以，论证小组的技术论证工作难以借鉴国外的成功经验。

一名论证小组成员形象地说："刚开始工作时，我们就像瞎子摸象。"

起初，他们怎么摸都摸不出"象"的模样。可哪怕摸得再不像，刘志逵也坚持带着大伙儿继续摸，我摸"象鼻子"，你摸"象腿"，他摸"象尾巴"……渐渐地，他们摸出了"象"的大概轮廓。

1986 年 12 月 13 日，国家航天主管部门基于论证小组的前期成果，专门组织了"双星定位系统"论证交流会。会上，刘志逵报告了论证工作的总体情况，何平江做了总体方案报告，王莉做了双星快速定位通信系统原理及精度报告，曹绍鹿做了演示论证系统方案报告。

此次会议虽然规模不大，但对中国卫星导航科学发展具有奠基意义。

会后不久，国家航天主管部门对"双星定位系统"的论证正式予以立项，并开始演示验证。

众所周知，任何物体都存在于三维空间内。因此，确定物体的空间位置，必须具备三维数据。天上只有两颗卫星，也就是说只有第一维度、第二维度，那么第三维度在哪里呢？

寻找定位方程的第三维度，成为"双星定位系统"论证项目关键中的关键，同时也是难题中的难题。

论证小组首先想到以气压测高作为第三维度，可费了九牛二虎之力，发现气压测高精准度太差，压根不能用于辅助卫星实现精确定位。

他们又把目光投向重力测高，经过一番周折，也发现此路不通，最后不得不放弃。

不知经历了多少次推倒重来，他们终于锁定国家数字高程模型数据库，而且发现以它提供的数据作为第三维度是最理想的选择，也是唯一的选择。

当刘志逵拿着计算公式和计算结果找到陈芳允汇报时，陈芳允眉开眼笑地说："这下子好了，说明我们的路子走对了！"

虽然当时国家数字高程模型数据库建设尚未完善，很多区域尚处于空白，但有关部门得知国家卫星导航事业的紧迫需求后，立刻加大人力、物力投入，以最快的速度建成了完备的国家数字高程模型数据系统。

关键技术突破后，有关部门联合多家单位，共同研制完成了"双星定位"演示验证系统。该系统比美国高通公司"双星系统"（具有定位、授时功能）多了一个上行信号通道，实现了每次120字短报文通信功能。

1989年，他们开始紧锣密鼓地进行野外演示论证。5月，他们首先在河南洛阳进行地面系统演示，得到理想结果后，于8月1日这天，肩扛仪器设备赶到北京，进驻卫星地面站，运用我国两颗地球静止轨道卫星进行"双星定位系统"星地对接演示。

当时我国卫星资源十分稀缺、非常珍贵，为实现效益最大化，卫星地面站任务繁重、工作繁忙，工作人员二十四小时轮班倒。经过反复协调、精细调度，卫星地面站才腾出凌晨1点到5点这段时间，供他们进行"双星定位系统"星地对接演示论证。

他们经过一个多月的紧张准备，终于在9月4日凌晨进行首次星地对接试验。它到底行不行？能不能收到卫星信号？定位精度高不高？大家的心都高高地悬着。而此时此刻，沈荣骏以及"双星定位"构想提出者陈芳允，也和他们一样，悬着一颗心守在电话机旁。

凌晨4点多，演示操作手忐忑地按下信号发射键。显示屏上一下子跳出卫星发回的信号，很快又得到主要性能指标。

定位精度优于二十米！

双向定时精度二十纳秒！

短报文双向通信畅通！

它就像漆黑的天边跳出的一抹曙光，一下子把中国卫星导航之路照亮了！

"双星定位成功了！""我们成功了！"众多技术攻关人员激动得欢呼雀跃，相拥而泣……

一直等候在电话机旁的沈荣骏听到他们争先恐后的报告声，哈哈大笑，亲切地慰问大家："你们真是太棒了！同志们辛苦了！"

一向沉稳的陈芳允听到成功的消息后也笑了："今天我可以睡个安稳觉了。我要去睡会儿了，你们也早点儿休息吧。"

"双星定位系统"首次星地对接演示就收到卫星信号，而且所有功能模块一次性完成验证，尤其是定位精度与美国第一代 GPS 的定位精度非常接近，真是奇迹啊！

"生命线要攥在自己手里"

1983 年 9 月 1 日清晨，苏联库页岛上空一声巨响，因导航系统故障误入该国领空的韩国大韩航空 007 号班机，被苏联战机击落，机上两百多名乘客和机组人员无一生还，酿成"大韩航空 007 号班机空难"。

人们在震惊之余，都在心里祈祷，但愿此类悲剧再也不要重演，并把希望寄托于美国正在兴建的 GPS。而美国政府也似乎非常"乐于助人"，时任总统里根在新闻发布会上向世界宣布：GPS 一旦建成，将向全世界免费开放，让人类共同使用。

一时间，美国 GPS 让世人颇有好感和期待，就在"007 号班机空难"发生一年多后的 1985 年 4 月 15 日至 18 日，美国在华盛顿举办了"GPS 全球定位系统国际运用研讨会"，邀请世界各国专家前来学习研讨 GPS 的功能及应用。

我国测绘领域专家卜庆君也在受邀之列。卜庆君上大学时学的是天文学专业，专业与岗位的敏感让他很早就开始关注 GPS，对它的用途了如指掌。接到美国邀请后，卜庆君脑海里跳出了一连串的问号：从来对高新技术捂得死紧的美国，为何突然如此慷慨？他们背后的意图是什么？

带着这些问号，卜庆君登上飞往美国的航班，走进了研讨会会场。果然，美方人员带着一脸豪情介绍完 GPS 的用途和前景后，便毫不隐讳地对来自世界各国的专家说："我们的 GPS 编码分为军用和民用两种。在特殊情况下，为了保证我们的国家安全，我们军方会采取三种措施应对紧急状况：第一，降低对方的导航精度；第二，随时变换编码；第三，进行区域性管理。"也就是说，通过以上三种方式，美方可以限制国内外用户对 GPS 的使用。

听了这话，卜庆君心里像打翻了五味瓶，很不是滋味。虽然人家 GPS 让全世界共享，可要是这世界上只有 GPS 这一家导航，无论是哪个国家用了，把它装到飞机、轮船、火箭上，都如同自己的身体装上了别人的眼睛，不但不是长久之计，而且心里能踏实吗？要是眼睛哪天累了，或是不高兴了，把上下眼皮一合，身体不就抓瞎了吗？后果不堪设想。

无论身体，还是眼睛，只有是自己的，才能自主可控，才靠谱，才不心慌啊！

回国后，卜庆君向上级呈送了一份报告，建议"对于 GPS 的发展和应用要跟踪研究，与此同时，要发展中国自己的卫星导航系统"。几天后，卜庆君在一个国内学术研讨会上，听到了陈芳允做的学术报告，当听到"利用两颗卫星就可以解决地面定位问题"这句话时，他那自从参加美国研讨会后就一直阴沉着的脸上，第一次露出了喜悦的笑容。

但那个时候，由于历史条件的局限，人们对中国是否发展卫星导航定位事业，出现了"两少""两多"的态度——赞赏的少，支持的少；提疑问的多，泼凉水的多。

人们提出的第一个疑问是：我们有没有这个经济实力？

美国GPS研发二十多年，耗费上百亿美元。而此时的中国，正集中精力搞经济建设，国民经济仍处在困境中，又正值改革开放之初、百废待兴之时，亟待投资的领域很多，要从有限的"蛋糕"上剜下一大块，投入几年乃至十几年才能见到效益的卫星导航建设，无论是谁都要三思而后行。

人们提出的第二个疑问是：我们的技术水平能否达到？

卫星导航定位是个前沿性强、技术难度大的航天工程。以当时我国的航天技术水平和人才储备状况，即使相对容易实现的"双星定位"方案，也是一条充满荆棘的道路。

人们提出的第三个疑问是：既然美国已经快要建成GPS并承诺向全球免费开放，我们还有必要搞这个"双星定位系统"吗？甚至有人说，中美两国关系较为平稳，以后美国GPS向世界开放，连苏联都可以免费共享，难道还会不让我们中国人用？既然如此，还用得着火急火燎地花那么多钱搞自己的卫星导航定位系统吗？

陈芳允、沈荣骏、孙家栋等专家听了这些疑问，禁不住暗暗焦急。

他们要告诉大家，卫星导航系统是什么？是不折不扣的国之重器！

他们要告诉大家，卫星导航系统是提高一个国家国际地位的重要载体。卫星导航系统展示的是综合国力和科技实力，不仅可以使我们在某些领域摆脱受制于人的局面，而且可以直接提升我国的国际地位和国际影响力。

他们要告诉大家，卫星导航系统是促进和推动经济社会发展的强大动力。卫星导航系统服务于众多领域，是国民经济发展的"助推器"。随着它向社会各领域的深入渗透，卫星导航产业将成为发展最快的电子信息产业之一，将产生巨大的经济效益，如果没有独立的卫星导航系统，这块香喷喷的"蛋糕"将拱手让给别人。

他们要告诉大家，卫星导航系统是推动国家信息化建设的重要保证。用信息化推动产业化、现代化，是建设现代化强国的必由之路。建设空间信息基础设施，是推动国家信息化建设的基础。如果没有自主可控的卫星导航系统，国家信息安全将缺少可靠的保障。卫星导航系统是国家的战略性新兴产业，对于转变经济发展方式、调整产业结构、提高社会生产效率、转变人民生活方式、提高大众生活质量，都具有重要意义。

他们要告诉大家，卫星导航系统是应对重大自然灾害的生命通道。地震、海啸、泥石流等是人类必须面对的自然灾害。除有效监测、预防各类自然灾害外，当重大灾害来临时，卫星导航系统就是抢险救灾的生命线。比如，在遭受重大地震灾害后，大部分的通信系统都可能失效，而卫星导航系统却不受影响，既可以及时地进行灾害位置报告，又可以进行通信，为抢险救援赢得时间，最大限度地减少损失。

……

这样的"生命线"，我们岂能寄希望于别人的恩赐，又怎能不牢牢地攥在自己手里？

"一星也不能少"

虽然大家对中国卫星导航发展问题众说纷纭，但我们自有"定海神针"，那就是中国必须走自己的路，必须有自主可控的卫星导航系统。这既是推动经济发展、实现民族复兴的需要，也是正在崛起的中国对世界应有的义务与担当。

为此，国家在制定"八五"计划时，正式在航天科技方向规划了东方红三号、风云二号、资源一号等应用卫星，以及国家紧迫需求的三型四星（其中包括两颗导航卫星）计划。

三型四星工程总经费很快下拨到位。可主管部门收到这笔经费时，却又喜又忧。喜的是，我国需求紧迫的卫星项目终于可以启动了；忧的是，由于国家经济能力有限，急用钱的地方又太多，分给该三型四星的经费并不宽裕，只能勉强满足两种型号卫星工程之需。因此，必须忍痛割爱，放弃一种型号卫星。

那么，割去哪种型号呢？有人说，导航有两颗卫星，而其他两种型号均只有一颗卫星，无论割掉哪一种型号，都只能腾出四分之一的经费，其他两种型号经费依然不充裕，还不如"割就割个大家伙"，放弃导航卫星，让其他两星项目经费得到充分保证。

如果必须割掉一种型号，这个方案无疑是最佳选择。

可主管部门认为，哪一星都重要，一星也不能少。那段日子，主管部门的同志脑子里整天转的，就是如何盘活经费，把每一分钱都用在刀刃上，让有限的经费发挥出最大的效用，让三种型号项目同时启动。

航天工程建设都有"备份星"传统，即首星发射后，再发射一颗相同型号的卫星，以确保万无一失和后续发展。主管部门决定先取消其他两星"备份星"计划，把暂时不用的钱先用起来。当时，"风云"气象卫星项目出了点问题，估计三年内不可能解决。主管部门决定把这部分经费先用于导航卫星，然后又通过精打细算，从别的渠道省出一些经费。

有人担心："把其他两星的备份星取消，影响它们的后续发展，相关同志恐怕有意见呢。"

主管部门领导说："我去找他们做工作。"

他找到其他两星项目负责人解释，很快得到他们的理解："机关是抓全盘、管大局的，我们服从大局需要。"

就这样，机关东挪西凑，终于腾出一些经费，用于卫星导航十七项关键技术预研。

老北斗人说到这来之不易的经费时，都对主管部门赞赏有加，称赞这笔经费是"久旱"中的"甘霖"，是"救命钱"。中国卫星导航事业开创者之一的李祖洪在谈到这笔来之不易的经费时，充满感慨地说："要是当初机关的同志不想方设法保住卫星导航项目，中国的卫星导航不知要往后推迟多少年，甚至有可能因此永远失去发展卫星导航事业的最后机会！"

1994 年，代号为"北斗一号"的卫星导航系统终于被国家正式立项，以测绘主管部门为第一用户，成立应用管理中心。中国卫星导航建设，终于在美国 GPS 建设走过近二十年，陈芳允提出"双星定位"方案十年后，徐徐拉开了大幕。

"北斗"，好一个比拟形象、寓意深远的代号。它闪烁着中华儿女的智慧光芒，蕴含着中华民族的远大抱负和理想。

北斗七星，自古以来就是中华儿女生命的坐标。

人们不知"我在哪里""该往哪里去"时，就看北斗七星。虽然北斗七星在不同时间段所处的位置不同，但它始终围绕北极星这个轴心旋转。

人们不知此时何时、今夕何夕，就看北斗七星。北斗七星，在不同季节的不同夜晚出现于不同的位置，古人以此辨别季节，甚至问卜军事、预测国运。

北斗，从远古走来，带着中华文明的风采！

北斗，向未来走去，将助推中国走向富强！

北斗，中国之星，崛起之星！

"国家需要，我就去做"

卫星导航系统是超级大科学、大工程、大系统，建设时间长，学科覆盖面广，参建人员多，投入资金大。如美国 GPS 从 20 世纪 70 年代初启动到 1994 年预定卫星发射完毕，历时二十多年，涉及近百个学科专业方向，数百个国家部门、科研机构参加建设，参建人员高峰时期多达数十万，先后投入资金达百亿美元。

那么，谁是中国北斗卫星导航系统总设计师呢？大家都在心里揣测。在人们翘首以待的目光里，孙家栋被任命为北斗一号总设计师，李祖洪被任命为副总设计师！

孙家栋是中国航天事业全过程的亲历者、见证者和决策人、组织者之一，是中国航天领域少有的既研制过火箭，又研制过卫星；既有深厚的航天学术底蕴、丰富的航天工程实践经验，又有航天产品出口贸易经历的"航天全才"。

在数十年航天生涯中，孙家栋创造了众多的中国第一：第一颗人造地球卫星、第一颗遥感探测卫星、第一颗返回式卫星的技术负责人、总设计师，中国通信卫星、气象卫星、资源探测卫星等第二代应用卫星的工程总师，中国探月工程总设计师……

1929 年，孙家栋出生于辽宁瓦房店。1942 年考入哈尔滨第一高等学校土木系，中途因战争失学。1948 年 9 月，他考入哈尔滨工业大学预科学习俄文。1951 年，他和另外 29 名同学一道，被派往苏联茹科夫斯基空军工程学院学习飞机发动机专业，成为中华人民共和国成立后第一批公派留学人员。茹科夫斯基空军工程学院规定，每年各科考试成绩都获得五分的同学，毕业时可获得一枚刻有斯大林头像的金质奖章。1958 年，孙家栋带着这样一枚珍贵的金质奖章回到了祖国。此时，正是"两弹一星"工程启动之时，需要大量的专业人才。因此，孙家栋被分配到航天部门总体设计部。对此，孙家栋感慨地说："学了七年飞机发动机专业，本以为会和飞机打一辈子交道，没想到却干起了总体设计。"尽管如此，当组织上问他有什么想法时，他依然微笑着回答："国家需要，我就去做，并努力做好。"

1965年，东方红一号卫星工程启动，并明确要求"上得去，抓得住，听得到，看得见"。所谓"上得去"，就是首先要保证卫星能飞上天；"抓得住"，就是卫星上天后地面设备能对卫星进行控制；"听得到"，就是卫星要播放音乐，且能被地面接收和听到；"看得见"，就是卫星在轨飞行时能让地面的人可观测，以鼓舞人心。

中国第一颗人造地球卫星是开天辟地的航天大业，工程到了总体设计阶段，谁能担纲技术负责人？聂荣臻亲自给钱学森打电话商量此事。

钱学森脱口而出："孙家栋！通过这些年的接触，我发现这是个难得的航天人才，具备技术负责人的能力和素质。"

"钱教授，我相信你的眼光。"聂荣臻拍板说，"中国首颗人造地球卫星的技术负责人，就是孙家栋了！"

就这样，七年学飞机、九年做总体设计的孙家栋在1967年开始"放"卫星。

面对人生的又一次转折，孙家栋还是那句话："国家需要，我就去做，并努力做好。"

这年，孙家栋三十八岁。

孙家栋对前期卫星研制基础工作进行了深入调查研究，认为"上得去，抓得住，听得到，看得见"总要求中，"上得去"是首要前提、当务之急。为此，必须充分发挥系统集成优势，并简化研究方案。他积极与火箭研究院协商，选调18名具有一定系统工程实践经验的技术人员，加强了总体设计力量，并说服一些老专家，把卫星研制计划改为"两步走"，即先用最短时间实现卫星上天，解决有无问题，然后再研制带有探测功能的应用卫星。

孙家栋很快带领大家制定出东方红一号总体技术方案。大家日夜兼程、攻坚克难，拿下一系列关键技术，破解了一个个科学难题，仅用三年时间，便研制出我国第一颗人造卫星。它由结构、热控、电源、短波遥测、跟踪、无线电和《东方红》乐音装置以及姿态测量部件组成，总质量173千克，直径1米，外形为72面圆球体，采用自旋稳定方式在空间运行。

1970年4月1日，装载着两颗东方红一号卫星和一枚长征一号运载火箭的专列抵达酒泉卫星发射中心。

4月24日21时35分，装载着中国第一颗人造卫星东方红一号的长征一号运载火箭，从酒泉卫星发射场腾空而起，准确进入预定轨道。人们收听到了浩瀚宇宙中传来的《东方红》乐曲，看到了一颗明亮的星辰缓缓从头顶的太空划过。

东方红一号发射成功，使中国成为继苏联、美国、法国和日本之后，第五个完全依靠自己的力量成功发射人造卫星的国家。虽然比苏联发射的第一颗人造卫星晚了十三年，但它的重量超过了前四个国家第一颗卫星重量的总和，实现了毛泽东主席对卫星发射"要搞就搞得大一点"的愿望，标志着中国正式加入了"太空俱乐部"。

把东方红卫星送上太空后，孙家栋又作为总设计师带领大家完成了我国第一颗遥感探测卫星、返回式卫星、通信卫星、同步轨道气象卫星、地球资源卫星等航天飞行器的研制与发射。

在迄今我国自主研制发射的航天飞行器中，孙家栋作为技术负责人、总设计师领导发射的卫星占到三分之一。

长期的卫星研制实践，让孙家栋体会最深的是，干航天必须稳之又稳、细之又细。他认为，"航天发展到现在，依然是世界公

认的高风险活动。任何一个环节出问题，往往带来灾难性的后果"，
"航天的事情，丝毫都马虎不得，每个人手中的事情看似不大，但
集合起来就是事关成败、事关国家的大事情，不论是哪个航天人，
都要想尽办法把自己负责的每一件事做到最细、最好"。

　　长期在航天发射的风雨中奔波闯荡，赋予了孙家栋作为一名航
天帅才的珍贵品质，那就是临危不乱、遇险不惧，敢于决策、勇于
担当。用他自己的话说："干航天这一行，关键时刻要有一种完全忘
我的境界。"

　　20世纪70年代初的一天，完成星箭对接的运载火箭矗立在发
射台上，一颗卫星完成了各项检测，发射在即。随着口令的下达，
各系统的地面电缆、电信号插接件、气源连接器纷纷按程序依次从
运载火箭上脱落。

　　这时，离运载火箭点火的时间只剩下几十秒钟，卫星却没有收
到"成功转内电"的信号。如果继续按既定程序走下去，把一颗不
能正常供电的卫星送上太空，这颗重达两吨的卫星将成为毫无用途
的太空垃圾。可要停止发射，需要按照正常程序逐级报告，等待发
射总指挥下达"停止发射程序"的命令。

　　时间已经来不及了！

　　在这千钧一发之际，只是卫星技术负责人的孙家栋，果断站起
来大喊一声："停止发射！"

　　发射程序戛然而止，卫星得救了，孙家栋却由于神经高度紧张
而昏厥过去。

　　1984年4月8日，中国第一颗试验通信卫星发射成功并进入地
球静止轨道。但在卫星向定点位置漂移过程中，卫星上的蓄电池出
现热失控现象，卫星危在旦夕。

　　孙家栋与技术人员经过几个昼夜模拟试验发现，当太阳照射
角为90度时，卫星能源系统可以将温度控制在设计指标范围之内。

于是，孙家栋果断命令将卫星姿态角再调整5度，但操作指挥员却不敢执行。因为正常情况下，下达指令需要按程序逐级审批，最后由发射指挥部领导签字才能执行。情况紧急，逐级审批必定误事。

孙家栋让人找来一台录音机，说："我下达的指令，由我负责！以录音为证。"

操作指挥员还是不放心，又临时拿出一张白纸，在上面写下"孙家栋要求再调5度"的字样，让孙家栋签名。

孙家栋想都没想，拿起笔就签。指令发出去了，卫星化险为夷。

这颗卫星的成功，标志着中国成为世界上第五个成功发射地球静止轨道通信卫星的国家。

1985年10月，中国政府向世界宣布：中国的运载火箭将投入国际市场，承担国外卫星发射业务。中国航天事业的拓展，要求中国航天人不仅要懂得研制火箭、发射卫星，也必须学会与国外商家打交道。

1988年，香港亚洲卫星公司购买了一枚美制卫星"亚洲一号"，准备使用中国自己的火箭作为运载工具，但卫星要从大洋彼岸运到中国，必须有美国政府发放的出境许可证，孙家栋被组织上任命为赴美谈判代表团团长。

面对从"卫星专家"向"生意人"的角色转换，他还是那句话："国家需要，我就去做，并努力做好。"

在谈判中，发射价格和技术安全是两大焦点。美方代表认为："中国卫星发射的价格是政府补贴下的市场倾销。"

孙家栋的回答有理有据："在发射价格这个问题上，中国和美国是一样的。如果说中国在发展航天方面有政府补贴的话，那么美国的火箭发射场由国家投资建设，难道就不是政府补贴了吗？我们中国发射费用低，那是因为中国劳动力比美国便宜得多。当前，美国一个普通工人月收入三四千美元，而中国工人月平均工资只有一百多元人民币，中国的发射价格比美国便宜难道不正常吗？"

在孙家栋有理有据的回答面前，美方代表不得不沉默下来。

当谈到卫星进入中国后的技术安全时，谈判几乎陷入僵局。美国要求卫星进入中国海关后免除安全检查。这涉及国家主权，显然不能退让。如何才能既坚持主权原则，又把美国卫星弄到中国来呢？

孙家栋突然想到中国的"特区政策"，在特区"保税区"里，一些产品和材料可以免检"过境"，让美国卫星享受这项特殊待遇，把"过关"改为"过境"，谈判僵局不就春暖花开了吗？

他们立即向外交部和海关请示，迅速获得国家有关部门批准，美国当局也表示接受，"许可证"终于拿了下来。

1990 年 4 月 7 日，长征三号运载火箭在西昌卫星发射中心将美国休斯公司的"亚洲一号"通信卫星成功送入预定轨道。

虽然这次发射的是美国的卫星，却是令孙家栋最为感怀的一次发射，"我不只感受到自己的心跳，旁边人的心跳也能感觉到。有人告诉我，卫星发射成功，美国华侨流着泪激动地说：'中国的卫星能打多高，国外华人的头就能抬多高。'"

这是中国运载火箭第一次发射世界一流航天强国的人造卫星，标志着中国航天昂首挺胸进入了国际商业发射市场。

2004 年，中国正式实施"嫦娥一号"工程，孙家栋再次被任命为总设计师。这一年，他七十五岁。

消息传出，一些朋友劝他："家栋，你为国家研制发射了那么多卫星，成为'两弹一星'元勋，已经功成名就，达到别人难以企及的人生高度了。这探月工程挑战太多、风险太大，要有个万一可怎么好？"

孙家栋听了，还像过去那样微微一笑说："国家需要，我就去做，并努力做好。"

孙家栋几乎把自己的一生都献给了中国的航天事业。他的奉献得到了我国航天领域专家们的敬佩和赞赏。

中国工程院院士、神舟飞船系列原总设计师戚发轫赞誉他的这位老朋友："抓大放小，举重若轻；善于综合，敢于决策；大胆放手，勇于负责。"

中国科学院光电研究院研究员徐颖称赞他："孙总说话慢吞吞的，但总能统领全局，运筹帷幄，是个睿智的老头儿。"

欧阳自远是和孙家栋、栾恩杰一起被誉为探月工程"铁三角"的"老航天"，他认为："孙先生是一个善于把复杂问题简单化的'高手'。比如卫星，大家都觉得很神秘、很复杂，可在他眼里就很简单，用孙总的话说，'卫星就相当于以前打仗时的消息树——在一个高地上种棵树，敌人来了，人们就把那棵树拽倒，另外一边的人就都能看见了，这就是信息传递'。这其实是航天工程总师最重要的素质之一。也正是他这一超凡能力，确保了东方红卫星三年上天，以及一系列应用卫星和嫦娥一号工程的有条不紊、顺利推进。"

中国卫星导航问题也是孙家栋一直在思考的问题。他敏锐地意识到，卫星导航系统对国家强盛至关重要，一个国家只有拥有自主研发、自主控制的卫星导航系统，社会发展才能得到可靠保障。但中国卫星导航事业如何走？孙家栋认为，中国的卫星导航事业要像美国、俄罗斯那样一步建成全球系统，显然不符合研发起步落后、技术人才匮乏、技术基础欠缺、经济实力薄弱的中国实际，中国卫星导航之路需要"摸着石头过河"，只能走循序渐进的建设路子。

铁皮屋的品格

20世纪90年代初的一天，西安某研究所大院里的花草树木竞相绽放春意，小草的嫩尖儿呼呼往上蹿，饱满的花蕾接二连三地开放，胖嘟嘟、绿油油的春芽立在枝头上，好一派盎然春景。

一天傍晚，该研究所高级工程师谭述森和妻子张玉华，正沐浴着余晖在林间散步。一位办公室工作人员跑过来通知："北京来领导了，点名要见您。晚上8点，领导在招待所等您。"

这位上级领导，正是卜庆君。长期从事测绘工作的他强烈意识到，启动国家卫星导航工程已是迫在眉睫，再也不能等下去了。他四处游说，积极推动卫星导航工程。现在终于有了眉目，应用管理中心作为北斗一号第一用户单位，肩负着建立北京卫星导航中心等一系列重大任务。

卜庆君高兴之余，依然眉头紧锁。我国的卫星导航事业起步比美国晚二十年，一无技术，二无经验，三无人才，四无卫星通信频率资源，科技实力甚至不足以研制一台简单的GPS接收机。蜀道之难，难于上青天。中国卫星导航建设之路比走蜀道还难。在此情况下，首先必须建立一支团队，集合一批懂测绘的导航技术专业人才。

卜庆君自然而然地想到了谭述森。

谭述森是测绘老专家。20世纪60年代，西藏地区测绘任务非常紧迫，上大学时攻读雷达专业的谭述森加入了对西藏地区进行测绘的工作人员行列，探索运用雷达技术从事地形测绘。1974年，南海地形资料亟待完善，谭述森又肩负起南海测绘重任。他作为南海测绘大队的分队队长，带领队友们踏波逐浪、爬礁登岛，完成了我国西沙群岛大地联测和海上岛礁摄影，为西沙群岛高精度测绘成果纳入新中国地图作出了关键性贡献。20世纪70年代末80年代初，祖国南方急需解决丛林地带导航定位难题，谭述森再次临危受命，率领技术人员上高山、入丛林，探索找寻现代化导航定位手段。

这样一位数次在关键时刻完成关键任务的测绘专家，无疑是值得信赖的。此时唯一让卜庆君担心的是，谭述森已经五十二岁了，是十几年的老高工，享受国务院政府特殊津贴，可谓功成名就，完全有资格享享清福，不知是否还"志在千里"，愿意接受开拓"天疆"的重任。

让卜庆君没想到的是，他与谭述森一见面，刚说完"组织上准备让您担任北京卫星导航中心总工程师"这句话，谭述森眼都没眨一下，就答应下来："这事，我干！"还追加一句，"这事，我太想干了！"

谭述森对这事可谓期待已久。自从肩负起应用雷达技术探索复杂地区的测绘任务，经过多年测绘实践，他发现雷达技术手段对复杂地区测绘依然鞭长莫及，有着诸多局限性。此后，他又先后把国外两种新兴技术引入复杂地区的测绘，但效果都不尽如人意。20 世纪 80 年代初，他再次探索运用子午仪、通信系统实现导航定位，结果还是行不通。正在谭述森苦苦探索中国复杂地区测绘之路时，美国的 GPS 突然闯入了他的视野，经过仔细深入的研究，他认为只有卫星导航技术能够破解复杂地区测绘难题。从那时起，谭述森就期待着中国卫星导航事业早日启航。

回到家里，谭述森兴高采烈地对妻子说："玉华，上级领导让我参与卫星导航建设，困扰我几十年的复杂地形测绘难题终于有望解决了。"

"好啊，这不是你一直盼着的事吗？"张玉华打心眼里替丈夫高兴，但立刻又想起了什么，"就在西安吧？"

谭述森说："当然是上北京啦。"

张玉华一下子睁大了眼睛："我们都这么大年纪了，又要两地分居啊？"

谭述森安慰妻子说："这是最后一次了，下次北京相聚，就再不'牛郎织女'了。"

他俩是大学同学。1965年大学毕业时，谭述森被分到西安工作，张玉华被分到北京工作。后因单位裁撤，谭述森从西安调到武汉，张玉华毅然离开北京来到武汉，结束了两地分居生活。1976年，他原来的单位恢复，谭述森重返西安。张玉华为了照顾家庭，彻底放弃自己的专业，调到西安一家石油仪表厂。1994年，接受北京卫星导航中心总工程师重任的谭述森又从西安调到北京工作，夫妻两地分居三年后，张玉华提前一年退休来到他身边，精心照料他的生活。

曾有位年轻记者问张玉华："您和谭总一起生活半个世纪，您认为他最大的特点是什么？"

张玉华老人说："老谭最听党组织的话，党组织让他干啥他就好好干啥。"

年轻记者问："你们数十年相濡以沫，您感受最深的是什么？"

老人说："跟着走。"

年轻记者一怔："怎么个跟着走？"

老人说："老谭往哪儿走，我往哪儿走，几十年就是这么走过来的。"

年轻记者有些不解："难道您就不想保留一点自我？"

老人微笑着说："老谭跟党走，我跟老谭走，就是跟党走。永远跟党走，党叫干啥就干好啥，这是我们那个年代的人最大的自我。"

当时北斗已决定立项，但波折远没有停止。正式立项报告呈送到国家有关部门后，得到了"卫星导航确实很重要，可以开始预研"的指示。负责拟定立项报告的领导一看到指示中的"预研"两个字就急了——什么是预研？预研就是基础技术预先研究；基础技术早就已经完成，还继续"预研"，意味着北斗工程启动将遥遥无期。

他们立刻给有关部门打电话，恳求对"双星定位系统"正式立项，立刻进行工程策划。接着又给航天主管部门有关领导打电话，请他们在有关会议上"多给卫星导航说说话"。王统业是位长期从事航天科技管理的老领导，他深知新兴的卫星导航技术对于一个国家的未来意味着什么，通过他和沈荣骏等领导、专家在有关会议上深入陈述、反复强调，国家有关部门及时准予北斗卫星导航正式立项，进入工程实施阶段。

可一波刚平，一波又起。由于"载人航天工程"建设正如火如荼，中国空间技术研究院深感任务繁重，有人担心北斗工程会占用载人航天工程的科研资源，建议将北斗卫星导航系统总部移师上海，由上海航天机构主导完成。

谭述森他们一听到这个消息，心头又一紧。由于"双星定位系统"所有前期预研都是在北京完成的，要是总部往上海一搬，前期组建的预研队伍将有分解的危险，预研成果的含金量就大打折扣，北斗工程又要陷入遥遥无期的局面。大家又火急火燎地跑主管机关，耐心细致地陈述搬迁的弊端，好不容易才保住了北斗在北京的中心根据地。

办公场所问题也一直困扰着北斗一号总体设计团队。第一批抽调的六名专家来到北京后，竟无屋可住、无房办公。测绘部门领导只能从招待所租下四间房，三间住人，一间办公。后来团队很快发展到二十多人，测绘部门领导想尽办法，东挪西挤，为他们腾出了一间铁皮屋，作为研究设计的场所。

这是一间在 20 世纪 90 年代的北京小巷里常见的那种铁皮屋，显得有些简陋，几十平方米，三四米高。但无论烈日暴晒，还是冰雪压顶，这间小屋都顽强地坚守在那里，用自己并不强壮的身躯，默默庇护着在屋里工作的人们。

这种庇护，就是铁皮屋的品格。

在这间铁皮屋里，谭述森带领团队进行北斗一号建设的开局之旅——总体设计。通俗地说，就是给北斗一号描绘蓝图，寻找以后前进的路线，这直接决定着北斗一号的体制和未来发展的方向。

有人建议："卫星导航，美国已经搞了二十年，也非常成功，北斗就按照他们的路数搞，可以避免走弯路。"

谭述森耐心地开导大家："北斗卫星导航是国家重大科技项目，是国之重器。这样的大工程我们千万不能依着葫芦画瓢，踩着别人的脚印走。我们在为北斗一号画蓝图时，一定要把问题想得细致一些，把设计搞得周到一些，把步子迈得稳妥一些，若出现什么闪失或留下什么缺憾，我们会成为国家和民族的罪人。"

如何做到细致、周到、稳妥呢？谭述森把它形象地概括为"看天看地，看左看右，看前看后，在借鉴中突破，立足国情求超越"。

"看天看地"，就是既要坚持高目标，又要立足中国国情。

"看左看右"，就是要研究卫星导航技术发展的现状，把最新成果吸收进来。

"看前看后"，就是既要借鉴前人的经验，又要考虑卫星导航的未来发展趋势。虽然起步晚，但理念要超前，要坚持高门槛，要为后续发展留足空间。

"在借鉴中突破，立足国情求超越"，就是别人没有的，我们要有；别人有的，我们要更好；别人走别人的路，我们走我们的路。

带着这种理念，谭述森和大家一起猫机房，潜书海，下海岛，登雪原，先后获取九十多万个基础数据，积累了一千多万字的技术资料。在此基础上，经过反复筛选，深入论证，发展了基于"三球交会定位原理"的定位模型与算法，进一步论证了"仅用两颗卫星结合地面高程数据库实现卫星定位"的原理，丰富拓展了世界卫星导航理论，创造性地描绘出北斗一号工程总体蓝图，使北斗卫星导航系统建设第一步就具备三大功能：一是快速定位，为服务区域内的用户提供全天候的实时定位服务，定位精度达到世界先进水平；二是精密授时，精度达二十纳秒，跻身世界先进行列；三是短报文通信，用户之间可一次传送120个汉字信息。

北斗一号的这一总体设计，相对于GPS虽然差一大截，但也实现了一大创新，就是增加了短报文通信功能。GPS由于初始设计时没有通信功能，只能让用户知道"我在哪里"，而北斗系统还能让用户知道彼此的位置，实现双向通信。这是当时中国卫星导航的最大创新，也是中国对人类导航事业作出的重大贡献。

迎战北斗瓶颈

对于大型科学工程建设来说，完成了技术路线论证，只是理论上证明此路可通；而完成了总体设计，则是描绘了未来美景。从理论设计走上工程实现，不仅道路漫长，而且关山重重，甚至险象丛生。

这不，北斗一号工程立项启动不久，一个不速之客——信号"快捕精跟"技术就跳出来，严严实实地堵住了北斗一号的进程。

北斗一号"双星定位系统"采用三球交会定位原理，采用有源定位体制，首先由地面中心向两颗同步卫星发出信号，两颗卫星分别向用户广播出站信号，用户机接到出站信号，发出响应信号，提出服务申请，经两颗卫星将入站信号转发至地面中心，地面中心解调出服务信息，测出用户至两星距离，并提供相应的服务，将发往用户的信号嵌入出站信号，用户接收后即可获得服务信号。也就是说，北斗一号完成一次服务，信号要进出地面主控站三次，而北斗用户数以万计，信号数据如云似海，连接用户和地面站的纽带——

入站信号同步设备，能否实现对信号的"快捕精跟"，将成为决定北斗一号整体性能甚至左右整个工程进展的关键。

可是承担这一技术攻关的单位，前后探索了近十年，费了九牛二虎之力，依然没有攻克关键核心技术。

正当北斗工程建设受阻之际，一名刚刚完成国家重大科研任务的高新科技研究院电子所年轻学者前往北京调研，几名在京的同学为他接风。同学情深，久别重逢，自然宴席丰盛，谈兴高涨。席间，一名测绘部门的同学说："我国北斗卫星导航定位工程启动了，在我们单位设立了导航定位办公室。"

说者无心，听者有意。同学这话让他一下子对桌上的美酒佳肴失去了兴趣，而对北斗工程"垂涎欲滴"，不住地和同学们探讨可行的技术思路，把一场洗尘酒喝成了一次研讨会。

当北斗一号工程启动的消息传到研究院时，王博士、欧博士等几名年轻人热血沸腾。北斗导航工程，这是国家强盛、民族振兴之举，也是学科发展的大好机会，更是青年学子科研创新、建功立业的大平台啊！

他们决心抓住这个机遇，融入北斗工程，为国家信息化建设作出大的贡献！

不久，有关部门组织召开北斗工程建设"诸葛亮会"，王博士应邀与会。在参观实验场时，工作人员兴高采烈地向专家们介绍多年艰苦探索取得的丰硕成果。外行听热闹，内行听门道。王博士一边听着讲解，一边飞速转动大脑，思考着北斗工程的核心技术问题——信号"快捕精跟"。

这一关键核心技术解决了吗？又是如何解决的？王博士一直期待着讲解员介绍这项技术，可直到参观考察结束，讲解员对它只字未提。即将离开试验场时，王博士终于忍不住把讲解员拉到一边，悄声问道："信号的'快捕精跟'，你们是如何解决的？"

讲解员听了，竟觉得很突然："这……"

讲解员脸上的茫然，让王博士眼前一亮：这个制约北斗工程的瓶颈，不就是跻身北斗卫星导航系统建设行列最直接的通道吗？

王博士向中国工程院院士郭教授汇报了自己的想法，得到了郭院士和单位领导的肯定与支持。他们认为，如果能拿下这个项目，不仅能入围北斗工程，还能直接进入国家卫星导航技术创新的核心地带！

他们立刻前往有关部门请战。李祖洪、谭述森听了他们的来意后，不约而同地相视一笑，然后轻舒一口气说："这场关键技术攻坚战，总算等来了增援部队。我们举双手欢迎你们团队参与北斗工程攻关。"

其实，早在20世纪80年代，陈芳允首次提出"双星定位"构想之初，国家就开始布局这一关键技术研究，承研单位还是一家在该领域有着一流实力的"老字号"。遗憾的是，他们艰苦探索八年，试验做了一轮又一轮，可有关指标始终难有大幅提升，离应用要求相差甚远。用他们自己的话说："我们这些年奋战的日子和当年的抗战一样不容易啊。"随着北斗工程的启动，"快捕精跟"关键技术已经成为阻碍整个工程进展的瓶颈。

兄弟单位的数年奋战为高新科技研究院的北斗团队提供了有益的经验和参照，王博士他们通过调研发现，兄弟单位走的是传统技术路线，采用的器件是传统的相关器件。应该说，选择这种研制方案，是当时的国情决定的，也是国际主流技术决定的。

如何跳出艰苦奋战却难有进展的怪圈？是否继续走传统技术路线？

技术路线分析会上，团队成员很快取得共识：在老路上死磕到底，一条道走到黑，永远都看不到曙光，只有解放思想、着眼未来、大胆创新，才能迎来新的黎明。

在深入调研的基础上，他们将新兴的计算机技术引入卫星信号处理领域，提出全数字信号处理技术这一崭新的技术路线。这一技术方案，在世界卫星导航领域尚未有人尝试，他们是第一个吃螃蟹的人，而他们要的正是这"尚未有人尝试"，最想尝的正是这别人没吃过、不敢吃的"螃蟹"的鲜味儿。

全数字信号处理技术虽然是个新生儿，但其成长可谓神速，到20世纪90年代中期已经取得长足进步，无论在硬件、软件，还是在理论上，创新成果不断涌现，相继出现了自动调整数据采集器、高速DSP（数字信号处理技术）芯片等数字器件，加之ASIC（特殊应用集成电路）技术的出现，为实现数字处理从小规模走向大规模提供了可能。这些新技术、新产品，为有着高可靠性、强容错性、调试简单、修改方便等诸多技术优势的全数字信号处理方案提供了强大后盾。

郭院士仔细审查了他们的技术论证报告，轻轻地点了点头："从理论论证角度看，这一技术路线可行。"

虽然理论分析一片光明，但实践是否行得通呢？他们决定先向仿真试验问路。

俗话说：兵马未动，粮草先行。由于没有正式立项，有关部门自然没有给他们拨"粮秣"，没有项目不拨经费是科研领域的常理。

他们克服一切困难，技术仿真很快启动，取得的数据显示，全数字信号处理技术路线不仅可行，而且随着仿真试验的不断推进，性能指标一路飙升，试验效果比大家预想的还好。

在深入调研、充分验证的基础上，工博士、欧博士等几名年轻人，斗胆联名给"双星定位"理论开创者陈芳允写信，提出了崭新的技术路线方案。

陈芳允在办公室读完这封信和论证报告后，脸上浮出了淡淡的笑容，轻轻靠着椅背，紧皱的眉宇渐渐舒展开来。他的眉宇已经很久很久没像今天这样舒展过了。

作为"双星定位系统"理论的奠基人，他比任何人都清楚"快捕精跟"在北斗一号建设中的地位。如果这个瓶颈不突破，哪怕卫星上天了，也不能发挥效用，只能空耗（须知卫星是有寿命的，而一颗卫星从研制到发射入轨，要耗费巨资）。地面站建好了，也不能工作，只能空置。总之一句话，哪怕全国人民盼望北斗的心情再急切，哪怕北斗工程别的系统攻关再顺畅、性能水平再高，只要"快捕精跟"技术不拿下，就一切都归零。

现在"快捕精跟"就像地震中崩塌的一块山崖，死死堵在北斗工程这条亟待奔腾向前的河流中央，形成了一座严严实实的大坝，堵出一个"堰塞湖"。

这座大坝已经在陈芳允心里堵得太久，憋得他心里发慌。这几个年轻人的来信，仿佛一道强光，把乌云密布的天空撕开了一条口子，让他看到了开云散雾的阳光。

一个老航天测控技术专家的直觉告诉他，这几个年轻人值得信赖，全数字信号处理技术路线值得期待！谭述森也对这一攻关方向充分肯定，并给予大力支持。

不久，有关部门组织"快捕精跟"立项论证会，八十岁高龄的陈芳允亲自主持立项仪式。会议开始后，陈芳允意味深长地对与会专家说："我们眼前这支团队主动请缨，要求进行'快捕精跟'技术攻关。他们的研制方案报告已经发给大家过目了，下边就请大家给他们的方案把把脉，提提建议。"

但接下来却冷场了，大家不约而同地你看看我，我看看你，然后再看看来自高新科技研究院的几名年轻人。

专家们虽然啥也没说，但王博士、欧博士已经从他们的目光里知道了他们想说又碍于情面而没有摆到桌面上的那些话：

"美国 GPS 的'快捕精跟'，好像走的也是传统路线吧？"

"是啊，俄罗斯的格洛纳斯系统，解决这个问题也是采用这个办法。"

"美国、俄罗斯是导航技术领域的先行者，都没有尝试全数字信号处理技术，我们的导航工程才刚刚起步，就想一步登天，能行吗？"

"原来负责'快捕精跟'技术研究的单位是行业权威，他们都难以突破，这几位年轻人就能很快突破？"

……

陈芳允提醒道："大家都说说吧，若觉得他们的研制方案有什么问题，都提出来。"然后指着坐在台下的王博士，"小王，你到台上来，现场解答大家的提问。"

冷清的会场一下子热闹起来，专家们敞开胸怀端出了心里的种种疑问，两个多小时提出数十个问题。早已胸有成竹的王博士，沉着冷静地回答每个问题，并进行现场演示，不仅推理严密、丝丝入扣，而且都用仿真结果进行佐证。

虽然大家对他们的研制方案再也无话可说，但心里依然不踏实。立项表决时，只有陈芳允、孙家栋、李祖洪、谭述森等几名专家表示支持，其他大部分专家都持保留态度。

难以决断之时，陈芳允一锤定音："我支持他们，我相信他们一定能够解决这个久拖不决的问题，实现'快捕精跟'，为北斗工程扫清障碍！"

陈芳允拿起签字笔，郑重地在研制方案报告上写下自己的名字。

背水一战的担当

几名年轻人高高兴兴地回到院里，踏踏实实地睡了几个好觉。自从瞄上北斗"快捕精跟"技术，他们就几乎没有睡过一个安稳觉。

这天,他们准备聚在一起,讨论一下技术攻关的分工和步骤。一大早,时任高新科技研究院电子所所长庄教授就来到办公室。他前脚刚进门,身后就传来敲门声。

"请进!"庄教授回过头来,见是北斗团队的几个年轻人,一个个黑着脸,表情沉重得仿佛风雨欲来。于是,他一边提起水壶给大伙儿倒水,一边打趣道:"平时做试验加班加点,甚至通宵达旦,都一个个乐呵呵的,现在把任务抢回来了,怎么一个个像霜打的茄子?是昨晚集体失眠,还是集体失恋?"

哪知,听了他们昨晚接到的一个电话的内容后,一团浓重的愁云也一下子笼罩到庄教授的脸上:"快捕精跟"技术设备使用方提出,研制原理样机的一百二十万元经费要风险同担!

所谓"风险同担",就是技术使用单位先拨六十万元,另外六十万元先由研制单位垫付,待设备研制成功后,使用单位再支付。换句话说,如果攻关失败,那么这六十万元就算他们交学费了。

庄教授一下子蒙了。怎么会这样?过去没有经过仿真验证,也没有立项,前途不明朗,大家心里没底,应用方担心投资打水漂,"不见兔子不撒鹰"可以理解。可现在仿真做了,效果出奇地好,总师又签字了,研制经费应一次性到位,这也是科研行规,怎么能让研制方风险同担垫付巨额科研资金呢?

这,庄教授可真没想到。他在高科技前沿阵地上坚守了十几年,完成或参与科研项目十几个,要求"风险同担"的项目他还是头一回遇到。

不过,仔细想想,人家这样要求似乎也在情理之中。"快捕精跟"和全数字信号处理,是世界导航领域刚刚发现的奇峰,连美国、俄罗斯这样的卫星导航强国,都还在实验室做基础研究,不敢贸然上型号,而他们几名年轻人,一迈脚就直接上工程,能行吗?

就凭理论推理和仿真试验，人家心里就有底了，就能断定你一定能做出来？现在"兔子"刚露头，人家为什么不能先观望一下，等你整只"兔子"都出洞了，再把所有"鹰儿"撒出去？

反过来一想，风险同担给人压力，也能催人奋进。可当下的问题是，他们是否有这个风险同担的能力呢？

庄教授拿起电话筒，拨通了单位财务办公室的电话。会计告诉他，账上也就九十多万元，其中周转资金还不够六十万元。也就是说，风险同担不仅要押上单位三分之二的家底，而且把所有的周转资金砸进去都不够。

庄教授从出任研究室主任到所里的总工程师，再到所长，做事雷厉风行，主事果断决策，从不拖泥带水，可面对这"风险同担"，他不得不三思而行。如果"快捕精跟"设备做成了，什么都好说——经费、荣誉、创新空间、单位发展机遇……什么利好都来了。但万一没做成呢？无论对单位还是对个人，后果都不难想象。

庄教授从椅子上站起来，低头在办公室里踱了一阵，然后注视着团队的几位年轻人，神情肃然地问："你们是项目骨干，你们有什么意见？"

"这……"几名年轻人你看看我，我看看你，然后都望着庄教授。他们用目光告诉他，他们不愿放弃，他们很想干。

是啊，如果为了四平八稳，不担风险，而与北斗工程失之交臂，别说年轻人不乐意，他自己也不会答应！

庄教授出生在闽南侨乡，是我国恢复高考制度后第一批考上重点大学的高才生，也是同龄人中第一批获得博士学位的佼佼者。他主攻的雷达目标自动识别技术，是雷达科学与工程领域的新宠儿，也是世界公认的科学难题。

作为我国雷达目标自动识别技术领域的开创者之一，庄教授大胆迎接挑战，紧紧盯住学科发展前沿，一路披荆斩棘，屡屡破关拔寨，不断把我国在该领域的研究向前推进。

随着庄教授在雷达目标自动识别沃土上不断掘进，其学术声誉也如日中天，不断吸引着学界关注的目光。

1989年10月，庄教授在北京参加一次国际学术会议，一位加拿大教授注意到他写的论文，邀请他到加拿大进行合作研究。庄教授微微一笑，婉言谢绝："感谢您的邀请，可我离不开自己的国家，这里更需要我。"

1999年，庄教授到美国访问学习。学习期满，美国导师又邀请他留下继续合作，他仍然没有丝毫犹豫，如期回到祖国，为国家和社会现代化建设服务。

侨乡出生、侨乡成长的庄教授，有很多亲朋在美国发展，其中有不少著名学者、企业家。他们多次给庄教授来信来电，请他赴美发展，可他却一次次婉拒了。

他为什么坚持不出国？为什么要坚守脚下这片土地？因为他坚信，祖国的现代化事业是个大舞台，有干大事业的机会。他爱自己的国家，渴望为国家强盛、民族复兴作贡献！

现在，机会终于来了，他岂能踌躇不前？哪怕前面是南墙，哪怕砸锅卖铁，哪怕头破血流，哪怕结局是"万一"……前边有再多的"哪怕"，他也绝不能放弃，也要放手一搏！

哪怕风险再大，"快捕精跟"项目，他们干定了。

决心坚定后，接踵而至的是挑战。从前，他们主要从事理论探索、基础研究，执行型号任务很少，像研发北斗地面中心"快捕精跟"这样的重大设备，更是从没干过，毫无工程实战经验，大家心里都有些不托底。

为让大家树立信心、放开手脚、大胆实践，庄教授鼓励大家说："要轻松上阵，不要有思想包袱，干成了算大家的，失败了我顶着。"攻关开始后，他不仅对大家悉心指导，而且面对难题敢于决策、勇于担当，成为大家的主心骨。

唱着《喀秋莎》出发

深夜花园里四处静悄悄

只有风儿在轻轻唱

夜色多么好

心儿多爽朗

……

6月，公园湖畔，微风携着不知何处飘出的旋律，在湖面上荡起层层轻波，拨动湖边垂柳沙沙的琴弦，送来阵阵怡人的凉爽。高新科技研究院北斗团队的小吴和女朋友依偎着坐在湖边的石凳上，他们把双脚伸进泛着月光的湖水中，和着《莫斯科郊外的晚上》优美的旋律，微闭着眼睛，让身心深深沉浸在幽静的湖光月色里。

"我们认识几年了？"

"有三年了吧。"

"我来这座城市几年了？"

"两年多了。"

"在什么都讲究快节奏的当下，我们这恋爱谈得算不算马拉松级别了？"她朝他微微仰起月儿般明净的脸庞，"咱们登记结婚吧！"

他搂住她圆润的肩头："好，等过一阵咱们就办。"

她嘟起小嘴："怎么还要等一阵呀？几个月前，你就让我等一阵。"

他神秘地朝她笑笑："你知道《喀秋莎》这首歌吗？"

"猪鼻子插葱——装象，你这理工男居然拿音乐问题考我这个乐迷。"她俏皮地笑了，然后轻声哼唱起来：

> 正当梨花开遍了天涯
>
> 河上飘着柔曼的轻纱
>
> 喀秋莎站在峻峭的岸上
>
> 歌声好像明媚的春光
>
> ……

小吴注视着远方，深有感触地说："是啊，在苏联卫国战争中传唱的《喀秋莎》，也是苏联红军将士心里的歌啊，他们唱着这支歌走进炮火硝烟，明天我们也要唱着这支歌走向科技攻关的战场。"

她瞪圆杏眼望着他："你们又有大任务？"

他点点头："等着我们的，将是一场恶战啊。"

几天后，他们正式拉开了"快捕精跟"关键技术攻坚的序幕。

全数字"快捕精跟"技术，既是北斗一号工程的关键核心技术，也是前无古人的开创性工程。由于创新难度大，算法复杂，研制任务十分繁重。从理论、关键技术攻关，到样机研制、工程实现和定型、外场试验和正样生产，哪一步都是难以逾越的坎儿。

但他们有报国的信念、开拓的勇气。没有试验场地，找学院借资料室；没有设备，找其他课题组东挪西凑；没有可借鉴的资料，就开动脑筋、勤奋摸索、大胆创新。

7月，骄阳似火，他们依然在实验室里忙碌，闷得满头大汗，全身湿透了，就跑到水龙头底下冲个凉水澡。在三伏天里，他们几乎每天要冲四五次澡。

把所有节假日都搭进去了，他们觉得科研进度依然太慢。每天加班到深夜，他们觉得工作进展还是不够快。为把往返食堂的时间省下来，他们把一箱箱方便面搬进实验室，肚子饿了就泡一包。但依靠方便面充饥，长此以往身体也扛不住，于是他们商定每周到院外改善一次伙食，给肠胃添些油水。可每次到饭店吃饭，他们都要等几十分钟才能吃上菜，觉得这样太浪费时间。大家一商量，就把吃炒菜改为吃蒸菜，全是现成的，到了就吃，吃了就走，一点儿不耽误事。至于与女朋友约会，就更是无暇顾及了。

做出了工程样机，紧张的测试接踵而至。这期间，他们扛着仪器设备来回奔波于石家庄、北京等地，不是在试验场上忙碌，就是在路上奔波，与女朋友只能在梦中相见。

终于有一天，显示器上的脉冲信号快乐地闪烁起来，不仅成功捕获了信号，而且达到了"快捕精跟"的性能指标。

紧接着，他们又于1998年春节后，走进北斗一号系统联调大厅，打响了"快捕精跟"技术攻坚第二场战役——系统联调。

和他们一块儿走进联调大厅的，除了庞大的"快捕精跟"设备，还有折叠床、被褥、洗漱用具、速冻饺子、方便面和一箱速溶咖啡。

"好家伙，把生活用品都搬来了。"管理人员一见这架势，严肃地提醒他们，"这是联调大厅，可不是招待所呀。"

他们赶紧解释说："我们没把这里当招待所，这是联调大厅，是办公场所呢。"

管理人员说："知道是联调大厅，还把床铺被子搬进来，还不赶紧搬到招待所去？"

他们央求道："您看能不能通融一下？您也知道，北斗一号工程任务很紧迫，为了抢时间、赶进度……"

管理人员坚持道："你们有你们的任务，我们有我们的制度，总不能因为你们任务紧迫，就在联调大厅吃住，这成何体统？"

可能是他们说话声音大了些，一名领导闻声走了过来："什么事呀？一个个那么激动。"

管理人员指着一旁的折叠床说："他们把这些个也搬来了，要把联调大厅当招待所呢。"

领导看一眼那些吃住用具，却哈哈大笑起来，紧紧地握着王博士的手说："看来你们准备大干一场啊，欢迎你们。"然后把管理人员拉到一边细语一阵，回头嘱咐王博士他们，"可以在这里吃住，但咱们都要遵守纪律，可别真弄成了招待所。"

从此，这里就成了大家全天候、全时段坚守的攻关阵地，他们忙得像陀螺，整日在设备与测试台之间转来转去，饿了泡包方便面，或在开水房架口酒精炉，煮上一锅速冻饺子；方便面、速冻饺子吃腻了，就出去买个盒饭换换口味。忙得眼皮都撑不开时，就泡上一杯浓咖啡提提神，直到实在坚持不住时，才打开折叠床……他们每天都要工作二十个小时左右。

1998 年 5 月，他们终于等来苦尽甘来的日子：测试得到的第一批"快捕精跟"数据，效果远远超出了大家的期望值。

陈芳允听到报告后，禁不住拍手称赞："效果这么好，太令人兴奋了！"但慢慢地，陈老又皱起了眉头，"真有这么好吗？这数据是真实的吗？"俗话说"耳听为虚，眼见为实"，这北斗卫星导航可是国家重器，容不得半点虚假。

耄耋之年的陈芳允，骑上自行车在第一时间赶到联调大厅。他一走进联调大厅，看见摆放在大厅一侧的那排折叠床，不禁愣了一下，然后紧紧握着在门旁迎接他的年轻人的手，感动地说："我知道大家很辛苦，但没想到你们攻关速度这么快，更没想到你们是这样干出来的！"

陈芳允亲眼看过测试数据后，欣慰地点着头说："我说年轻人行，你们可真行。我看数据还可以提升，你们再努力几天，我让专家们来见证你们的奇迹。"

一周后，陈芳允带着二十名专家再次来到联调大厅。当显示器的脉冲信号再次闪烁时，现场爆出惊讶之声："哇，设备性能都快突破理论极限了！"

大家不约而同地把惊讶的目光投向高新科技研究院北斗团队。大家怎么也没想到，一个拥有几十名专家的团队先后攻关近十年都未能突破的北斗一号关键核心技术，被眼前这几名年轻人用不到三年的时间就拿下了，而且性能堪称完美。

真是后生可畏！

"快捕精跟"技术设备，在北京顺利地通过有关部门组织的鉴定。鉴定专家委员会一致认为：该系统整体技术达到当前国际先进水平，部分技术处于国际领先地位，打破了航天大国在卫星导航核心技术方面的垄断，对北斗一号工程建设有着重要的推动作用。

该成果先后获省部级科学技术进步奖一等奖、国家科学技术进步奖二等奖。

北斗一号全数字"快捕精跟"系统，安装在北斗导航地面系统的主控站，成为地面运控系统的核心设备，安全稳定运行十几年，没有出现任何差错，成为地面系统中最可靠的设备之一。

蓝天勋章

北斗一号"双星定位"中的"双星"研制，也是中国航天史上一场艰难的攻坚战。为打好这场硬仗，有关部门特意任命北斗一号副总设计师李祖洪、中国工程院院士范本尧，分别担任北斗一号"双星"研制的总指挥、总设计师。

范本尧，是我国资深卫星总师之一，曾担任东方红三号等多种型号卫星的总设计师，北斗"双星"是他带领大伙儿在九重云霄放牧的第十四、十五颗卫星。用大家的话说："范总又在蓝天之上悬挂了两枚勋章。"

人们把他带领大伙儿研制的卫星喻为"勋章"，并非随意编造，而是有典故的。

1953 年，即将中学毕业的范本尧和同学们聚会。刚满十八岁的范本尧踌躇满志，不仅上台发表了豪言壮语，而且胸前还佩戴了一枚大奖章。

一位同学问范本尧："本尧，你胸前那奖章是什么奖？"

"是我从父亲那儿借来的奖章。"范本尧拍着胸脯说，"十年后，我一定要得一个比这个还要大的奖章！"

那时范本尧向往的是海军，志在造船、造飞机。高考时，范本尧在高考志愿里工工整整地填上"船舶、飞机制造、机械"，不久他顺利进入大连工学院（今大连理工大学）学习船舶制造。两年后进入毕业设计阶段时，范本尧又选择了一个关于潜水艇的题目。

可就在他如痴如醉地进行潜艇技术攻关时，突然有一天接到辅导员通知："中止毕业设计，立刻前往清华大学报到。"

范本尧听了一头雾水："我眼看就要大学毕业了，为什么还要转学？"

辅导员说："你去清华问钱伟长教授吧。"

原来，新中国成立之初，众多大型科研项目建设迫在眉睫，但我国工程力学人才却是凤毛麟角，与外国的人才储备相比差距极大。为加速培养自己的工程力学人才，在钱学森等著名科学家倡议下，1957 年，国家特地在清华大学开办了工程力学研究生班，面向全国大学青年教师、科研单位技术骨干、应届大学毕业生挑才选俊。范本尧荣幸地成为其中一员，也是全班四十名同学中唯一被选中的。

就这样，范本尧大学还没毕业，就面临第一次改行：由攻读潜艇技术改为攻读工程力学。

来到清华大学后，才知道大名鼎鼎的钱伟长教授竟是他们的班主任，同时为他们主讲工程数学。当时为他们上课的，还有从美国留学回来的著名流体力学专家郭永怀等一批名专家、名教授。在这些科学名家的精心培育下，大家学习勤奋上进，成绩优异。范本尧每学期成绩都名列前茅。

1958年，钱学森对中国国防科技事业提出了"上天、入地、下海"的宏伟设想。其中，"上天"就是航天，空间技术研究机构随之成立。工程力学研究生毕业的范本尧，又第二次服从组织安排，干起了空间技术，并从此与航天结下了不解之缘。

可就在范本尧对火箭技术领域艰难而又饶有兴趣地探索了近十年后，一纸莫名其妙的通知，把他下放到北大荒军垦农场接受劳动锻炼。两年后，他终于再返北京，参加我国第一颗返回式卫星的研制，担任卫星防热技术攻关组组长，研制新型防热结构，在国内首次圆满解决了卫星返回防热难题，确保了我国返回式卫星发射、回收成功，使我国卫星再入热防护理论和技术达到国际先进水平。该成果于1978年获得全国科学大会重大成果奖。

进入20世纪80年代，中国航天事业迎来新的春天，范本尧的人生也随之焕发了新的青春，成为我国第一颗通信卫星东方红二号总体技术负责人。

东方红二号于1984年顺利升空，填补了中国航天领域的重大空白，举国上下一片欢呼，但范木尧却认为这并不是一种值得夸耀的先进技术。在20世纪80年代，美国、苏联的通信卫星已可以进行电视信号传输，而东方红二号却只能进行简单的无线电通信，差距十万八千里。于是，他顶着巨大压力、冒着巨大风险，率先提出在一年内改进东方红二号卫星的性能，实现国内电视节目传输，满足国内用户迫切需求的建议，并很快编写出可行性论证报告，制定了修改方案。

1986年，东方红二号改进型卫星顺利发射升空。人们惊喜地发现，卫星通信容量比以前扩大了四倍，地面电视接收天线直径由过去的十三米缩小到六米。不久，上万个地面电视接收站如雨后春笋般在全国各地建起来，中国比原计划提前三年开通全国卫星电视业务，让卫星电视走进千家万户。

可范本尧依然不满意，继续致力于对东方红二号的性能改进提高，于两年后研制出我国第一代实用通信卫星——东方红二号甲，将过去的两个转发器变成四个，通信容量增加八倍，卫星工作寿命延长50%，使其成为国内工作寿命最长、可靠性最高、实用性最好的通信卫星，大大拓展了我国卫星电视覆盖面。

1997年5月12日，一枚银白色"长征"运载火箭从西昌卫星发射中心发射场腾空而起，将范本尧和团队成员呕心沥血研制完成的东方红三号卫星送上太空。5月20日，卫星成功定点于东经125度赤道上空，卫星性能指标比东方红二号提高十六倍。

东方红三号让总设计师范本尧荣获了国家科学技术进步奖一等奖。他把红彤彤的获奖证书摆放在办公室显眼的位置，自己可以经常看看它，经常想想它那一波三折的研制经历，经常给自己提个醒："研制北斗一号卫星，一定要确保万无一失。"

北斗一号系统副总师、"双星"研制总指挥李祖洪，也是位学术底蕴厚实、工程经验丰富的"老航天"。

1942年出生于福建莆田一个贫困家庭的李祖洪，1961年夏凭着优异的高考成绩，带着家乡父老的厚望，背着行李，和儿时伙伴、小学同学、中学同窗，又同时考上大学的名叫黄美玉的美丽姑娘一道踏上火车，经过整整一个星期的辗转颠簸，走进了北京大学。

风尘仆仆一路走来的大学生李祖洪，时刻铭记着刚入学时老师对他们说的那番意味深长的话："你们要珍惜在北大读书的机会啊，八百个农民一年的收入，才能供应你们一个北大学子。"大学六年，他只回过一次家，他所有的寒暑假都在学校图书馆里度过，用努力迎来了优异成绩。

在党的阳光雨露下成长的李祖洪，更懂得感恩。他常对身边的人说："像我们这种穷苦人家出身的孩子，只有在共产党领导下的新中国，才有机会上大学并上得起大学。我的知识、我的前途都是党和国家给予的，我唯有把毕生精力奉献给国家，才对得起党的如山重恩。"

1967年，李祖洪揣着一颗报恩的心，牵着心心相印的黄美玉的手，双双走进中国空间技术研究院，从事技术研究工作，开启了近半个世纪的航天生涯。

1988年，我国东方红三号通信卫星工程上马后不久，通过与美国公司多轮协商，双方终于签订了从美国进口某星载部件的合同。1990年，李祖洪受国家派遣，带队前往美国公司考察产品生产环境和质量。哪知他们刚一进美国公司大门，就立刻被人盯上了，而且对方盯得不加任何掩饰，就像影子般不离左右，恨不能上厕所都跟着你，时刻把眼睛睁得圆圆的，盯着你的一举一动。人家为什么要盯你？还不是你比人家落后，要防着你偷窃别人先进的东西。更让李祖洪气愤的是，他带着代表团回国后，美方公司竟以子虚乌有的"不可预见的风险"为由，拒绝向中方交货，而当中方向他们索要前期预付的巨额款项时，他们又拒不退还。中方几经交涉甚至抗议，美方才答应交货。当中方打开美国公司发来的产品时，却发现全是一些空心机壳！这简直欺人太甚！那些空心机壳，就像一把把利刃，一直扎在李祖洪的心头，扎得他心里隐隐作痛，一直痛了几十年。他在痛中坚定了一个信念：航天核心技术引不进、买不来，再难也要自己搞！从那以后，李祖洪一直致力于推动航天产品国产化，为航天工程尤其是北斗卫星导航系统核心技术自主可控而奋力拼搏。

20世纪末，某型号工程上马，李祖洪受命带人前往欧洲洽谈卫星太阳能帆板引进事宜。没想到洽谈一开始，对方就以"不可预见的风险"为由断然拒绝。李祖洪不再缠着对方求情，掉头就带着谈判团队回到国内，建议上级立刻启动太阳能帆板国产化研究。经过两年多艰难探索，吃尽苦中苦，克服难中难，他们终于研制出自己的卫星太阳能帆板。

李祖洪说："卫星对于造星人来说，就像一个个孩子。"在他心里，用进口元器件研制的产品，虽然也是孩子，但总有一种"抱养"的感觉，只有用自己生产的元器件研制的卫星，那才真叫自己的孩子，一看见它们，心里就感到亲切，就觉得自豪与骄傲。

中国空间技术研究院大厅里，立着一面雄伟的卫星墙，研究院成立以来研制的所有卫星名字都绘刻在墙上，其中不少是李祖洪主持或参与"抚养"长大的"孩子"。每次经过那里，看到那些"孩子"，他就会情不自禁地哼唱起《打靶归来》：

日落西山红霞飞

战士打靶把营归　把营归

胸前红花映彩霞

愉快的歌声满天飞

……

1994年，北斗一号正式立项后，李祖洪、范本尧组建了我国第一支北斗卫星研制队伍，开展导航卫星基础研究。

"双星"研制，是"老航天"李祖洪、范本尧面临的新挑战。研制工作一开始，便在卫星平台问题上卡了壳。当时，北斗"双星"平台既可选用东方红二号平台（简称"东二平台"），也可选用东方红三号平台（简称"东三平台"）。这两种平台各有利弊：前者久经沙场，技术成熟，但承载能力较小；后者虽然承载能力大，但刚在不久前的一次发射中失利。

于是，北斗卫星导航系统"双星"平台出现了两难选择：选择"东二平台"，性能让人放心，但承载能力又让人担心；选择"东三平台"，承载能力让人放心，但技术状态又让人担心。

思量再三，大家觉得还是选用"东二平台"稳妥可靠。可是，把各种星上载荷装上"东二平台"后，由于载荷超出平台载力，第一次试验就失败了。

"东二平台"载不起，"东三平台"失败过，怎么办？

在似乎"山重水复疑无路"的关键时刻，型号"两总"认为，哪项技术成果都是在磕磕绊绊中成熟的，要是有过失败就不敢再用，新兴技术将永远得不到发展。于是"两总"大胆决策：选用"东三平台"！

经过努力，"东三平台"不仅载着北斗一号四颗卫星（含两颗备份星）飞天成功，而且此后又承载着北斗二号十几颗卫星成功入轨，完成了亚太区域的卫星组网。

凭着这种敢于创新的精神，李祖洪、范本尧带领团队运用先进的系统设计思想，克服重重困难，创造性地解决了高增量、多频段、大功率等一系列高难度关键技术，确保了卫星的高性能。

鉴定会上，北斗一号"双星"的创新性和可靠性，赢得了专家的一致称赞。

太空"狭路"

2000年夏，地上的运控中心马上竣工，上天的卫星也造好了，北斗一号工程似乎已经万事俱备，只待选个良辰吉日发射卫星了。哪知这时，卫星频率问题却成为影响国际合作的关键。

太空茫茫，无边无际，似乎为人类留下了辽阔宏大的活动空间。而事实上，这片深邃的太空，留给人类活动的并不是一片信马由缰、肆意驰骋的无边草原，而是一条条"狭路"。

比如卫星通信频率。众所周知，任何卫星系统的信息感知、信息传输，都需要使用电磁频谱，而电波在空地间的传播过程中存在大气层损耗。不同频段传播损耗不同，其中在0.3GHz—10GHz频段间损耗最小，被称为"透明无线电窗口"；在30GHz附近频段损耗较小，通常被称为"半透明无线电窗口"。各类卫星主要应用这些频段。其他频段损耗较大，不宜使用。因此，卫星常用频段只占无线电频谱的一小部分。

比如卫星轨道，也不是无穷无尽的，有位于赤道上空、距地面高度35786公里的对地静止轨道，距地面几百到1000公里的低轨道，而中轨道导航卫星通常处于距地面20000公里左右的高度。无论是对地静止轨道位置还是其他轨道位置，资源都是有限的。

以对地静止轨道卫星为例。一颗静止轨道卫星可以覆盖地球表面约40%的区域，且地球站天线容易跟踪，信号稳定。因此，大多数通信卫星、广播卫星、气象卫星都选用静止轨道位置。但受天线接收能力限制，同一频段、覆盖区域相同或部分重叠的对地静止轨道卫星只有间隔一定的距离，即从地面看要间隔一定的角度，地球站才能区分开不同卫星的信号，实现正常的工作。因此，两颗卫星之间需要在经度上间隔不小于2度，在整个对地静止轨道上的同频段卫星通常不会超过 150 个。这已远不能满足世界各国的需求。

以此类推，常用的非静止轨道资源同样也是有限的。

既然有限，既然是狭路，就必然拥挤，就会有占道、抢道。

太空资源的竞争随着人类开启航天大幕而开启，并随着经济和科技的发展愈演愈烈。一些国家和组织出于自身利益考虑，先占领轨道位置及频率而后发射卫星。地球静止轨道上 C 频段通信卫星已经饱和，Ku 频段通信卫星也很拥挤，各国卫星定点位置之间出现"撞车"、需要协调的事时有发生。抢占卫星频率和轨道资源，已成为当今世界航天领域角逐的热点之一。

在这场太空资源竞争中，以美国、俄罗斯为代表的航天强国凭借经济和技术优势，已把卫星频率和轨道优质资源先占先用。近年来，印度、日本、韩国、马来西亚等国家，也纷纷自行或联合制造通信卫星，使太空资源竞争更为激烈。

北斗一号工程启动时，频率资源已经非常紧张，好不容易才获得 2.5GHz 位置报告频率。

可没想到的是，鉴于世界新一代通信卫星的紧迫需求，有的国家提议将 2.5GHz 位置报告频率列为新一代卫星移动通信频率，并将在 2000 年世界无线电通信大会上通过这一提议。

如果这一提议获得大会通过，将意味着中国北斗卫星没有频率可用。换句话说，即将大功告成的北斗一号将就此止步。

中华民族绝不能没有自己的卫星导航！

2000 年世界无线电通信大会中国代表团迅速组建，参会预案很快形成：一是通过积极协商，争取世界各国支持，保住北斗一号 2.5GHz 位置报告频率；二是与欧盟合作促成新的卫星导航频率划分，为未来北斗全球导航系统争取频率资源。

谁来指挥这场艰难的频率保卫战？总指挥非北京卫星导航中心总工程师谭述森莫属，但谈判代表却迟迟难以确定。因为这场谈判将非常艰难，需要与多个国家代表进行广泛的深入交流，没有一流的外语能力难以胜任。

正在这时，从美国留学归来的博士后赵晓东来到北京卫星导航中心工作。中心领导立刻委以重任，让他随团与会，在谈判一线充当"主角"。为让他及时向国内汇报谈判进展，中心破例给他配了一部全球通，每天向谭述森总指挥电话汇报两次。

2000年6月，世界无线电通信大会在土耳其的伊斯坦布尔召开。大会确定了各委员会、工作组、起草小组的人员构成后，各层次会议快速有序地展开，涉及北斗频率的起草小组会议随即举行。

赵晓东作为中方代表率先强调："中国的北斗卫星导航系统正在建设中，关于将2.5GHz频率用于卫星移动通信的提议，违反公正原则，损害了中国利益。"

"将2.5GHz频率用于卫星移动通信"提议国代表解释说："卫星导航技术已经发展几十年，GPS已经建成，并免费让世界各国使用，没有多少发展空间，而卫星移动通信方兴未艾，把2.5GHz位置报告频率用于此，能够发挥更大效益。"

赵晓东说："卫星导航发展几十年，都是航天大国在搞。中国等众多发展中国家还没有自己的卫星导航，这说明卫星导航还有很大发展空间。"

提议国代表说："你们中国也可以用GPS导航嘛，为什么非要建一个新的卫星导航系统呢？"

赵晓东说："卫星导航系统，是人类导航技术发展的趋势，将给人类生活带来极大的福祉。中国是最早发明指南针的国家，理应为推动现代卫星导航技术贡献中国力量、中国智慧。"

提议国代表说："已经有了GPS，再建新的卫星导航系统，等于同样的事情你们再做一次。"

……

双方坚守各自立场，谁都无法说服对方。频率文件起草小组主席不得不把议题推到专门议题起草小组讨论。

　　为在专门议题起草小组会议上争取大家的支持，赵晓东积极开展"走廊外交"，与众多发展中国家代表广泛接触，指出中国建设卫星导航对发展中国家有着巨大的帮助，得到了这些国家的认同。

　　进入讨论流程时，双方意见依然难以统一，会议主席束手无策，只得再次将问题交回频率文件起草小组。

　　北斗一号频率悬而不决，让赵晓东深感压力巨大，连续几个晚上彻夜难眠。

　　这天晚上 10 点多，赵晓东又辗转反侧，终于忍不住给谭述森办公室打去电话，号码刚拨出去，才突然意识到此时国内正是凌晨 3 点钟，当他准备挂断时，电话里却响起了谭述森的声音："喂，是晓东吗？你辛苦了。"

　　赵晓东感到有些意外："谭总，这么晚还在办公室啊？"

　　谭述森说："我在等你电话呢，不接到你的电话，我心里不踏实，想睡也睡不着。"

　　赵晓东简短汇报了协商的严峻形势，谭述森明确指示："千万不能泄气，一定要把问题推到大会全会上讨论。"

　　两天后，在各国代表参加的全会上，赵晓东昂首阔步走向讲台，再次呼吁："中国北斗是在建系统，将 2.5GHz 频率用于卫星移动通信的提议，严重损害中国利益，希望世界各国支持中国卫星导航事业，欢迎大家在卫星导航领域与中国合作，共同推动世界卫星导航技术新发展！"

　　"将 2.5GHz 频率用于卫星移动通信"提议国代表强调："新一代卫星移动通信采用目前最先进的技术，能更有效地使用频率资源，符合国际电联有效利用频率资源的宗旨，国际电联应该鼓励和推广先进技术。"

大会依然没有形成统一意见。

这时，会期已经过半。为争取"将 2.5GHz 频率用于卫星移动通信"提议国代表支持中国北斗，会后，赵晓东找到他说："我想与您谈谈。"

提议国代表笑着说："赵先生，您的毅力让我非常敬佩。可我也要争取自己的国家利益，就像我不能说服您一样，您恐怕也不能说服我。"

赵晓东说："中国建设北斗卫星导航系统，不仅不会损害你们的国家利益，相反，如果我们在该领域展开合作，对我们甚至全世界都有好处。"

提议国代表有些不解："中国北斗能给我们带来好处？"

赵晓东说："试想一下，中国将来建成北斗卫星导航系统后，如果像 GPS 那样免费供全世界使用，贵国上空的卫星导航信号，是不是可以大大增强？你们是不是会多一个选择？"

提议国代表听了，哈哈笑着伸出手来："赵先生，您是个理想主义者。"

双方握手很热情，但问题依然没有解决。

至此，争取俄罗斯的支持，是唯一希望了。因为按规则，在全会上必须有两个以上大国支持中国北斗，北斗一号才能保住 2.5GHz 频率。

为争取俄罗斯支持，赵晓东一头扎进历年来俄罗斯向大会提交的文件堆里。俄方提交的二十多个议题涉及几十种业务、近百段频率，共五六百份文稿，还有每个议题每次会议产生的阶段性文件，码起来有一米多高。赵晓东不厌其烦，逐个文件仔细研读，读得两眼昏花、腰背酸疼。

在做好充分准备的基础上，赵晓东找到俄罗斯代表团，经过深入细致的交流协调，终于赢得俄罗斯的支持。

从此，从起草小组到工作组，再到委员会，俄罗斯代表团均旗帜鲜明地支持中国北斗一号使用 2.5GHz 频率。

在最后的全会上，全会主席根据国际电联规则，通过了允许中国北斗一号使用 2.5GHz 频率的提议。

会场上响起了热烈的掌声。这是世界人民对中国北斗卫星导航系统的深切期待！

正步的礼赞

2000 年深秋，北斗一号卫星终于在西昌卫星发射中心完成最后测试，即将出征万里长空。北斗一号工程总指挥、总设计师、副总指挥、副总设计师，都前来为它壮行。

整星进场那天，北京卫星导航中心老专家李贵琦，代表北斗人亲自护送卫星进驻发射塔。距离发射架最后两公里时，庄严的一幕出现了——为让转运车平稳行驶，确保卫星不受震动，已从部队转业多年的李贵琦，用自己年轻时练就的标准正步为转运车开道压阵，向北斗事业、北斗人表达崇高敬意。

"啪！啪！啪……"他步伐标准，踏地有声，把北斗人的轩昂气宇展现得淋漓尽致！

"啪！啪！啪……"他步伐沉稳，不紧不慢，一步一步匀速迈向发射架！

"啪！啪！啪……"两公里路程，他足足走了四十多分钟！

四十多年科研人生，近二十年北斗路，每一步，他都在走正步，走得如此铿锵、如此执着。

当年北斗一号筹备立项时，组织上让他参加这一开创性工作，他告别家人，只身从科研条件优越的研究所来到北京，在已近花甲之年再次开始单身生活。

有人不解："你要级别有级别，要职称有职称，要成绩有成绩，你这是图啥？"

他说："就图建成咱们中国自己的卫星导航！"

当时，筹备组一些人因为担心北斗建不成、个人前途受影响，纷纷跳槽转行，另找出路。李贵琦毫不动摇，坚守岗位。

又有人问他："好多人都走了，你为什么不走？"

他说："就为了建成咱们中国自己的卫星导航！"

到了退休年龄后，领导三次征求他的意见，能否延期退休，继续建北斗。李贵琦每次都回答："坚决服从组织安排！"

每次人们都纳闷："辛辛苦苦几十年，好不容易挨到神仙般的退休生活，却还要没黑没白拼了老命干，何苦来哉？"

李贵琦每次都是这句话："就图建成咱们中国自己的卫星导航！"

正步，是北斗人最威武、最庄严的步伐。李贵琦用正步走出了一名老北斗人的形象，也走出了一名老北斗人的豪情。退休赋闲后，那些阔别数年的老同学、老朋友相聚，别人问他："贵琦，这些年你都干啥去了？"

他拍着胸脯说："我一辈子就干了北斗这一件事，这是我最大的荣耀！"

北斗人正是以这种正步的坚定与铿锵、庄重与雄壮，为中华民族开创了一片卫星导航新天地，为祖国赢得了尊严与荣光。

2000年10月31日晚，夜空的星光格外明亮。星光下的卫星发射场上，怀抱着中国首颗北斗卫星的长征三号运载火箭，显得更加雄壮巍峨。

随着一声果断的"点火"指令，长征三号运载火箭轰的一声冉冉升起，以不可阻挡的气势，冲破黑暗，冲出大气层。它那美丽的尾焰，照亮了夜空，照亮了北斗人的心！

走一步，看两步，想三步

1999 年，中国的北斗一号进入紧张的系统联调和卫星发射准备工作。但即使北斗一号系统全部建成，从某种意义上说，也是中国卫星导航事业"摸着石头过河"摸到的第一块石头，只是一个试验系统，只有定位功能，尚未实现连续导航，而且只能覆盖中国本土，精度也需要大幅提升，依然不能从根本上打破国外先进卫星导航技术的垄断局面。

中国卫星导航技术与世界大国的差距，不仅没有缩小，反而更大了，这给中国的信息安全带来了影响。如在 21 世纪的头十年，由于大型工程机械均使用 GPS 导航，致使中国在什么时候、什么地方建设什么工程，别人都了如指掌。

GPS 在各应用领域甚至是战争舞台上粉墨登场并迅速扮演主角，让发展中国家感到震惊，就连欧盟都觉得"没有自己的卫星导航技术，欧洲将不可避免地成为附庸"。因此，欧盟在科索沃战争爆发那一年，宣布建设独立的全球卫星导航系统——伽利略，实现完全非军方控制、管理，可以进行覆盖全球的高精度、高可靠导航定位服务，以减少欧洲对美国的技术依赖，打破美国对卫星导航领域的垄断。

欧盟虽然有着雄厚的技术力量，但建设"伽利略工程"需要投资三十多亿欧元，这是欧盟自主导航之梦遇到的第一个也是最大一个障碍。于是，欧盟抛出"谁投资谁优先使用"的政策，向世界各国广泛融资，并把"绣球"抛向中国。

欧盟的合作邀请，对于正对卫星导航求之若渴的中国有着巨大吸引力。中国有关部门抱着学习的态度，带着足够的诚意分别与欧盟和俄罗斯接触，开展合作谈判。

但沈荣骏、孙家栋高瞻远瞩，认为卫星导航这种新兴、敏感的技术，广泛交流、真诚合作固然重要，但自力更生、聚智攻坚更不能丢。

没有任何迟疑，沈荣骏、孙家栋于2002年8月2日联名给航天主管部门领导写信，建议大力发展自主可控的北斗导航。

在这关键时刻，国家有关部门果断决策，批准北斗二号导航系统工程建设方案。中国退出欧洲伽利略卫星导航系统建设，对外正式公布自主发展卫星导航系统计划。为加强对北斗工程建设的领导，有关部门成立了工程建设领导小组。

为尽快改变起步晚、发展慢的局面，中国坚持"走一步，看两步，想三步"的战略，在紧锣密鼓开展北斗一号工程建设的同时，启动了北斗二号导航系统工程，展开了一系列关键技术的预研攻关。

北斗二号是一个庞大、复杂的航天工程。它由空间段、地面段和用户段三部分组成。通俗地说，就是天上满天星、地上一张网，并把它们相互联通起来，共同组成一个"天罗地网"，把亚太地区天上转的、空中飞的、海上游的、地上跑的，都网在其中，让它们随时都能找到自己的位置和前行的方向。

北斗二号就像在宇宙间布下的一盘大棋，棋子星罗棋布，棋格纵横交错。面对这样一盘创造中国航天史上众多"第一"的大棋，谁能总揽全局，稳步推进，出奇制胜？

孙家栋被任命为北斗二号卫星导航系统总设计师，李祖洪、谭述森、杨长风被任命为副总设计师。

随着北斗卫星导航系统工程建设的不断深入，以孙家栋总师为代表的工程"两总"，通过总结实践经验，提出了具有中国特色的

"先试验、后区域、再全球""先有源、后无源"的"三步走"发展战略：第一步，建成信号覆盖国土的北斗一号系统，于2000年左右，使中国成为世界上第三个拥有自主卫星导航系统的国家；第二步，建设北斗二号卫星导航区域系统，于2012年左右，具备覆盖亚太大部分地区的服务能力；第三步，建成北斗三号卫星导航全球系统，于2020年左右，正式向全球开放服务。

北斗卫星导航系统工程是一首旋律高昂、气势雄浑的中国航天交响曲，演奏乐队阵容庞大，吹拉弹唱齐全，琴瑟鼓弦应有尽有。北斗工程"两总"作为优秀的乐队指挥，手握指挥棒，娴熟优雅地引导乐队合奏，乐曲时而如草原上万马奔腾，时而似大海波涛汹涌，时而又像幽谷凤鸣……好一曲中国航天事业波澜壮阔的宏伟乐章。

你打你的，我打我的

北斗卫星导航系统建设虽然比GPS、格洛纳斯晚了近二十年，但作为后起之秀，并不缺乏胸怀与目光、激情与理想。它在起步之初便树立了雄心壮志——北斗一号解决有无，北斗二号跻身世界先进行列，北斗三号建成世界一流导航系统。

这是北斗应有的理想，也是中国卫星导航事业的唯一选择！

中华民族伟大复兴的大业虽然艰难，然而势不可当。中国北斗争取领先世界，不仅势在必行，而且大有可为。"北斗二号跻身世界先进行列，北斗三号建成世界一流导航系统"，并非空中楼阁，它既有"先天优势"，又有"后发优势"，更占据"天时、地利、人和"。

北斗虽比GPS起步晚，但一开始就设计了通信功能，实现了定位、授时、通信一体化，而GPS只有导航与授时，相当长一段时间里没有通信功能。通信，为北斗卫星导航系统开辟了崭新、宽敞的舞台，可以演出许许多多精彩绝伦的新剧目、新故事。这是北斗独特的先天优势。

北斗建设之时，正是中国崛起、中华民族走向伟大复兴之际，国家现代化急需北斗提供服务，经济建设发展急需北斗提供鲜活动力，改革开放不断深入急需北斗提供技术支持……北斗建设，适逢"天时"。

在华夏这片热土上，有中国共产党的坚强领导，有社会主义制度能集中力量办大事的优势。中国航天事业经过近六十年的探索发展，形成了丰厚的航天学术积淀，拥有丰富的航天管理经验。北斗有着广阔的应用前景、强劲的市场牵引。北斗有得天独厚的"地利"。

中国急需北斗，人民渴望北斗。北斗是民心所向，民意所聚。有党和国家对北斗的高度重视，有全国航天人对北斗的聚力支持，这是北斗举世无双的"人和"。

建成一流导航系统，领先世界，是北斗的必然趋势！

北斗二号从覆盖国土到覆盖亚太，从几颗星到十几颗星，这一步迈得有点大、有点难。如何走好这一步？这是总体设计必须首先回答的问题。

很多人提出："建设北斗一号时，国家没钱，条件跟不上，被逼无奈，独创一个'双星系统'。现在国家也拿得出这笔钱了，其他条件也改善了。美国的 GPS 也建成了，而且在各领域运用中得到验证，效果非常好。我们为何不照着 GPS 的路子走呢？"

初看起来，这似乎是个好主意。美国的 GPS，从 1997 年开始加快建设步伐，频频发射卫星，到 2004 年共有十二颗新一代卫星发射升空，系统得到更新，导航精度大幅提升。

这貌似省钱、省力又省心的"良策"一冒头，北斗工程"两总"当即予以否定。

卫星导航系统是国家经济建设发展的重要技术保障，这样的国之重器，岂能照别人的"葫芦"画自家的"瓢"？拾人牙慧又如何"争当一流"，又何以"领先世界"？

要想登上别人尚未企及的高度，就必须走自主创新之路。只有走别人没走过甚至不敢走的路，方能走出北斗风格、北斗特色、北斗境界！

那么中国特色的北斗之路又怎么走呢？

北斗工程"两总"的领导们说："建设世界一流的卫星导航系统，我们要像毛主席说的那样：'你打你的，我打我的。'"

沿着这一思路，北斗人研究适合自身的战略战术，大胆尝试、勇于创新，设计出一套崭新的北斗卫星导航系统：

比如，美国GPS的二十四颗卫星，全部都是中地球轨道卫星，而北斗二号组网卫星中，不仅有中地球轨道卫星，还有倾斜地球同步轨道卫星和地球静止轨道卫星，这是世界上第一个也是唯一由三种卫星组成的混合星座。

比如，美国的GPS一代、二代，只有导航、授时两种功能，而北斗二号不仅设计了这两种功能，还继承了北斗一号特有的通信功能，成为相当长时期内集定位、导航、授时、通信于一体的卫星导航系统。不同于GPS一代、二代卫星的单向通信，北斗一号是双向通信，为系统性能改进与提升提供了宽敞的舞台和广阔的空间。

比如，美国GPS采用单一的无源定位，而北斗二号不仅设计了无源定位功能，同时继承了北斗一号的有源定位体制，有源与无源两种体制的结合，是中国北斗最大的特色和亮点，也是中国北斗的优势所在。这是中国人创新智慧的结晶，也是对世界卫星导航大业发展作出的卓越贡献。

比如，美国 GPS 采用二频信号，而北斗二号设计了三个频段的导航信号和对应的北斗应用终端型谱，成为世界上首个全星座播发三频信号、基本导航与广域增强一体化的卫星导航系统，更好地消除了高阶电离层延迟的影响，增强了数据预处理能力，提高了模糊度的固定成功率，从而提高了导航定位的可靠性。

比如，美国 GPS 采用单一的卫星无线电导航业务（RNSS），只能实现连续导航功能，而北斗二号设计了与卫星无线电测定业务（RDSS）相结合的新型导航技术体制，使北斗二号同时具备连续导航与快速定位报告能力。

"中国星座"

导航卫星星座是北斗二号区域系统建设必须首先论证、设计的技术方案。

以中国工程院院士许其凤为带头人，"双星定位系统"论证小组技术骨干王莉等为主要成员的星座设计团队，勇敢地肩负起北斗特色星座技术探索的重任，成为北斗二号系统建设的开路先锋。

1936 年生于天津的许其凤，是中国工程院院士、大学教授，我国导航定位领域杰出的科学家，在四十余年的导航定位技术研究与教学中，创造了一系列中国第一。

许其凤从 20 世纪 60 年代开始从事卫星大地测量工作。20 世纪 80 年代初，他敏锐地发现卫星导航将给人类生活带来深刻影响，开始把研究方向转向卫星导航技术，成为我国最早从事该领域研究与教学的学者之一，并于 1982 年在国内率先开设了卫星导航与精密定位课程。

1985 年，作为技术负责人，许其凤应用卫星定位技术建起了中国第一个高精度大地测量控制网，解决了国内大地测量的基准问题。

1989 年，许其凤编写出版了我国第一部全面论述 GPS 与大地测量的专著——《GPS 卫星导航与精密定位》。

1991 年，中苏两国通过友好协商，决定共同启动东段边界联合测量工作，但在实施阶段由双方"背靠背"分头组织。许其凤受命负责此次联测中方总体方案设计、施测指导和数据处理，他带领技术人员开创了国内首次用卫星导航技术开展大规模测量的先河。中苏两国正式协商边界问题的前一天，苏方提供的一批数据始终无法与我国实测数据吻合。经缜密测算，许其凤得出结论："我方数据没问题，是对方数据有误。"两国联测，涉及外交，需慎之又慎。于是，团队成员提醒道："我们可是第一次在国内采用卫星导航技术进行边境测绘，会不会是我们的数据有问题？"许其凤胸有成竹地说："我们要相信先进技术，我们的数据不可能有问题。"果然，双方一到签字台上，面对我方准确的实测数据和严密的测算，苏方坦诚地承认了失误并进行了重新测算。几年后，许其凤又开设了空间大地测量学专业。

许其凤带领团队设计北斗二号星座，首先需要思考的问题是，美国 GPS 星座设计方案适用于北斗二号区域系统吗？

航天领域投资高、风险大，卫星工程的每一个方案、每一项技术都需要谨慎对待。美国的导航卫星全部采用中地球轨道卫星。许其凤带领团队通过对其覆盖性、性价比、管理模式进行细致分析、深入测算后，发现它根本不适合区域卫星导航系统，还有可能产生投资大、见效慢、性能差的后果。

北斗二号星座设计必须另起炉灶！但这个新炉灶很难建，只能从"三步走"和"区域系统"特点出发，摸索着前行。

那什么样的炉灶才能适应"三步走"战略特点，做好北斗二号和后续的北斗三号这桌"大菜"呢？

科研中，有大量的各种各样的数据需要处理，是名副其实的海量计算、云计算，需要超级计算机才能胜任，而当时他们只有一台第一代笔记本电脑。现在的笔记本电脑几分钟能完成的计算，那时需要计算一天一夜。这就像老牛拉重车赶远路，牛不能歇蹄，驾车人也不能歇脚。

在赶这辆"老牛车"的过程中，他们受了多少苦，看看王莉的那股子拼劲就知道。

王莉是名副其实的"老北斗"。我国恢复高考的第二年，即1978年，她以优异成绩考上了测绘学院，学习人造卫星大地测量专业。1982年毕业后，她就开始从事卫星定轨精度分析。1985年，有关部门组建"双星定位系统"初始论证小组时，王莉是最早的成员之一，肩负着系统定位、授时原理、系统模型、数据处理、精度、误差指令分配等基础理论和技术探索，为北斗一号建设作出了原始性贡献。北斗二号区域系统基础预研开始后，王莉再次被委以重任，承担北斗二号星座和轨道预研重任。

那段时间，王莉晚上在实验室加班成了家常便饭。哪知就在忙得不可开交的节骨眼上，她怀孕了。王莉决定去医院实施终止妊娠手术。从医院回到家里，她感到两腿像被抽去骨头，身体被掏空了一般，疲软得像一摊烂泥。

妈妈把一碗热乎乎的鸡汤递到女儿手上，心疼地抚摸着她的额头："看把咱闺女折腾的，脸色煞白，像一张纸了，以后可注意着点！"

王莉吃力地向母亲笑了笑："妈，您就放心吧，喝了您做的这碗鸡汤，脸色马上就会好了。"

还真是，一碗鸡汤下去，王莉冰凉的身体慢慢温热起来，昏昏沉沉的大脑也渐渐清醒了。实验室那些急需计算的数据也开始跳出来，并顽强地占据着她的整个脑海。王莉在床上睡了一会儿，就再也躺不下去了，勉强撑起身子走到厨房，对正在洗碗的母亲说：
"妈，我得上实验室去。"

妈妈听了，吃惊地望着她："孩子，你疯了？小产第一天晚上就
去加班？！"

王莉轻轻点点头："妈，事儿急呢。"

妈妈说："再急也不能不顾身体啊！"

王莉说："没事儿，我年轻力壮，这点事儿经得起。"

妈妈拦不住女儿，只得解下围裙，搀扶住女儿说："那我跟你一
块儿上实验室，陪着你算题，不然我不放心。"

王莉说："妈，不用，您在家看电视吧。"

妈妈拉下脸说："你不许我去，我就不许你去！"

就这样，一周的小产假，王莉一天也没休息，连续加了七个晚
班。妈妈也在实验室陪了她七天七夜，时而把热茶端到她手上，时
而到街上给她买汤水……

在星座方案设计的那几年里，可以说团队的每一名成员，从学
科带头人许其凤到每一名设计人员，都是像王莉这样奉献的。

通过深入思考、缜密推演、细致计算，北斗人首次在国际上将
地球静止轨道（GEO）、倾斜地球同步轨道（IGSO）运用于卫星导
航，设计了第一个"GEO+IGSO+MEO"混合星座。三种卫星在平
台、有效载荷上互相区别，在功能上各司其职。

地球静止轨道卫星，采用改进型"东三平台"，RDSS 载荷用于
实现有源定位，RNSS 载荷用于实现无源定位和通信。其提供的有
源定位服务包括短报文通信功能，这一功能覆盖整个中国大陆及周
边地区。

中地球轨道卫星（MEO）、倾斜地球同步轨道卫星平台，也在
"东三平台"基础上对卫星自主能力和在轨正常姿态控制方面做了

改进，这两种卫星的有效载荷为 RNSS，主要提供无线电导航定位服务。

北斗卫星导航系统的"GEO+IGSO+MEO"混合星座，对亚太地区覆盖率高、投入性价比高、建设速度快、技术风险小，而且见效快、易管理，完全符合区域系统特点，为人类卫星导航事业打开了一扇崭新的大门！

"GEO+IGSO+MEO"混合星座是中国首创，因而外国学者都把它称为"中国星座"。

"轴"出来的"中国方案"

北斗二号覆盖区域由本土拓展到亚太区域，卫星由双星增加到十几颗星，北斗地面运控系统怎么建？它是怎样一个系统？用什么样的思路、走什么样的路线去建设？

这些问题的答案可能有几种，甚至数十种。但 1995 年加入北斗队伍、亲身经历我国卫星导航系统从起步到发展壮大历程的"川妹子"、北斗二号地面运控系统总设计师周建华坚定地认为："方案再多，都离不开一种方案，那就是'中国方案'。"

为了寻找和坚持"中国方案"，她得了一个"轴姑娘"的雅号。

2004 年，北斗二号设计论证时，按以往每颗卫星"一对一"建设天线的技术方案，不仅需要征地近百万平方米，还会给后期管理和性能实现带来一系列难题。

周建华带领大伙儿大胆"移植"原用于雷达系统的技术路线，提出只用少量设备操控十几颗卫星的方案。不少专家认为，该技术从来没有在卫星导航领域使用过，而且跨度大、难度高，根本无法实现。可她却认为，大跨度、高难度，只是更难实现，并不等于不能实现，坚持不改初衷。

有人说她"轴"。她笑着说:"不轴,我还是爱吃辣椒的川妹子?"

结果,她一"轴",还真把别人认为不可能走通的路"轴"通了。该项技术成功地应用于工程实践,为国家减少征地面积数十万平方米,节省了数以亿计的经费开支。

2007年,在北斗二号星座方案论证中,为确保北斗二号一开通就能提供连续可靠的导航定位服务,她又带领团队经过深入细致论证,提出星座强化方案。

不料,这一方案公布后就成了每次专项对接会的争论焦点。有一次,大家吵到最激烈的时候,甚至相互拍起了桌子,她急得泪水一下子夺眶而出。但她擦干眼泪,继续坚持己见,据理力争。最后,大家既被她的执着所感动,更被她坚持的理由所折服,终于通过了星座强化方案。

她这一"轴",又为北斗"轴"出了信号强度最好、连续性最优的世界纪录。

在北斗二号建设初期,周建华带领团队对某前瞻性课题展开研究,并已取得阶段性成果。哪知到了即将投入工程运用的节骨眼上,有人却提出通过改造GPS民用系统,租用商用卫星解决这一问题的构想。

周建华得知这一消息,心里不禁咯噔了一下。如果这一方案得以通过,且不说项目前期预研白费了,还会增加北斗终端的制造成本,浪费国家财产。更严重的是,这会使北斗失去自己的特色和优势,削弱北斗产业的国际竞争力。

心急如焚的周建华立刻与参加方案评审的专家交换意见,并闯到上级主管部门领导办公室,请领导帮助协调,让自己越级参加评审会。

领导哈哈大笑,说:"都说北斗地面运控系统的周建华总师是个

'轴姑娘'，今天一见，还真够'轴'的。"

周建华也笑着说："既符合科学规律，又为了国家利益，我必须'轴'。"

到了评审会上，面对满座的大领导、大专家，周建华大胆地陈述己见，透彻地分析利弊，赢得了绝大多数专家的认同与支持，最终使方案技术路线回到了正轨。

周建华"轴"，那是因为她对自己的国家爱得太深，对北斗卫星导航事业爱得痴迷。因为这份爱，她亏欠自己和亲人太多太多。

刚来北京工作时，她一个人要上班，还要带四岁的女儿。那天孩子生病了，而她又必须加班。无奈之下，她把病中的女儿反锁在家里，给她留下两个馒头作为午饭。工作中，她无意中扫了一眼报纸，有一个标题是"四岁小孩吃馒头被噎身亡"，她顿时惊出一身冷汗，立马起身飞奔回家，推门看到女儿正啃着馒头打着嗝。她心头一紧，一把抢过馒头，把女儿紧紧搂在怀里，泪水哗哗往下淌……

如今，已成家立业的女儿还时常以开玩笑的口吻对她说："小时候，妈妈留给我的馒头真香！"

一天，周建华突然想起又很久没有给远在成都的妈妈打电话了，便忙里偷闲拨通了老人的手机。

"妈妈，最近好吗？"

母亲忙不迭回答："我好呢，好呢。建华你好吗？"

"我也很好，就是忙些。"

"妈妈知道你忙，才这么久没和你通电话，怕分你的心。"

"妈妈，一定要照顾好身体啊。"

"放心吧，没啥大毛病，只是……"

"只是什么？妈妈快告诉我！"

"建华，看把你急的。只是个小毛病，岁数大了，谁没个头疼脑热的。"

放下电话,她心里想,再忙也要抽空回四川看看老母亲了。哪知,没几天她就收到了母亲病危的通知。她急匆匆赶回成都,才知道老人家当初患的是很容易转成恶性疾病的"小病"。由于没及时治疗,当初的小病很快变成大病,病情已难以逆转。

周建华抱着母亲泣不成声:"妈妈,您为什么要骗我?"

母亲擦着女儿的泪水说:"建华,当时真就是个头疼脑热,没想到会一下变成这样。"

"妈妈要是早说,我就早点回来了。"

"妈妈知道你忙的是国家大事,我怕你分心啊。"

周建华擦干泪水,去找医生:"大夫,求求你们了,哪怕花再多的钱,也要把我母亲救下来!"医生紧紧地握着她的手,叹了一口气,摇了摇头。

她跑遍了成都的各大医院,咨询了十几个医生,他们都摇头叹气。

她又跑回北京,恳请协和医院等大医院的医生救救她母亲,医生们却都束手无策。

一个月后,母亲的病情急转直下,很快就进入昏迷状态。这天,也许是回光返照,母亲竟奇迹般醒过来了,而且思维特别清晰,轻轻拉过女儿的手,紧紧地握在手心里,喃喃地说:"建华啊,你不要觉得对不起我。我要感谢你呢……你聪明,会读书,让我们家出了第一个博士,现在又干的是国家大事,还当了总设计师,妈妈骄傲呢,自豪呢……"

周建华哇的一声,号啕痛哭:"妈妈!女儿什么都不要,只要妈妈!"

妈妈,是她的天,她的地。有了妈妈,她就有天和地,就有了一切。

她不停地叫着"妈妈"，紧抓着妈妈的手不放。然而母亲清醒的时间却是那么短暂，没说几句话，就慢慢地、永远地闭上了眼睛……

当母亲的手从周建华的手心里滑落时，她感到支撑在天地间的柱子咔嚓一声折断了，顿时天塌地陷，眼前一片漆黑，整个世界都不复存在了……

国家宣布北斗二号开通的那个晚上，周建华在家里的阳台上点了七支蜡烛。站在橘红色的烛光里，她双手合十，静静地仰望着星空。她想，天上那颗最明亮的星一定是妈妈，妈妈一直在那里注视着她的女儿……两行温热的泪水顺着脸颊缓缓地淌着、淌着，渐渐模糊了周建华的视线，可泪光里的妈妈依然那么清晰，依然站在家门口向她轻轻挥手，依然在一次次地叮嘱她——

"建华，努力工作，别牵挂妈妈……"

卫星快速研制协奏曲

北斗二号导航系统的卫星数量从北斗一号的双星增加到十几星，卫星组网任务空前紧张。而且，北斗一号曾经遇到的频率问题，在北斗二号工程启动不久再次出现。

北斗二号使用的频率，是可用于卫星导航的最后一段频率资源。中国北斗、欧盟伽利略都只能使用这一频率资源。这就好比一间仅容得下一个人居住的小房子，有两个人想住进去。到底谁进去好呢？最好是两个人都能住进去，但在有限的空间里容下两个人，确实是个很难解决的问题。

对于通信频率问题，根据国际电信联盟最高法则，谁家的卫星首先通过该段频率发回信号，谁就拥有优先使用权。

同时，国际电信联盟有关法则还规定，通信频率自注册申报之日起，必须在七年内开通使用，否则优先权自行消失。这意味着，中国必须在此期限内向太空发射北斗二号组网卫星，并成功接收卫星向地面发回的信号。

狭路相逢先者胜！北斗二号只能背水一战！

北斗工程"两总"果断启动快速组网机制。这是中国航天史上开天辟地的新概念、新创举。

卫星系统是北斗卫星导航系统的关键，被北斗人尊称为"第一系统"。北斗二号所有的新技术都需要在卫星系统中实现，他们面临着从未有过的技术挑战，尤其是快速组网，更是让卫星系统压力巨大。

快速组网，要求卫星快速生产，否则快速组网就是无米之炊、无稽之谈。就如工程"两总"领导们对卫星系统"两总"说的那样："快速组网能否顺利推进，首先就看你们的了！"

过去，我国一颗卫星的生产周期短则两到三年，长则四到五年，而北斗二号快速组网，要求他们在几年内提供十几颗高质量卫星，研制进度大大提速！

卫星系统能创造这一步登天的奇迹吗？对此，卫星系统谢军总师、杨慧总师神情镇定，充满信心。

卫星研制不仅系统繁多、结构复杂，而且投资巨大、风险极高。因此，作为卫星系统总设计师，需要具备吃苦耐劳、锲而不舍的坚强毅力，视野开阔、思维严谨的学术品质，顺时不骄、逆境不馁、临危不乱的沉稳性格。

有人说："谢军生来就是块当卫星总师的料。"

你看，卫星发射成功了，指挥大厅一片欢声雷动，身为北斗二号卫星系统总师的谢军稳稳坐在那里，不紧不慢地鼓掌，脸上还是平时那抹淡淡的笑容。同志们纷纷与他握手庆贺："谢总，我们成功了！"而他只是轻轻地说："这次，我们成功了。"让人听了，总觉得后边还有一句话——"这次成功已经过去，以后的成功需要努力。"

这份淡泊与沉稳，让人联想到晴天丽日下风平浪静的大海，深邃、博大而不张扬；让人想到平地崛起的山峦，任尔风狂雨骤，我自岿然不动，年复一年，日复一日，用默默的坚持与坚守，把一草一木聚集凝结为一道别样翠绿的风景。

谢军生于1959年，1982年大学毕业后，被分配到中国空间技术研究院工作，这时正值中国酝酿建设自己的卫星导航之际。因此，谢军大学毕业就开始关注北斗卫星导航技术。参加工作后的谢军先后参加过十多颗卫星、几种飞船的研制，参与或主持完成数十项航天关键产品，每项科研、每件产品，他都做得踏实过硬。凭着这股子认真踏实劲儿，谢军先后成为研究所里最年轻的研究员、最年轻的副所长、最年轻的所长。

21世纪初的一个秋天，谢军和往常一样正在办公室审查项目方案，桌上的电话机突然响了。谢军习惯性地瞄一眼来电显示，是从北京的空间技术研究院院领导办公室打来的，拿起话筒一听，是李祖洪副院长。

李祖洪说："北斗一号第三颗卫星已经发射成功，'双星定位系统'运行更加稳定。北斗二号区域系统很快就要启动，我们院作为卫星系统研制单位，北斗卫星攻关任务非常艰巨。"

谢军说："是啊，北斗二号组网需要十几颗卫星，是北斗一号的好几倍。"

李祖洪说："北斗二号卫星系统总设计师人选非常重要，院里研究决定，由你出任这一关键职务。"

谢军态度坚决地回答："是！我一定努力做好。"

干北斗，是谢军的夙愿，现在让他担任北斗二号卫星系统的总师，他打心眼里感到高兴，也真心感激组织的信任。但同时，他也觉得肩上的责任重了很多，突然感到一道道难题像一道道高高的山梁，一下子挡在他面前。

北斗二号是我国首个多星组网系统，而且建设时间紧迫，卫星必须实现快速生产和密集发射，生产能力和卫星寿命问题面临巨大考验。

卫星导航系统要提供连续稳定的服务，而任何一个小部件的质量问题都会对整个北斗导航星座产生影响，造成服务中断。因此，必须保证零缺陷、零故障。

研制队伍非常年轻，缺乏必要的系统知识和工程经验。

他知道，从关键设备研制单位负责人向卫星系统总设计师过渡，自己的知识储备还不够，还有许多问题需要深入钻研。

但这些，对于以挑战难题为乐事的谢军来说，同时又是一种动力。

他放下系统总师的架子，深入下属各系统、各部门，向老专家、老师傅们拜师求教，对每个部件、每个产品、每个问题，打破砂锅问到底，不弄明白就缠着不放。同志们感动地说："谢总啊，你这股子学习劲头，比刚分来的那些学生娃还足啊！"

谢军听了，扶扶眼镜说："别看我现在是总师，管整个卫星系统，可在一些局部技术问题上，我确实是个学生，还得认真向大家请教呢。"

多年的工程实践、领导经历，加之虚心学习、认真求教，使谢军很快对自己的职责有了清晰的理解：作为一名卫星系统的总师，平时要能把关、善协调、会指导，关键时刻要敢决策、勇担当、有谋略；而严把质量关，确保卫星零瑕疵，则是总师职责的重中之重。

卫星系统由若干分系统、数十个支系统组成，一颗卫星由数百种、上万个设备和零部件构成。遍布全国各地的数十家研制生产单位，都需要他这个总设计师去检查指导，把好每一个产品的质量关。为此，他每年有三分之一时间不是待在基层，就是在前往基层的路上。坐火车，乘飞机，开会讨论，协调工作，组织联调联试，成为谢军的工作常态、生活常态。用他妻子的话说："一周不出差，谢军在家里就坐立不安。"

谢军也坦陈："一周不到下边去看看，心里头就不托底。"

而研制厂家的老总们则说："我们既害怕谢总来，又盼望谢总多来。"

他们"害怕谢总来"，是因为谢军往往奔着问题来，他到哪个单位意味着哪个单位出了问题，并且他的原则性很强，尤其对产品质量问题更是不容商量、寸步不让，为此"吵架"成了家常便饭。

他们"盼望谢总多来"，是因为谢军不论去哪里，都是奔着解决问题去的，而且总能抓住问题的关键，提出科学妥善的解决办法。当他离开时，几乎所有问题，哪怕再难的问题，都不是问题了。

北斗卫星上使用的行波管放大器，曾在一段时间里使用国外技术。那年，型号"两总"决定采用国产行波管放大器。该产品研制单位费了九牛二虎之力，终于研制出了六台。可是，谢军在认真检查这六台产品的性能指标后，发现个别指标与上星要求还有一些小差距。

谢军当即决定："全部重做。"

有人求情："谢总，指标差距不大，上星虽然有些勉强，但也没什么大问题。"

谢军坚持说："卫星是在天上转的，再小的问题也是天大的问题，怎么能勉强呢？"

又有人提醒他："按北斗工程进度，离卫星上天只有两个月了，如果这个设备推倒重来，没有半年出不来，影响工程进度怎么办？"

"我们不能因为产品生产滞后影响工程进度，更不能因为工程进度降低质量要求，性能指标一点也不能让！"原则面前，谢军坚定如铁，"设备指标、工程进度，一个不能少，两个我都要！"

说完，他立刻召集卫星各系统负责人协调会，分析产品性能指标出现"小差距"的原因，找出关键部位和关键部件，在指示产品研制部门扭住关键抓整改的同时，组织其他系统积极配合，调整相应指标，齐头并进，集智攻关，仅用一个多月便完成了产品性能提升，达到了上星指标，既保证了产品质量零失误，又确保了卫星上天不延误。

北斗二号卫星系统总师杨慧，美丽大方，性格沉稳，理性中不乏感性，有一种天然的知性美。她有一句名言："你爱北斗，你就骂北斗！"

有人听了很不理解："既然爱北斗，为什么还要骂北斗？"

杨慧说："我们为什么有时会骂自己的孩子？是因为他是自己的，我们打心眼里爱他，严格要求他，真心希望他健康成长。"

有人说："发射卫星，对于卫星人来说，就像嫁女。"可不是嘛，研制一颗卫星，从前期调研设计到生产测试，再到发射场联测，前后上千个日日夜夜，研制人员与它形影不离，一个部件一个部件地做，一个数据一个数据地测，一天一天看着它成型成熟，就像看着自己抚养大的孩子，心里有感情啊。

在事业上，杨慧总说自己是个幸运儿。1995年，她作为东北重型机械学院硕士研究生毕业时，正值北斗一号工程刚刚启动。她一到空间技术研究院工作，就加入了北斗卫星团队，而且深受范本尧总设计师器重，把关键技术攻关任务交给她。她很快脱颖而出，成为北斗一号卫星系统副总设计师。

在家庭里，杨慧则是父母的宠儿。父母都是航天科技集团的老员工，从小就把女儿视若掌上明珠，哪怕她成家立业了，老人也同样关心有加。杨慧1991年初结婚，当年底便有了孩子。为让女儿安心学习工作，母亲申请提前退休，帮她带孩子。孩子很聪明，也很贪玩，因此上学后成绩波动很大，大人看得紧时，成绩就蹦到年级前三名；要是哪段时间没人管，成绩就呼啦啦掉到班级倒数几名。尽管这样，孩子也很少让杨慧分过心，而且成绩越来越稳定。

北斗一号备份星项目启动后，范本尧总师为使杨慧尽快锻炼成长，有意往她肩上压担子，放手让她带领大家研制备份星。因此，这颗星可以算是杨慧航天生涯的"头生子"。这时，孩子正处于初中毕业即将步入高中学习的关键时刻。杨慧的母亲拍着胸脯对她说："孩子读书的事，你就甭管了，交给我和你爸了。"

那年，学校组织"优秀家长"评选，由于孩子表现优异，孩子的父亲母亲被评为"优秀家长"，但杨慧却连参加家长会领奖的时间都没有。母亲代她去参加家长会回来后，神秘地笑着把奖状交给她说："闺女，你看吧，这是奖给你这优秀家长的。"

杨慧接过一看，不禁一阵愧疚涌上心头：奖状上写的不是自己和丈夫的大名，而是自己父母的名字！

母亲说："学校弄错了，把姥姥、姥爷当孩子家长了。"

杨慧轻轻拥抱着母亲，哽咽着说："学校没弄错，是孩子的姥姥、姥爷优秀，是我们当爸爸、妈妈的不称职。谢谢妈妈，谢谢爸爸。"

有了父母的支持，杨慧心无旁骛地带领大伙儿下基层，跑外协，她马不停蹄；关键技术攻关，她亲临现场，悉心指导；哪个环节出现问题，她火速前往，帮助解决；卫星测试，无论是分系统检测还是大系统联测，她一回不落，次次在场。卫星研制完成时，她瘦了一圈，但心里却充满欣慰。

一位哲人说:"爱与不爱,不在于好与不好,而在于付出了多少。"可以说,她对北斗的付出远远超出对自己孩子的付出,更何况在她眼里,北斗这个"儿子"是那么优秀,她就像对自己的孩子一样,充满信任和怜爱。

"10、9、8、7、6、5……"这一声声倒计时,就像一声一声婴儿的啼哭,让杨慧心里阵阵泛酸。"点火!"伴随着惊天动地的巨响,身材修长的"长三甲"运载火箭,托着她的"孩子",呼啸着奔向星空,渐渐消失在漆黑的苍穹……此时,杨慧已是满脸泪痕。

杨慧擦去泪水,走进测控室。显示屏上那条美丽的弧线稳定地延伸,火箭一路飞行正常,遥远太空不断传来喜讯:一级火箭准时分离,星箭准时分离,卫星准时入轨,太阳能帆板顺利打开……

望着屏幕上平稳的卫星信号线,杨慧的心情慢慢平静下来。哪知,就在卫星入轨四十分钟后,杨慧正为卫星发射成功而庆幸时,平地起波澜,显示屏上的数据告诉她,卫星出现异常!

这太突然了,完全让她猝不及防,就像她刚才还稳稳倚靠着的一堵墙,冷不丁就倾倒下来,一下子压在她身上,让她眼前一片漆黑……

无论如何,她也接受不了眼前的事实。这个自己一手培育、健健康康的"孩子",怎么会出现异常呢?杨慧禁不住轻声抽泣起来。

这颗卫星凝聚了多少人的期待,又汇集了多少人的心血啊。要是不能让卫星恢复正常,她无法面对寄了厚望的各级领导,无法面对倾心支持她工作的父母,无法面对与她同甘共苦的同志们,更无法面对自己!

她的脑海一片混乱,但一个声音始终在向她呼喊,而且越来越清晰,越来越坚定——"你一定要让卫星重新正常起来!"凭她对这颗卫星深入透彻的了解,她坚信一定能做到!

杨慧要求自己平静下来，把思维伸向茫茫太空，沿着"卫星信号中断—中断原因—异常部位"的方向顺藤摸瓜，很快发现异常的症结所在。

那么故障又能否修复呢？杨慧立刻根据卫星姿态及阳光、强磁辐射等各种太空因素，组织大家进行计算机模拟，发现十几天后会出现抢救卫星的机会。

"卫星异常能排除！"杨慧向北斗"两总"报告，并恳求实施抢救计划。

"两总"领导听到这个消息很高兴，但为慎重起见，又说："杨慧，我可以批准你们的计划，但你要准确地回答我，是可能会治好，还是一定能治好。你要知道，我们的远望号测量船现在还在远海呢，你要是没把握，我得赶紧让它回来，后边还有紧急任务等着用它呢。"

杨慧肯定地回答："一定能治好！"

"两总"领导当场拍板："好，那我就让远望号延期返航！"

卫星最佳姿态终于出现了。杨慧连日里一直乌云笼罩的脸庞上，终于露出一丝微笑，但仅仅一瞬，她便敛住了笑容，带领大家进入紧张的抢救操作。

这期间，中国人最看重的春节悄然来临，可大家早已忘记今夕何夕，就连挂在门口的红灯笼，他们都没有留意到，甚至都不知道除夕丰盛的饭菜，是食堂精心准备的年夜饭。他们每天就知道埋头敲键盘，输信息，救卫星。

大伙儿连续奋战三十三天，卫星异常终于排除了，所有性能指标恢复如初。杨慧这才长长地吁了一口气，回头望了一眼窗外。她刚来这里时，窗前梧桐的树枝还是光秃秃的，现在已经冒出嫩绿的新芽了。当她走近墙上那面久违的镜子时，自己小吃了一惊：满头的青丝竟白了一大半，她都快成"白毛女"了！

卫星发射的一波三折，更是给她上了一堂极其生动的航天课，让她对航天的高风险有了更加深刻的认识。航天，容不下丝毫隐患，不能有半点盲目自信，唯有谨慎、谨慎、再谨慎，细致、细致、再细致。作为卫星总师，首先是当好一名"把关人"，把好每一个产品的质量关，把住系统与系统、产品与产品的每一个连接关，把住全局系统整体水平关，确保每一颗卫星零隐患。

谢军、杨慧作为团队的"领头羊"，没有辜负大家的期望，在北斗工程"两总"和单位领导指导下，他们大胆探索，又带领团队开展导航卫星批量化生产改革。

此前，我国星箭研发处于单线研制模式，即"几年磨一箭、数载送一星""一星一设计、一箭一更改"。在此模式下，单星研制依据卫星特点、产品构成、分工需要等独立安排，星上产品以技术实验室研发为主，每款产品都是实验室精心打磨出来的精品，甚至是孤品，很少考虑产品化问题。航天制造业"慢工出细活"的精品意识深入人心。规模靠人堆、工艺看人艺、质量靠人控。总体设计完成大框架后，再依次交由总装、结构、热控等各个环节进行分设计，时间常常在等待和交接中付诸东流。这种传统的卫星研制模式，显然难以适应快速组网的要求。

为加快研制进度，他们建立了多颗卫星并行研制、进度交错推进、研制与批量生产交替进行的发展新模式，产品状态相对固化，卫星一次设计、组批生产。

传统模式下出现质量问题只是"一坏坏一个"，而将实验室孤品搬上流水线形成批量化生产后，一旦出现丁点儿瑕疵，就会出现"一坏坏一批"的新问题、新情况。为此，他们提出了"向管理要质量、向科学要效率"的整改目标，把质量控制重点放在产品源头上，从设计、工艺、生产、检验、测试五大环节进行量化控制、层层把关，下大力气进行单机可靠性分析、可靠性验证，确保进入流水线的每一个"母品"，都是零隐患的精品。

通过这一系列改革，北斗卫星研制生产效率大幅提高，由过去几年研制一颗跃升到一年研制十几颗，而且测试人员减少了50%！进场前总装与测试周期缩短了一个月，研制成本大幅降低！

由这些改革成果构成的"北斗卫星导航系统多星多线研产一体化工程管理系统"，在第二十届全国企业管理现代化创新成果评比中，一举夺得一等奖。

倾斜的谈判桌

什么是时间？

生物学家说："时间就是生命。"

经济学家说："时间就是金钱。"

物理学家说："时间是四维时空的一个维度。"

哲学家说："时间是一张白纸，却可以拥有无限的可能。"

艺术家说："时间是一片土壤，能长出姹紫嫣红的花朵。"

……

而卫星导航专家则说："时间，是卫星导航的心脏。"

确实如此。导航定位建立在时间基准之上，天地间时间越同步，误差越小，导航定位精度越高。换言之，卫星导航定位精度取决于星载原子钟的授时精度。因此有人说："玩卫星导航，说到底就是玩时间。"

星载原子钟目前的主要种类有铷原子钟和氢原子钟。北斗二号快速组网，不仅需要先进的星载铷钟，而且要求批量研制、批量生产。中国星载铷钟技术专家们面临着从未有过的压力与考验！

虽然早在北斗一号工程启动之前，中国就开始布局星载铷钟研发，并写入国家"八五"计划，成立了中国空间技术研究院西安分院与中国科学院武汉物理与数学研究所联合、北京无线电计量测试研究所与北京大学联合的两支攻关队伍，开展星载铷钟基础研究，但研制进程一直很缓慢。

在此情况下，北斗一号星载铷钟只能从美国引进。美国公司不仅爽快答应了，而且合同签订顺利，交货准时，没有丁点儿磕磕碰碰。

美国在高技术行业的产品出口，一向门槛甚高，这次为何"合作愉快"？其实这很好理解：北斗一号没有连续导航功能，且定位精度要求不高，对进口星载铷钟性能指标要求较低。

北斗二号星载铷钟的引进就不同了。北斗二号导航定位精度要达到世界先进水平，首先星载铷钟就要"赶超一流"，要求授时精度比北斗一号星载铷钟高出好几个数量级。

如此高性能的星载铷钟，再向美国引进，就很难符合美国相关规定了。于是，中国把目光转向瑞士的一家公司。这家瑞士公司是一家具有悠久钟表研制历史的老牌企业，形成了自己独特的研制风格，自认为是业内做得最好的公司之一，业务遍布全世界，不仅欧盟伽利略卫星导航系统使用他们的星载铷钟，就连美国也向该公司进口产品。

这家瑞士公司的老板帕斯卡既是企业家，又是科学家，谈吐幽默，性格豪爽，待人坦诚。杨长风、谢军率中国代表团首次前往该公司，帕斯卡就开诚布公地说，为了公司利益，他很想做成这笔大买卖；但同样是为了公司利益，他不能得罪欧盟和瑞士政府，否则会得不偿失。言外之意，这笔生意只能在北斗二号所需星载铷钟性能指标和欧盟允许出口产品指标之间找平衡。

结果，双方第一次接洽，中方代表提出产品性能指标后，帕斯卡说，中方的这些条件他都接受，但他不能保证什么时候做出来和能否做出来，即使做出来也不能保证能得到欧盟和瑞士政府的批准。

这岂不等于说，货款我先收下，但有货没货给你，我不知道。这等买卖自然成不了。

然后，瑞士公司又提出，为能让欧盟和瑞士政府顺利放行，双方签订合同时把产品指标写低些，而把实际交货产品性能做高些。这样瞒天过海，中国没有丝毫主动权，完全指望别人的诚信与良知，也有些不靠谱。

如此这般，双方几次洽谈均无果而终。中国北斗卫星研制箭在弦上，瑞士公司也担心如此下去导致买卖不成。因此，在第四次洽谈时，中方几乎把产品指标要求压到了底线，瑞士公司也答应尽力去做政府的工作，稍稍放宽出口许可标准。双方在谈判桌上你来我往近二十个小时，总算找到了大家都能接受的平衡点，草拟了合同。哪知，双方正准备签字时，突然得到消息，瑞士政府出口许可标准极为严格，任何企业、任何人都不能越雷池一步。

结果，进口星载铷钟的第四轮洽谈又失败了！

从公司返回宾馆的路上，大家一言不发，但心里都憋闷得慌，恨不得在路旁的树干上踢两脚才解气。已是凌晨时分，街道上一片静谧，唯有杨长风、谢军等几个人的脚步声，沉闷地在街巷里回响。

谢军终于憋不住了，叹了一声说："我们也不能怪帕斯卡，他也尽力了。"

杨长风说："这样谈下去，也不知道何时才有结果，看来我们不能把星载铷钟这个赌注完全押在进口上。这种关键技术只有自己干，才能完全摆脱受制于人的局面，才能真正抓住主动权！"

谢军说："我们是该下这个决心了！"

杨长风说："对，回去我们就布这个局！"

为发挥交叉优势，2005年，北斗工程"两总"组建中国科学院武汉物数所、中国空间技术研究院西安分院（联合兰州空间技术物理研究所）、北京无线电计量测试研究所（联合兰州空间技术物理研究所）三支研制团队，形成稳固的"三足鼎立"态势，对星载铷钟这个卫星导航领域的技术制高点发起了坚定顽强的攻势。

中国星载第一钟

中国空间技术研究院西安分院被大家冠之以"北斗重镇""铷钟福地"的美名，北斗大系统总设计师孙家栋也称赞其"大有作为"。

这里是"北斗大师"辈出的地方。我国"双星定位"理论创始人、"两弹一星"元勋陈芳允院士在这里担任过副所长；北斗卫星导航系统副总师李祖洪，北斗二号总师、北斗三号副总师谢军等一批卫星导航专家，都曾在这片热土上锻炼成长。

中国空间技术研究院西安分院也是最早放飞北斗的单位之一。早在 20 世纪 80 年代末，他们就审时度势，开始组织卫星导航技术预研攻关。1994 年，国家正式批准"双星定位系统"立项后，他们又承担了卫星有效载荷系统、跟踪子系统技术攻关及产品研制的任务。设计师们就像神笔马良，缜密思考，精心设计，经过九年多的拼搏奋战，圆满地完成北斗一号四颗卫星全部有效载荷和跟踪子系统的几百台单机设备的研制攻关和生产任务，一步步将陈芳允描绘的"双星定位"蓝图变成现实。

2000 年 10 月 31 日、12 月 21 日，北斗一号 01 星、02 星相继发射成功，建成"双星定位系统"。

2003 年 5 月 25 日，北斗一号 03 星成功发射，"双星定位系统"可靠性和安全性得到进一步巩固。

2007 年 2 月 3 日，北斗一号 04 星成功升空，"双星定位系统"

性能再次提升，并将系统寿命延长到新一代导航系统成功部署之前，确保了新老系统无缝对接。

2003年，他们未等北斗二号系统正式立项，就运用北斗一号导航有效载荷研制经验，围绕有效载荷技术，先期安排多个专项技术攻关，并相继取得关键技术突破，为北斗二号卫星有效载荷的可行性论证和方案的确立奠定了坚实基础。2004年9月，北斗二号导航系统正式立项后，他们再次承担了卫星导航分系统和天线分系统的研制任务。卫星系统副总师刘波，分系统主任设计师王岗、吴春邦和他们带领的导航团队，对有效载荷系统技术进行了全面分析和梳理细化，攻克了一批星载设备关键技术，为北斗区域系统建设作出了重要贡献。

作为"北斗重镇"、卫星有效载荷研制的主力军、国家星载铷钟最早布局的单位之一，在星载铷钟这场大会战、大决战中，中国空间技术研究院西安分院豪情满怀、志在千里："我们要成为突围战的先锋队！"

在星载铷钟实验室门口，每天上午上班前，每天下午下班后，大家都会看见一个容貌清秀、气质高雅的中年女子。她就是中国空间技术研究院西安分院铷钟产品首席专家贺研究员。自从加入星载铷钟攻坚团队，她每天做的第一件事和最后一件事，就是到这里查看测试数据、检查遥测数据和设备运行情况，一年365天，天天如此，风雨无阻。

2004年，她从我国最早从事铷钟研究的单位之一——北京大学量子电子学研究所获得博士学位时，正是北斗二号正式立项之际。听说中国空间技术研究院西安分院承担了星载铷钟研制任务后，她立刻放弃留校工作的机会，毅然来到西安，加入星载铷钟研制队伍。

虽然国内已有三十年铷钟研究历史，但高性能产品一直处于试验阶段，而要想实现星载，铷钟的精度又要比地面产品提升三个数量级，工程难度非常大，因此专家们都说："星载铷钟的研制，是一项耗费生命的事业。"

这句话有三层含义：一是铷钟性能的提升，需要充分考虑各个部组件的细微差异，通过整机反复精细调整逐步优化产品性能，调整的次数成百上千。二是每一个参数调试难度都非常大，都需要放到真空罐里测试十几个小时才能看到结果，起早贪黑便成了他们的工作常态。三是每解决一个问题，哪怕再小的问题，都要经过反反复复的折腾，如为了去掉一个可调电容，他们对单元电路进行了十几轮的设计改进和长达数月的试验验证；为了解决铷灯真空下过热的问题，他们轮流值守在真空罐旁，一守就是好几天……

为让"慢性子"的星载铷钟研制跑出快节奏、高效率，他们只能"以百米冲刺的速度跑完一个马拉松"。

在关键技术攻坚时期，每名团队成员只做"加法"不做"减法"：工作时间，只许加班，不许请假；任务节点，只能前提，不能后推。结果，连续九个月，全体团队成员平均加班八百多个小时，没有休息一天（包括节假日、双休日），也没有一人请假。他们比上级要求的期限，提前一年拿出星载铷钟正样产品。

这是中国航天史上的第一个高性能星载铷钟。

得知这一喜讯，中国航天科技集团的领导骄傲地对记者说："六七十年代我们有原子弹，现在我们有原子钟！"

然而，在欣喜之余，大家心里又有些不踏实：它来得如此神速，会不会有问题？它的性能指标能否满足星载要求？

那就先让它到太空上遛一遛吧。

2006年，它搭乘育种卫星顺利升空。试验结果显示，各项技术指标良好，完全达到航天标准。它标志着我国具备了独立自主开展星载铷钟研发的能力，成功打破了少数航天强国在星载铷钟领域的垄断与封锁。

听到这个消息，几乎所有的北斗人都大大地舒了一口气："中国总算有自己的星载铷钟了。"

是啊，多少年来，由于没有自己的星载铷钟，我们为北斗忍受了多少屈辱，接受了多少不平等的交易，在心里憋了多少气啊。现在终于有了自己的星载铷钟，是该松口气了。

有了它，我们就打破了该领域的技术垄断。

有了它，当别人在谈判桌上提出苛刻条件时，我们就可以轻松应对。

有了它，当别人傲慢地对着我们说"NO"时，我们就能说声"再见"，然后像徐志摩在《再别康桥》中写的那样，轻轻朝他挥一挥手，潇洒地离开，"不带走一片云彩"！

2007年4月14日，中国空间技术研究院西安分院研制的星载铷钟首次伴随北斗二号首星发射入轨。

随着北斗三号系统建设的酝酿与立项，中国空间技术研究院西安分院在星载铷钟技术攻坚战场上继续向着体积更小、性能更精的方向进军。作为牵头抓总单位，与兰州空间技术物理研究所联合研制出的新一代星载铷钟，频率稳定度提高了十倍，达到世界先进水平，直接推动了北斗全球导航系统定位精度由十米级跨越到米级，测速、授时精度同步提高一个数量级。

至今，中国空间技术研究院西安分院已为我国北斗二号、北斗三号导航系统提供数十批次的国产化星载铷钟，并且全部表现良好。

北斗三号副总设计师谢军不无自豪地说："当初别人封锁我们，不卖给我们星载铷钟。现在，我们的国产星载铷钟比外国的还好用！"

惊险开局：北斗二号首星发射

2007年4月3日，距离频率使用"七年之限"的最后期限——2007年4月17日，已经不到半个月时间了！

西昌卫星发射中心发射场区三号发射工位上，高高地竖起了一枚"长三甲"运载火箭，北斗二号首星发射进入最后测试阶段。跌宕起伏、险象环生的北斗二号组网之旅，徐徐拉开了大幕。

作为北斗二号组网的首星，它就像大家庭中的长子，肩上责任重大。它要为"弟弟妹妹"们探路，探测空间电磁环境，验证MEO轨道。而它最重要的使命，则是抢占卫星导航稀缺频率，为中国卫星导航事业闯出一条新路。

这次发射首次启用新建的三号发射工位，首次使用远控模式，首次发射MEO卫星，未知因素多，发射风险高、挑战大。针对任务特点难点，北斗工程"两总"组织参与发射的各系统工作人员，扎实做好远控设备安装调试、地面设备调试运行、发射场合练等准备工作；深入分析风险，找出风险因素62个，制定应对措施136条，严格把控每一个节点，确保发射全过程受控，顺利推进发射程序。

尽管已经做了这样周密的部署，但是由于任务紧急、时间仓促，北斗二号首次发射依然险象环生。

星箭吊装完成后，突然发现卫星喷管不知什么时候被撞了个小缺口。大伙儿的心一下子悬了起来。

它会影响发射吗？如果有影响，需重新更换，推迟发射，那就有可能超过"七年之限"！

关键时刻，年近八十岁的大系统总师孙家栋，趴在地上慢慢爬到卫星底下，仔细查看受损部位，凭着数十年的航天经验作出判断:"不会影响发射,可以继续下边的流程!"大家虚惊一场。

哪知,离发射窗口只有三天了,拦路虎又冷不丁地跳了出来:卫星上的应答机出现异常。

从坐镇指挥首星发射的"两总"领导到每一个现场测试人员,都一下子绷紧了神经。虽然深入测试分析发现隐患并不大,导致故障概率很低,只是不能排除影响信号传输的可能,但"两总"和中心领导意志坚定如铁:"所有隐患,无论大小,必须归零!"

北斗人爬上高高矗立的发射塔架,重新打开已经密封的星箭组合体,拆出应答机,紧急排查隐患原因。此后的三天,大伙儿不眠不休,神经绷得似搭上箭的弓弦,眼睛一眨不眨地盯着数据显示屏,捕捉着每一个细微的变化。困得不行了,用凉水洗把脸,醒醒脑;饿了,让食堂送个盒饭来,往嘴里扒拉饭菜时,眼睛还一动不动盯着显示屏,也不知自己吃了些啥。大家连续奋战三昼夜,终于找到隐患,把它连根拔除。这时,卫星发射已经进入半小时准备。

令人意想不到的是,离运载火箭点火只有两分钟时,即14日4时9分,测试人员又发现一个为火箭三级供气的连接器没有按规定脱落。此时,火箭发射已不可逆转,如果连接器不能在两分钟内脱落,火箭点火升空时必被其拉扯,给火箭、卫星乃至整个发射场造成灭顶之灾!

所有领导、专家和工作人员的心一下子又悬了起来。远控大厅一百多名工作人员都屏住呼吸,静得仿佛能够听到自己的心跳,他们把目光投向发射站站长唐功建。

唐功建,曾十几次担任火箭发射01指挥员,次次圆满成功,被大家誉为"福将"。真不愧是久经沙场的"金手指",只见他临危不乱,非常冷静地在一分钟内连续下达七道指令。相关岗位人员从容不迫,配合默契。连接器终于在大家焦急的目光里缓缓脱落了!

大厅里响起了雷鸣般的掌声、欢呼声:"唐功建,好样的！""太棒了，唐功建！"

掌声刚刚落下，大厅里传来倒计时的声音："10、9、8、7、6、5……"

2007年4月14日4时11分，随着指挥员一声"点火"命令，托举北斗二号首星的"长三甲"运载火箭，在轰轰的巨响声中，孔雀开屏般绽放出美丽的尾焰，扶摇直上，飞向苍穹，渐渐融入黎明前漆黑的夜色……

尽管运载火箭顺利升空，但大家的心依然悬着、揪着。星箭会顺利分离吗？太阳能帆板能顺利打开吗？卫星信号能顺利传回吗？

全国十多家信号接收机研制单位被召集到西安卫星测控中心，在一个大操场上，各单位把带来的产品摆成一线，等待着在太空翱翔的北斗二号首星发回信号。

4月17日20时，十多台接收机相继收到太空传过来的信号，而且非常清晰！这一刻，离"七年期限"截止时间只有四个小时！

它意味着中国赶上了建设卫星导航系统最后一班车！它为中国卫星导航事业打开了一扇充满阳光的希望之门！

"我们胜利了！"大家欢呼跳跃，互相拥抱，整个操场沸腾了！

降伏"太空魔王"

北斗二号首星发射惊心动魄，但对于充满磨难与坎坷的北斗卫星导航系统建设来说，仅仅是个序曲。

北斗二号首星进入轨道不久，太空又突然跳出"魔王"，再次挡住了北斗的去路：卫星在某一区域遭遇大功率复杂电磁干扰，信号接收率竟不足50%！

这一区域，对于中国来说是关键区域。为什么别的区域没有强电磁干扰，这一区域却有"魔王"挡道，而且如此顽固，经多次故障归零，问题始终无法解决？

那天，北斗工程"两总"正在开会，研究部署北斗二号组网后续工程。听到这个消息，老总们一个个心急如焚。问题来得太突然，而且太严重了。虽然北斗卫星设计了抗干扰措施，但没想到干扰强度如此巨大，竟销蚀卫星信号一半以上，这意味着天上的北斗导航卫星形同虚设，继续发射卫星也就没有意义了。换句话说，这个问题如果不能及时解决，即将组网的其余卫星发射计划将被无限期推迟。

北斗工程"两总"会议立刻转换主题：如何应对"太空魔王"。大家认为，对付强电磁干扰的方法无外乎两种：一是"躲"，就是改变卫星信号频率，躲到没有电磁干扰的频率上去；二是"抗"，即提高卫星抗干扰能力，让北斗卫星拥有功能强大的电磁防护盾牌。

而最关键的问题是，现在使用的频率是可供选择的唯一频率，除此之外，再无其他频率可用。这意味着，想"躲"都无处可"躲"。

因此，只有"抗"才是唯一出路，也可一劳永逸，资金投入少，而且安全性高，但技术难度大、风险高，是个典型的"烫手山芋"。

谁能接手这个"烫手山芋"？也许想接它的单位很多，却不是谁想接就能接住的。接手这个"烫手山芋"的团队必须做到两个确保：不仅要确保短期内能"吃"掉，还要确保"吃"得干脆利索，"吃"出高水平。

高新科技研究院北斗团队，再次临危受命，担当攻关重任。

早在北斗二号论证阶段，他们就听说，我国的空间飞行器经过这一区域时常常遭遇强电磁干扰，由此他们预料，北斗卫星组网时，这个问题会再次遇到。因此，他们对抗干扰技术提前做了一些基础研究。当北斗遭遇"魔王"的消息传到研究院后，他们便决定要把这个"烫手山芋"接到手，并立刻着手研制攻坚方案。

欧博士代表团队进京受领任务，正准备汇报团队攻坚思路时，领导示意道："方案就先别说了，你先回答几个问题。"

欧博士合上文件夹，应道："是！"

"卫星体制不能变，信号频率不能变，下颗星发射计划更不能变，卫星抗干扰指标不仅要提升，而且还要提升到完全把干扰压制住，你们能不能做到？"

"能！我们一定能！只是这时间……"欧博士的话没说完，便被领导不容置疑的命令打断了："时间三个月，只准提前，拖后一天都不行！"

"这……"

"这是卫星组网计划决定的。若你们觉得有问题，我们只好交给别的单位了。"

"别，别……我们没问题！"

"这，可是要立'军令状'的。"

"我们立'军令状'！三个月，保证一天不延！"

"好！这任务就交给你们了！"

这个"太空魔王"魔力非常大，降伏它有多难？一个专家把攻关技术难度形象地比喻为"相当于把大象装进冰箱里"。卫星上安装抗干扰设备的地方很小，而且功耗要低，既要具有强大的抗干扰能力，还要稳定可靠，确实是个天大的难题。正常情况下，三个月内攻克难关，简直是天方夜谭，而且马上就是春节，又使任务时间大打折扣。加上此前欧博士所在的团队主要做北斗地面系统，星载设备很少涉及，虽然有一定的技术积累，但工程经验严重不足，更何况是"火烧眉毛"的紧急任务，容不得半点闪失。

谁接这样的任务都得掂量掂量，而欧博士竟把"军令状"立得嘎嘣脆，这不是"二愣子"是什么？

欧博士头一次听到自己这个绰号时，憨憨一笑，说："当时也没想那么多，只想到问题出来了，成了整个工程的'肠梗阻'，领导心里急，我们心里也急，就想尽快把难题解决掉，就想把任务拿过来再说，哪还顾得上想难题有多难。"

立下"军令状"，欧博士想马上返回单位传达"两总"指示，迅速组织团队攻关。可他从会议室直接来到民航售票点时，却被告知，南方地区遭遇百年不遇的暴风雪，机场已经封闭。他立刻来到火车站，登上当晚从北京南下的特快列车。哪知事情越急，老天越是捉弄人。列车走走停停、磨磨蹭蹭，好不容易到达长江边时，竟然趴窝了。等了一整天，欧博士才得以换乘从南边开来接应的慢车，速度还比不上马车。心急如焚的欧博士掏出手机，打通王博士、孙博士的电话，汇报情况，共同协商调兵遣将、排兵布阵事宜，连续打了两个多小时，耗光两块手机电池。当他还在火车上时，院里一个二十多人的团队已经开始攻关了：陈高工当晚启程前往西安，负责硬件设计与生产；李博士、唐博士、黄博士、聂博士等立即展开算法攻关，开发软件；孟博士等提出测试解决方案；其他人根据分工各司其职……换了两次车、走了三天才返回院里的欧博士，走进办公室看到的情景是：室外天寒地冻，室内攻关热火朝天。

大家碰头后，团队领导班子提了一个严苛的要求："每个人的工作必须环环相扣，做到万无一失，绝不允许出现任何纰漏！"

大家一下子炸了锅："你当我们个个是神仙啊！不允许出错，谁能保证？这有可能吗？"

"不能保证，也得保证！"团队领导班子说，"这个任务一开始就是倒计时，一天的富余量都没有。出现差错就要反复，任务就无法按时完成！在非常任务面前，在非常时刻，我们必须采取非常举措，把'不可能'变为'可能'！"

大家一下子安静下来，然后默默离开会议室，开始背水一战。饿了，吃盒饭；困了，在沙发上躺一下，爬起来接着干。每个人都像打仗一样，严格按时间节点，无差错、高质量地推进任务进程。

在大家紧张的忙碌中，春节来临了。春节怎么安排？这问题对于团队领头人王博士来说，其难度相当于解决一个科研关键技术。让大家继续加班加点连轴转？这显然不合情理，他也说不出口。可如果不继续加班加点，任务节点就可能推后。

王博士绞尽脑汁、思前想后，给大家下了一个很特别的通知："在大年三十到初二这三天，大家可以不来加班。"这话堪称艺术，没说放假，也没说不放假，只说"可以不加班"，就看大家怎么去理解了。

大年三十那天，团队领导和往常一样，一大早就来到实验室。不久，他们发现，团队成员也来了，而且一个不少。大家说："任务这么紧，在家还能待得住？"

就在这天，陈高工在美国进修的妻子特意赶回来陪家人过年，但陈高工干到傍晚才回家。

妻子嘟哝道："大年三十都不休息，这么忙吗？"

陈高工赶紧赔上笑脸说："没办法，任务压身呢。"

团圆饭后，他陪家人看了一会儿春晚，但眼睛盯着屏幕，脑袋里却缠绕着那些布线，便索性要去办公室。

妻子白了他一眼："就你忙，平时都干什么去了？"

"你出国这一年多，知道他是怎么过的吗？"婆婆见状，叹口气说，"你出国第二天，他就住到实验室去了，平时很少回家。尤其这一个多月里，吃在实验室，睡在办公室沙发上。"

妻子一听，怔怔地望了丈夫好一阵，上前抱住他："对不起，"

然后轻轻挽住他的胳膊，"走，我陪你去加班。"

团队以惊人的毅力、超凡的付出，兑现了当初的庄严承诺——

时限三个月，但他们只用了七十天！

经测试，他们研制的抗干扰卫星载荷，性能指标比原来大幅提高，某区域卫星信号有效接收率从不足 50% 跃升到 100%！

在成果验收会上，大系统总师孙家栋院士向他们竖起大拇指："你们临危受命，关键时刻敢于亮剑，又打了一个漂亮的攻坚战，不愧是'李云龙式'的攻坚团队！"

镇住"伪距波动"

数颗 GEO 卫星发射升空后，又出现"伪距波动"现象。

这可不是个小问题，若不及时解决，将直接影响北斗系统稳定运行，影响导航定位的精度，使系统性能大打折扣。

GEO 卫星为什么出现"伪距波动"？"病灶"在哪里？在天上还是地上？大家费了九牛二虎之力进行排查，但问题原因始终云遮雾罩，致使整改工作无从下手，难以展开。

谁能解开 GEO 卫星"伪距波动"之谜？有关部门领导脑海里跳出一个人——朱炬波教授。

朱炬波是数学家，尤其擅长海量数据分析。海量数据，在一般人眼里无异于茫茫沙漠、无边戈壁，索然乏味，寂寥无趣，让人头晕眼花、昏昏欲睡。可在数学家朱炬波眼里，就是另外一番景象了。看他面对海量航天数据时的那种神态：微眯着眼睛，眉宇间写满了欢喜，脸庞上荡漾着笑容，俨然是在欣赏一幅艺术价值极高的名画。

海量数据，在朱炬波心目中，是一片森林，再茫茫无际、纷繁错乱，他也能找到蜿蜒其间的通幽曲径；是一片沃土，通过耕耘，能收获春天的花朵、秋天的果实；是一片蓝天，清晨有朝霞，傍晚有晚霞，白天有阳光、云朵，夜间有月亮、星星，时刻都有观赏不尽的景致；是一片大海，有浪花，有海市蜃楼，有远方的帆影……

朱炬波也说，自己是一叶喜欢在数据之海上冲浪的小舟，并在数据之海上创造了"把雷达装进小盒子"等一系列奇迹。

茫茫太空，无边无际。太空飞行器要严格按照预定轨道飞行，必须在内部安装遥测装置，不停地测试自身的位置和飞行速度，与此同时，还需要地面站点对其进行跟踪测试，与遥测数据进行对比，纠正飞行器飞行偏差。为此，世界头号航天大国——美国，在世界各地设立众多地面测试站点，建立"测距＋测速"测控机制，应用于飞行器测控。

20世纪70年代，我国自主研发出多种型号太空飞行器后，也参照美国的布站模式和计算模型，在我国西北地区设置一系列测控站点，建立有着显著"美国痕迹"的测距、测速相结合的太空飞行器试验测控机制。但中国只能在自己国土上建站，站点间距显著缩小，舶来的测控机制难免"水土不服"。

1997年，我国进行某型太空飞行器试验时就出问题了：计算轨道、落点与实际轨道、落点竟相差甚远！为什么？试验部门领导与科技人员百思不得其解。他们抱着雷达测试数据来到朱炬波这里求援。当天晚上，朱炬波便和易东云、郭军海在实验室里摆开攻关战场。

三个人围着几台电脑昼夜计算，每人每天轮流休息三四个小时，连续七天，算法换了一个又一个，几乎把所有能想到的招儿都使尽了，把那堆庞大的数据倒腾了不知多少遍，可计算轨道与实际轨道依然没有一点相互靠拢的迹象。

山穷水尽之际，他们灵机一动：为什么不丢开测距数据，单纯从测速数据中找找原因呢？

他们根据这一崭新思路改编计算程序。一算，其结果与太空飞行器实际落点几乎一模一样！

难道是偶然的巧合？他们又找来同类案例，应用这一计算模型进行处理，得出的结果竟如出一辙！

三个人几乎同时跳起来：真是太棒了！

的确是个令人兴奋的发现。只运用测速数据计算航天器轨道，在国际上是第一次，这是中国的发明！它为建立中国特色太空飞行器轨道测量机制开创了一条阳关大道！

他们发明的这一计算模式，把近乎一座小房子般庞大笨重的太空飞行器测试装备缩小到一只盒子大小。该产品于 2010 年定型装备后，实现了由站点式固定测控到移动式机动测控的转变，使中国成为世界上第一个实现车载式太空飞行器测控的国家。

这次查找 GEO 卫星"伪距波动"的病灶，朱炬波面对的数据超级大，是名副其实的海量。他要在逐个排查数据的同时，进行综合分析推理，整个任务仿佛大海捞针！

朱炬波接受任务后，与课题组成员一头扎进那片海量数据里，如同一名老中医，耐心细致地对每一个数据"望、闻、问、切"，一层层拨开迷雾。半年后，导致北斗 GEO 卫星"伪距波动"的病灶终于现出原形。

在有关部门组织的会议上，会场鸦雀无声，大家都把目光投向朱炬波。

朱炬波和盘托出诊断结果：导致"伪距波动"的原因既有天上的，也有地上的；误差中快的数据是地上系统导致的，依据"一……二……三……"；误差中慢的数据是天上系统造成的，依据"一……二……三……"。

朱炬波宣读完毕，会议主持人说："大家有什么疑问，现在就向朱教授咨询。"

与会者都摇头、沉默，会场里随后爆发出热烈的掌声。

鉴于朱炬波的业务水平和贡献，北斗工程总师组吸收他为专家组专家，并授予他"北斗二号卫星工程建设突出贡献奖章"。

病灶虽然找到了，但要消除它，还需要形成机理。陆明泉带领的清华大学北斗团队主动肩负起这一艰巨任务。有人听了他的想法后，建议道："咱们先立个项再说吧。"

陆明泉说："等咱们申请立项，上边批准立项，时间就得过好几个月，北斗工程耗不起。"

大家又担心："可不立项，哪来的经费支持？"

陆明泉说："咱们团队虽然不富裕，但我算过了，这点钱暂时还拿得出。"

他立刻组织多名教师和学生，展开"伪距波动"机理研究，在国内首家运用数学建模、软件仿真方法，对其进行深入探索，终于揭开了 GEO 卫星"伪距波动"的神秘面纱，提出了地面监测系统改进措施，得到总体、卫星和运控系统的高度认同，为成功搬掉"伪距波动"提供了准确方向。北斗卫星导航总设计师孙家栋认为："这是我国利用数学工具和仿真手段解决重大工程难题的一个典范！"该成果获得省部级科学技术进步奖一等奖。

在朱炬波带领的数学分析团队、陆明泉带领的清华大学北斗团队等兄弟团队帮助下，北斗工程建设人员经过一番艰苦奋战，终于降伏了 GEO 卫星"伪距波动"这只拦路虎。

惊心动魄七秒钟

2010 年 1 月 17 日，第三颗北斗导航卫星发射升空。

哪知"长三丙"运载火箭起飞五十秒后，安控显示屏上突然出现异常：速度曲线出现连续大幅度跳变，五秒之后，数据跳变依然剧烈，不断跃出炸毁线，表明火箭已岌岌可危。

连续五秒，这是地面必须实施安控的极限时间。在此情况下，若无法继续实施安控，只能将火箭引向相对安全空域予以引爆。在国际航天活动中对类似事件，美国这样处理，俄罗斯这样处理，欧盟这样处理，日本也这样处理……

"难道我们也要炸毁火箭？"安控助理赵梅心里猛地一紧，额头上瞬间渗出了冷汗。已从事火箭安全控制十七年的她，这种情况还是第一次遇到。

"车高工，怎么办？"赵梅紧张地望着一旁的安控判定专家车著明。但见车著明双眼紧盯安控显示屏，神情非常冷静。

其实，车著明压力巨大。火箭、卫星，价值数十亿元的设备，现在炸与不炸就听他一句话。若是他判断失误，不该炸而炸了，或是该炸而没炸，都会给国家和人民带来重大损失，他都是罪人！而此时此刻，仅凭几块屏幕显示的数据，就要对在太空高速飞翔的运载火箭状况作出快速精准的判断，其难度可想而知。

安控机房里的空气仿佛凝固了，大伙儿都用紧张的目光望着车著明。但见他依然一脸镇静，冷峻的目光不住地在几块显示屏间切换，反复仔细比对那些瞬息万变的测控数据。他天天跟数据打交道，它们就像他放牧已久的羊群，哪只羊什么颜色、个头多大，他都心中有数。

第七秒，只见车著明站起来，轻轻舒了一口气说："是设备跟踪故障，火箭没问题。"果然，根据车著明的判断，有关人员对有关设备进行检测，发现是运载火箭搭载的设备给出的下行信号不稳定。对其进行针对性调控后，测控数据渐渐趋于稳定，运载火箭飞行各项指标良好，发射任务又一次获得圆满成功。

"车高工，"赵梅和大伙儿都向车著明竖起大拇指，"短短七秒钟，凭着几个显示屏给出的数据，就能准确判断设备工作状态和火箭飞行状态是否正常，您真是神了！"

在指挥大厅里坐镇的各级领导和航天专家来到安控机房和大家一起欢庆发射成功，得知这次发射经历了"生死攸关七秒钟"时，都感到非常后怕。发射中心一号领导紧张而又感动地握着车著明的手说："著明，你又为我们中心、为北斗卫星导航立下大功了。要不是你排除火箭问题，引爆程序一旦启动，我们中心、我这个一号，就是罪人啊！中心和我，感谢你这个大功臣！"

车著明说自己生来就是一条在数据之海里游泳的"鱼"，离不开这片浩瀚的"数据之海"，他为这片"海"而生，因这片"海"而成长，也因这片"海"而快乐。

1993 年，车著明以优异成绩拿到基础方法研究和数学建模专业硕士学位后，主动要求前往西昌卫星发射中心工作。这个创建于 1970 年的卫星发射中心，是我国卫星发射任务最繁忙的发射场，在数十年欢笑与泪水相伴的发展历程中，他们创造了中国航天的辉煌，也留下了浩如烟海的测试数据。

车著明面对这些海量数据，仿佛鱼儿突然发现了大海，心中充满畅游的激情。他深知，这海量数据虽然看起来杂乱无章、枯燥无味，但其中却隐含着各种规律，若能把它们从海量数据中识别出来，有选择地抽取，运用到航天发射实践中，那可比黄金还要贵重百倍、千倍。

纵身跃入这片浩瀚的"大海"，舒展身心在其中畅游，成为车著明生活中的最爱，甚至是生命所系。凭着这股子痴迷的劲头，车著明基于中心那片浩瀚的"数据之海"，开发了运载火箭遥测信息快速处理系统、航天发射数据快评系统、液体火箭爆炸危害的定量分析系统，有效节省了卫星燃料，延长了卫星寿命。尤其是历经两年攻关，通过误差分析、误差传递建立的火箭飞行精度预报系统，使火箭飞行精度大幅提高。打个比方说，20世纪90年代初，我国的火箭发射精度是"从海南把一个高尔夫球打到黑龙江一个高尔夫球场上"，而这个系统，把我国火箭飞行精度提升到"从海南直接把高尔夫球打到黑龙江高尔夫球场的球洞里"。

擒雷捕电钻云缝

雷电是卫星发射最大的自然屏障，也是运载火箭的第一杀手。如果运载火箭在大气层遭遇雷击，必定箭毁星亡，天上一片火花，地下一片火海，酿成重大悲剧。因此，火箭发射窗口必须确保发射场周边十公里范围内无雷电。

西昌卫星发射中心地处川西高原山区腹地，海拔近两千米，雷电气象多发，雨季漫长，在全球十大卫星发射场中气候条件较为复杂。据统计，中心自创建以来发射的一百多颗卫星中，几乎一半发射任务是在雨季执行的。

数十年繁忙的发射任务，给中心天气预报工作带来严峻挑战，也为中心锻炼了一支临危不乱、预报精准、作风踏实的气象预报队伍，培养了一批以高级工程师郭学文、汪正林、江晓华等为代表的高水平业务骨干。

郭学文，大家给他取了个绰号"电钻"，以此称赞他工作干劲大、业务钻劲足。1982年7月，他从中山大学大气科学系毕业来到中心工作后，成为一名基层预报员。由于不满足于"看云识天气"，他在干好本职工作之余，一头扎进西昌地区二十多年以来堆积如山的气象资料里，仔细研究其中的变化规律，撰写了长达五十万字的气象预报论文，对西昌地区天气变化情况进行了系统总结，很快成长为一名优秀的气象预报员。1984年我国发射第一颗试验通信卫星时，年仅二十四岁、参加工作刚两年的郭学文，就担任了天气预报领班和气象发言人。

郭学文不仅能"钻"，还敢"闯"。20世纪90年代初，发射中心决定开发发射场区雷电监测预警系统。当时雷电监测技术在国际上尚不成熟，更没有同类课题研究资料可供借鉴。面对这样一个要"无中生有"的课题，郭学文竟然眼都没眨一下就揽了下来。

朋友吃惊地看着他："这不托底的项目，你也敢接呀？"

他笑着说："有困难就有办法，办法总比困难多。"

他面临的第一道难题，就是把十几台单站探头数据汇总到一台计算机上进行集中处理。那时计算机硬件水平非常低，联网堪比登天。为抓住一瞬即逝的灵感，他在口袋里装了一个小本子，时不时地记上几笔，一个月下来，成功地找到了改装8086计算机、安装多个串口的方法。如此这般坚持了两年，郭学文和课题组终于找到一条高层次卫星发射气象保障的路子，建立了地面电场仪网和雷电监测预警系统，分别获得省部级科学技术进步奖二、三等奖，实现了中心气象保障能力质的飞跃。这套系统在卫星发射气象保障中屡建奇功。

20世纪90年代中期，全球气候开始呈现出"无规律"变化趋势，受其影响，西昌卫星发射中心发射场区气候更加复杂多变，各种天气历史纪录屡被打破，让气象预报人员防不胜防。

但郭学文认为，变化无常并不意味着没有规律，要认识和发现新特点、新规律，就需"魔高一尺，道高一丈"。为此，他站在天气预报学的高度，运用新兴的系统科学原理，引入方兴未艾的计算机处理技术，对发射场区气象数据进行科学细致的总结和分析，独创了天气预报"三角形理论"，将中心气象学研究推向了国际前沿。

为建立系统的"三角形理论"，他在中心首次将气象台、气象雷达站和气象室的数据全部输入计算机，进行立体综合分析，研制开发出探空资料处理系统。此外，他还紧跟国内外气象领域发展的前沿，积极开展了资料自动接收、数据智能加工、信息快速传递、预报客观定量的综合性、网络化、多功能现代气象预报业务等研究课题。这些成果，实现了气象资料的自动处理与交换，既减轻了观测人员负担，减少了人为计算失误，也防止了信息丢失、漏用、过时等现象，使中心气象预报水平从预报图模式，一下子进入了代表国际趋势的数值预报模式。

在中心承担的多次卫星发射任务中，郭学文与同志们一道，沉着冷静、周密细致，圆满地完成了寒潮、冰雪、雷电等各种复杂天气条件下的卫星发射气象保障任务，为中心在北斗组网等重大发射任务中创造"成功率100%"的奇迹立下了汗马功劳。

北斗二号第五星，原定的发射窗口是2010年8月2日5时30分。可是风云突变，中心气象预报团队根据数值预报产品分析，判断8月1日至3日有一次中等强度的降水过程，并根据风场演变情况推断，降水过程将在8月1日上午8时左右来临。也就是说，1日的窗口以多云天气为主，2日的窗口以小雨天气为主，具体降水时间不确定。

2010年7月30日上午9时，气象保障团队组织紧急会议。预报员小刘走到触摸式汇报平台前，打开数值预报产品，在8月1日8时500百帕风场预报图上画了一条长长的槽线。这槽线代表的是降水和雷电。现在这条深棕色的槽线，东起四川盆地，西至孟加拉湾，像一把带血的弯刀，斜斜地压在发射场区上空，也压在所有预报员心头。

"现在需要确定的是，降水过程在1日8时前到，还是8时后到。"小刘一字一顿地说。

中心技术部气象室主任汪正林陷入沉思。十三年前的"亚太ⅡR"外星发射，是中国航天史上第一次因气象条件而提前的发射任务，当时的汪正林还只是个年轻的气象预报员。现在，身为气象室主任的他，又一次面临艰难的抉择。明哲保身的做法，是 8 月 1 日、2 日两个窗口都报小雨，任务按原计划执行，但这样就可能错过 1 日窗口的好天气。如果 1 日窗口不报降水，2 日窗口报小雨，领导可能会决定提前发射，这存在很大风险：万一降水过程提前，1 日窗口不能发射，低温燃料必须紧急泄出，发射将至少推迟五天，会对后续工作造成不可估量的影响。

究竟该怎么报？汪正林把目光投向高级工程师郭学文。

"1 日窗口的好天气有 60%—80% 的把握，降水在 1 日 8 时后来临有 90% 的把握，而 2 日 90% 是个坏天气。"郭学文沉稳地说，并向汪正林点了点头，"主任，可以下决心！"

上午 11 时，汪正林拿起连接指挥部的电话，以非常自信的口吻报告："1 日 8 时前，降水概率很低！"

指挥部领导基于气象室结论，通过集体讨论，同意改变发射计划："准备将发射窗口提前一天，在 8 月 1 日发射。气象团队继续加强监测和分析，及时报告结论。"

11 时 30 分，气象团队再次作出预报结论：7 月 30 日至 31 日，多云间晴；8 月 1 日至 3 日，有一次中等强度的雷电降水过程。8 月 1 日窗口：多云，无雷电，无降水；8 月 2 日窗口：多云，小雨；8 月 3 日窗口：多云，小雨。

13 时，指挥部再次来电询问："气象系统，你们的结论有没有改变？"

郭学文自信地回答："没有。"

15 时 30 分，第二次指挥部会议如期举行，郭学文再次报告天气预报结论："7 月 31 日下午，场区有弱的局地对流，22 时以前结束。8 月 1 日窗口：多云，无雷电，无降水；8 月 2 日窗口：多云，小雨。"

指挥部综合各方面因素后，果断决策：发射窗口由8月2日5时30分，提前到8月1日5时30分。

正当大家紧锣密鼓地进入发射倒计时准备时，7月31日16时，发射场上空突然响起隆隆雷声。人们不禁心头一紧，电话一个接一个打到气象室。气象团队紧急会商后得出结论："这是局地对流，会在22时前结束。"果然，五个小时后，场区上空的雷声渐渐远去，云层越来越薄，发射窗口：多云，无雷电，无降水。

8月1日5时30分，随着"点火！起飞！"的口令，"长三甲"运载火箭在山呼海啸的轰鸣声中，托举着我国第五颗北斗二号卫星直刺苍穹……

北斗二号第九星发射，在卫星组网工程中可谓意义重大。它标志着中国北斗区域卫星导航基本系统已建成，完成星地联调和测试评估后，于2011年底，开始为中国及周边大部分地区初步提供连续无源定位、导航和授时以及短报文通信服务，满足交通运输、渔业、林业、气象、电信、水利、测绘等行业以及大众用户的需求。

北斗不是单颗卫星，而是需要发射几十颗卫星组成一个星座。星座的设计要求很高，要保证在地球上任何一点，能同时看到四颗星，这样卫星与卫星之间不能靠得太近，要分散开，而且卫星间距必须是确定的，这就要求每次发射的卫星，不仅要准确入轨，还要保证什么时间进入轨道某一个点，若错过发射窗口，就定不了位、入不了轨。对于北斗星座使用的MEO和IGSO卫星来说，发射窗口非常稀少，珍贵得"一秒值千金"。

经测算，北斗二号第九星最佳发射窗口是2011年7月27日5时44分。

发射前两小时，发射准备工作全部就绪，现场人员准备撤离。可就在这时，发射场区上空仿佛突然罩下一口大黑锅，乌云滚滚，电闪雷鸣,大雨倾盆。

距离发射窗口只有半个多小时了,发射场区依然风狂雨骤,山呼海啸,雷电张牙舞爪,撕裂长空。

发射指挥部命令气象团队:"严密跟踪气象变化,每隔十分钟向任务指挥部报告一次场区未来十分钟的天气情况!"

5时10分,气象团队报告:发射场未来十分钟,雷电交加!

5时20分,气象团队报告:发射场未来十分钟,雷电交加!!

5时30分,气象团队报告:发射场未来十分钟,雷电交加!!!

这时已到发射窗口时间,指挥部命令气象团队:以最快速度,拿出5点35分至45分气象精准预报!

5时45分,是发射窗口最后边缘。若错过这个窗口,又要等待很长时间。

就在这千钧一发之际,气象团队终于觅得良机:5时43分至45分,发射场区周边八平方公里空域没有雷电,满足最低发射条件。

只有两分钟!仿佛白驹过隙,却要准确无误地下达一系列口令,完成一系列操作,这在世界航天史上堪称奇迹!

指挥部当机立断:机不可失,时不再来。发射!

5时44分28秒,伴随着指挥员"点火"的口令,操作手果断按下红色按钮,长征运载火箭托举着北斗二号第九星拔地而起。

火箭刚刚从一线狭窄的云缝穿过厚厚的云层,只见天空劈下一道闪电,重重砸在发射场旁的山坡上,轰隆一声,地动山摇。

窗口预报分秒不差!好悬哪!

创造爱情神话的"总总师"

"一番番春秋冬夏,一场场酸甜苦辣。"北斗人在短短六年时间，将十几颗卫星送上蓝天，仅 2012 年一年就连续实施四次发射。

在密集发射中，每一次运载火箭升空，大家都会看到一个体魄魁梧、身板笔直、和蔼可亲的"老头儿"，或在西昌卫星发射中心肃静的指挥大厅，或在繁忙的测试现场，或在高高的发射塔上，和大家一起忙碌。

这个可爱的"老头儿"，就是被大家尊称为"总总师"的孙家栋院士。

北斗卫星导航系统下设卫星、运载火箭、发射场等分系统，各分系统都设有总设计师，而孙家栋是大工程总设计师，因此大家都说他是管总师的"总总师"。

在担任北斗"总总师"的岁月里，他很少待在家里，绝大部分时间不是参加各种会议，就是到下属单位调研，或者在去开会和调研的路上。其实，他和其他劳累了大半辈子的老人一样，身上也有不少小毛病：屡屡发作的陈旧性腰肌劳损，常常疼得他难以行走；大脑供血不足的老毛病，时常让他感到头晕目眩、天旋地转；皮肤瘙痒症，让他寝食难安，严重时需要注射激素控制病情，但护士刚刚拔掉输液针头，他起身又投入工作。每当大家劝他"悠着点"时，他总是说："北斗工程那么庞大复杂，我不往下边跑，心里就没数，这个总师就当得不踏实。"尤其是卫星发射，常常险象环生、突如其来，在这种关键时刻，更需要他待在现场临机处置。若是评选卫星发射场区年龄最大、亲临现场次数最多的航天工程总师，孙家栋绝对是"双料冠军"：仅到西昌指挥卫星发射，就有过一百多次。几乎每次北斗卫星发射，他都亲临现场，并屡屡使卫星发射化险为夷。

一次，卫星发射窗口就在春节前夕。大家都盼着运载火箭把卫星送入轨道，然后欢欢喜喜回家过大年。火箭升空二十四分钟时，西安卫星测控中心报告：星箭分离，卫星准确入轨。哪知，大家欢庆发射成功的掌声刚刚落下，测控中心又紧急报告：卫星太阳能帆板出现故障，失控的卫星消失在茫茫太空中！

孙家栋的神经一下子绷紧了。此时，卫星所处的太空环境温度在零下100摄氏度左右，太阳能帆板不能工作，就没有电能，卫星内部加热设备就不能供热，卫星极有可能被冻坏。

情况危急，他立即召集科研人员分析情况、研究对策。

科研人员立刻对卫星飞行数据进行精密计算，推断大约十天后，地面有可能接收到卫星上发来的一些遥测数据，根据这些数据模拟卫星在轨状态，便能制定出卫星抢修方案。

孙家栋综合各方面数据后，作出最后决策："等待！"

北斗工程"两总"命令远望号测量船和地面测控系统严密监测。

所有测控人员都绷紧了神经，睁圆了眼睛，竖直了耳朵……每一天都过得那么漫长，仿佛一年、十年、百年……十几天后，奇迹如期出现，远望号测量船率先收到卫星传来的信号，然后有关测控站相继收到卫星遥测数据……失控的卫星，终于重新回到科研人员的掌控之中！

这一天，正是人们把酒言欢、喜气盈盈的除夕。孙家栋顾不上欢度佳节，立刻带领大家根据实测数据制定抢修方案，成功地使卫星避免了坠入大气层的危险，转入在轨长期管理。

2012年10月25日，北斗二号组网的收官之星——第十六颗导航卫星发射在即。这次发射，对提升系统服务性能、扩大服务区域非常关键。大家又看见孙家栋坐在醒目的指挥席上。这是这位八十三岁的航天老前辈，在九个月内第七次来到西昌卫星发射中心。

22点33分，西昌卫星发射中心指挥控制大厅里传出了坚定有力的声音："各号注意，一小时准备！"

孙家栋站起身来，一一查看系统工作状态，重新回到指挥位置。今天的"总总师"格外干练整洁，身穿紫红色鸡心领羊绒衫，外套黑色夹克，胸前挂着天蓝色"发射任务通行证"。他那深邃沉稳的目光，紧盯着正前方那三块大型电子显示屏幕，上边不断变换着各种数据和画面，为发射指挥决策者提供各类实时信息。

　　宁静的大厅里再次响起指挥员的号令："五分钟准备！"

　　孙家栋挺了挺依然笔直的腰杆，正了正衣襟，然后习惯性地将胳膊肘支在面前的指挥桌上，双手交叉紧握在一起，敏锐的目光一动不动地盯着显示屏上跳动的数据。

　　"10、9、8……"指挥控制大厅开始响起倒计时的声音，冲击力随着数字的递减而愈发强劲，不断撞击着每一个北斗人的耳膜和心房。孙家栋交叉的双手松开又握紧，握紧又松开……虽然他已经历过数十次航天发射，但从未感到轻松过。

　　"3、2、1，点火！"

　　随着响彻指挥控制大厅的一声号令，发射场区传来震耳欲聋的轰鸣，火箭发动机吐着美丽的火焰，"长三丙"运载火箭拔地而起、冲天而上……

　　孙家栋屏住呼吸，睁大眼睛一眨不眨地望着火箭不断地上升，渐渐融入茫茫夜空。指挥大厅里响起令人欣慰的声音："太阳能帆板顺利打开！此次发射圆满成功！"孙家栋这才轻轻松了一口气，慢慢松开了紧握的双手，与大家一道鼓掌庆贺，紧绷的脸庞随之松弛下来，挂满喜悦里不失淡定、淡定中饱含欣慰的微笑。

　　"孙院士，快来照相呀！"

　　孙家栋朝同事们招了招手，健步走到鲜红的祝捷字幕下与大家合影留念，脸上依然挂着微笑。

　　曾有人找来"总总师"每次发射成功后与大家的合影，大伙儿惊奇地发现，几乎每次卫星发射成功后的合影，孙家栋都是这种微笑。因此，大家都把他"喜悦里不失淡定、淡定中饱含欣慰"的微笑，称为"成功的微笑""总总师的经典微笑"。

大家心目中这位"总总师"，先后坐镇指挥数十颗卫星发射，只有一次不那么淡定。

那天是 2007 年的农历九月十四，是中国传统节气"霜降"。当天 18 时 5 分 4 秒，又一枚"长三甲"运载火箭从西昌卫星发射中心拔地而起，向着满天繁星飞去。当指挥控制大厅的扬声器传出发射成功的消息时，大家从座位上站立起来，欢呼雀跃，握手拥抱。这时，孙家栋却走到了一个僻静的角落，背过身子，掏出手绢偷偷地擦着眼泪。

此时此刻，他的老伴儿魏素萍正躺在病床上。他惦记她，想念她。

在与老伴儿相濡以沫的五十年里，孙家栋在创造中国航天神话的同时，也创造了爱的神话。

年轻时的孙家栋，五官端正，身材魁梧，腰杆挺得笔直，还长了一副喜兴脸，微笑总是挂在脸上。凭着帅气的长相，再加上随和的性情、刚直的人品、过人的才气，孙家栋迷倒了一大片女孩。不少姑娘主动向他暗送秋波，却没有一个能拨动他的心弦。直到有一天，一个朋友把一个女孩的照片递给他："家栋，你看这个姑娘怎么样？"照片上的姑娘脸庞圆润，目光清澈，微笑暖人，孙家栋眼睛为之一亮。这个姑娘就是魏素萍。

1959 年，他们携手走进婚姻殿堂，结为秦晋之好。也就在这一年，孙家栋开始走上研制火箭、卫星的人生道路。此后近五十年里，他参与研究或主持研制的火箭、卫星，型号一个接一个，在很长一段时间里，甚至同时担负着数个航天工程总师的重任，马不停蹄地从一个城市飞往另一个城市，有时一周要去三四个城市，坐飞机成了他的家常便饭。即便在北京的日子，他也常常是白天调研，晚上开会，深夜回家。夫妻俩聚少离多，俨然成了现代版"牛郎织女"。婚后的魏素萍，只知道丈夫很忙，却一直不知道他忙的是什么。

一个深冬的夜里，她突然被电话铃声惊醒，只见孙家栋衣服没披就跑到客厅接电话。魏素萍见状，拿着大衣跟过来给丈夫披上。正对着话筒说话的孙家栋条件反射般地急忙用手将话筒捂住，用眼睛示意她快点走开。她委屈地瞪了丈夫一眼，默默地回到了卧室。谁知孙家栋一边听着电话，一边还想把卧室门关上。但电话线不够长，他就斜着身子伸出脚尖把门钩上了。此时，中国的航天事业刚刚起步，保密政策是上不告父母，下不告妻儿。

1967年7月，年仅三十八岁的孙家栋成为中国第一颗地球卫星——东方红一号技术负责人。同年，妻子也怀孕了。孙家栋日夜忙于卫星设计，就连晚上也抽不出时间回去看看怀孕的妻子。这年12月8日，魏素萍要临产，孙家栋竟忙得抽不开身。当阵痛袭来时，魏素萍渴望能握住丈夫的手，然而直到女儿出生的第二天晚上，孙家栋才出现在她身边。

虚弱的魏素萍幽怨地看了丈夫一眼："你到底是干什么的？什么工作能比老婆生孩子更重要？"

孙家栋轻轻握住妻子的手："素萍，两个都重要，可我……"

她知道丈夫对工作守口如瓶，自有理由，从此便不再问起。

1970年4月24日，东方红一号发射成功。那天，魏素萍也和大家一起，举着国旗走上街头，加入了欢庆队伍，但她却不知道，我国第一颗卫星竟是丈夫带领大家完成的杰作。直到1985年10月，中国有关部门宣布中国运载火箭要走向世界，进入国际市场，电视向全世界直播长征三号运载火箭将国外的卫星送上太空时，魏素萍从屏幕上看到了丈夫的身影，她才知道丈夫是干什么的。

1994年9月，魏素萍患上了胆结石。此时，中国第一颗大容量通信卫星发射在即，孙家栋要前往西昌卫星发射中心。临行前，魏素萍一边为丈夫收拾行装一边说："你出差了，我正好借这个机会到医院做手术。"

到了发射场后，孙家栋脑子里装的全是卫星发射前的准备工作，对老伴儿手术情况及她为什么一直没和他联系，压根儿没时间理会。一周后，卫星被成功送入太空，孙家栋放松下来，觉得身体像散了架似的疲乏无力。可是，他还要立即赶回北京主持与美国航天代表团的谈判。孙家栋强撑着疲惫的身体完成谈判，随即累倒了，被送到附近的海军总医院。躺在病床上的他，这才想起患病的妻子，一打听方知，一周前魏素萍在做胆结石手术时突发脑血栓，并落下了偏瘫的后遗症。孙家栋立刻请求将自己转到妻子所在的医院里，与妻子同住一个病房。

虽然自己也是病人，但孙家栋尽心尽力照顾重病的妻子，每天早晨搀扶着她在医院的林荫小道上散步，一边走一边和妻子说话。

魏素萍乐了，"我是因祸得福呢。除了第一次见面时，你滔滔不绝地和我谈了多半天，以后再也没听你说过那么多话了。"

孙家栋感叹道："一眨眼，我们都是快七十岁的老头子、老太太了。这么多年，让你受累了！"

魏素萍眼里一热，感叹道："我等了你一辈子，就盼着什么时候能像别的女人一样，和丈夫守在一块儿。好不容易等到了，我却老了，连身体也残了。"

出院后，为了让魏素萍的四肢恢复正常，孙家栋一有空就搀扶着她到外面散步，每天给她做按摩，说笑话逗她开心，从百忙中挤出时间和她一起锻炼身体，还抽空查阅了大量关于脑血栓后遗症方面的资料。饮食上，为配合她治疗，孙家栋还为她列了一个特别食谱，让保姆照着去买菜，给她改善伙食。

魏素萍跟他开玩笑说："老头子，你哪里像个科学家，简直就是一个保姆了。"

孙家栋也笑着说:"这么多年对你照顾得太少,正好借此机会好好陪陪你。你看,我还得感谢你呢,陪你锻炼身体,我自己都瘦了二十多斤,连脂肪肝都好了!"

一年后,魏素萍竟奇迹般地康复了,身边的人都惊讶不已。魏素萍跟他们开玩笑说:"这是我们老孙用爱情创造的神话!"

2004年,七十五岁的孙家栋同时被任命为北斗二号、嫦娥一号总设计师后,比以前更忙了。哪知2006年12月,魏素萍又患重病做了大手术。术后,令人痛苦不堪的治疗,让魏素萍第一次感到恐惧,也第一次对丈夫如此依恋,生怕他的一次出差就成了夫妻间永远的遗憾。

尽管孙家栋尽量压缩在外的时间,然而2007年既是北斗二号首星发射之年,又是嫦娥一号奔月之年,是孙家栋最为繁忙的一年。这一年里,年近八十岁的孙家栋十次进入发射场,在发射现场指导了五次卫星发射任务,主持、参加了近百个与航天有关的会议,空中飞人似的飞了二十多个地方。魏素萍心疼地说:"他总是天天跑,穿皮鞋太累,我每年光布鞋就要给他买四五双。"

一天,孙家栋就要前往西昌。眼看丈夫收拾行装,魏素萍心中不舍,强忍泪水说:"有时间就快点回来,我在等你。"

孙家栋眼里泪水打转,向老伴儿点点头,把一只装满药品的袋子交到她手里。他生怕她看不清药瓶上的小字,特意在每个药瓶上重新贴上了标签,写明服药的时间和剂量。

当天晚上,中央电视台播出了北斗二号最后一颗组网卫星发射成功的消息。魏素萍又在家里电视屏幕上看到了自己的丈夫,禁不住擦着湿润的眼角喃喃道:"老伴儿啊,这样的一辈子,值呢!"

"北斗，为你骄傲"

2012 年 12 月，完全可以称之为"北斗月"。

2012 年 12 月 27 日清晨，中国向世界宣告：北斗二号正式向亚太地区开通运营服务。千万个北斗人听到这个消息，欣慰地笑了："终于有自己的北斗了！"广大网友听到这个消息，更是激动不已，纷纷在网上留言："北斗，为你骄傲。"

2012 年 12 月 28 日，中共中央、国务院、中央军委对北斗二号卫星导航系统向亚太地区开通服务专门发来贺电。

北斗二号卫星导航系统的确值得每一位中国人自豪。

它创造了四个第一：是国际上第一个将多功能融于一体的区域卫星导航系统；是我国第一个与国际先进系统同台竞技的航天系统，直面国际竞争，与美国 GPS、俄罗斯格洛纳斯等国外先进系统比性能、比服务；是我国第一个面向大众和国际用户服务的空间信息基础设施，需要经受数以亿计的各类用户长期连续稳定使用的严苛考验；是我国第一个复杂星座组网的航天系统，卫星与地面站星地一体组网运行！

它实现了十大创新：导航定位、短报文通信、差分增强三种服务融于一体；提供三频导航服务，提高了高精度定位成功率；采用"GEO+IGSO+MEO"混合星座；实现 GEO/IGSO 星座高精度定轨、时间同步、构型维持；首次采用 IGSO 卫星；实现大型复杂星座的构建和运行管理；采用东方红三号甲卫星平台；采用长征三号乙新构型运载火箭，一箭双星发射高轨卫星；实现卫星、火箭批量生产、密集发射，推动航天产品研制生产方式转型；建立面向公众服务的空间基础设施。

北斗二号虽然只覆盖了亚太地区，覆盖范围远远不及美国 GPS

全球系统，但在覆盖区域内的服务性能可以比肩 GPS：大众应用定位精度六米，精密授时精度达二十纳秒，而且具备 GPS 一代、二代所没有的短报文通信功能，一次可传送多达 120 个汉字的信息。

2012 年 12 月，中央电视台"中国经济年度人物奖"获奖名单揭晓。北斗卫星导航系统任务团队获得"2012 中国经济年度人物创新奖"。

本届中国经济年度人物评选的主题是"实业的使命"，旨在呼唤实业的回归与振兴，表彰在实体经济方面的优秀践行者和为实体经济发展作出重大贡献的群体。

北斗卫星导航系统任务团队是一支充满活力和战斗力的队伍，承担着北斗导航工程运载火箭和导航卫星两大核心系统的研制、组批生产、发射组网等任务。这支一百余人的团队，自 2004 年 9 月北斗二号系统立项以来，短短八年间，在工程"两总"领导下，牢记使命、攻坚克难，先后突破了宇航产品组批生产、多星多轨组网运行等十二项关键技术，突破了四十多项专业技术，填补了数十项技术空白，成功完成了十四枚运载火箭和十六颗卫星的研制和发射任务，为北斗卫星导航系统建设和今后的可持续发展奠定了坚实的技术基础，为我国后续航天工程及其他社会建设积累了丰富的宝贵经验。

北斗卫星导航系统任务团队入选"中国经济年度人物创新奖"，当之无愧、实至名归！

2017 年 1 月 5 日，2016 年度国家科学技术进步奖评选结果揭晓。北斗二号导航系统荣获国家科学技术进步奖特等奖。1 月 9 日，在人民大会堂隆重举行的颁奖大会上，北斗二号副总设计师李祖洪，北斗二号卫星系统总设计师、首席科学家谢军，北斗二号运控系统总设计师周建华，代表北斗导航团队领取了这一份沉甸甸的荣誉。

2017 年 12 月 3 日，第四届世界互联网大会在中国浙江乌镇召开。本届大会以"发展数字经济　促进开放共享——携手共建网络空间命运共同体"为主题。经评委会严格评选，北斗卫星导航系统被第四届世界互联网大会授予领先科技成果，是本届大会唯一享此殊荣的卫星导航系统。

中国卫星导航管理办公室主任冉承其发表了获奖感言："卫星导航的诞生，彻底改变了这个世界。GPS，我们耳熟能详，现在我要告诉大家的是，在这个改变中，中国不是旁观者，而是践行者，更是创新者。2000 年北斗一号建成，2012 年北斗二号建成，就在上个月，新一代北斗三号全球系统部署拉开大幕，一个更高效、更精准的时空服务，正在由北斗给出中国方案！"

（该报告文学原由山东文艺出版社出版，曾获 2021 年度中国好书奖、第八届鲁迅文学奖、第十六届精神文明建设"五个一工程"奖）

决战崛起

——中国超算强国之路（节选）

"并行计算时代"

计算机技术发展，就像一条大河，源远流长地穿行在时光隧道里。总体技术的一次次重大创新，就像一缕缕春风，牵引着它一次次走进解冻的春天、奔流的夏天，然后盛极而衰，进入萧瑟的秋天、沉寂的冬天。电子管计算机、晶体管计算机、集成电路计算机、向量计算机、并行计算机……无一不演绎着这"四季轮回"。

20世纪90年代初，正当向量计算技术难以实现人类大型科学/工程计算和大规模数据处理，人们对大规模并行处理（MPP）总体技术充满向往之时，微处理器（CPU）的问世，就像一股强劲的春风，催生了 MPP 总体技术的突破。这一突破，仿佛那裂冰的巨响，惊天动地，打破冬天的沉寂，唤醒冰封的长河，开创了人类计算机史上从未有过的辉煌时期。

在 MPP 总体技术突破后的十几年里，世界超级计算机技术蓬勃发展，美、日等传统超级计算机强国的技术进步突飞猛进，德、意、英、法等西欧诸国及加拿大、澳大利亚、巴西、印度等国家的超级计算机事业也蒸蒸日上。国际超级计算机俱乐部急剧扩大，超级计算机"明星"更是层出不穷、星光璀璨——

美国克雷公司 NUMA 结构的 Cray-T3E 系列；

美国 IBM 公司分布存储结构的 SP2 系列；

美国 SGI 公司 CC-NUMA 结构的 Origin 系列；

美国 NASA 的"NAS2000"；

美国能源部的"ASCI White"；

日本 NEC 公司的"地球模拟器"；

西班牙巴塞罗那工业大学与美国 IBM 公司合作研制的"Mare Nostrum"；

美国克雷公司的"美洲虎"（该机型也有译作"美洲豹"）；

德国巴伐利亚科学院莱布尼茨超级计算中心的"SupeMUC"；

美国 IBM 公司的"蓝山"；

……

可谓星光熠熠、花团锦簇，让人眼花缭乱。

随着超级计算机阵营迅速扩大、性能不断跃升、应用迅速拓展，以及在战略模拟领域的成功应用和在军事领域的广泛渗透，计算机开始迈入超级计算机时代，其"身价"更是随之骤然飙升。

国际战略家们认为"超级计算机已经成为国际竞争的战略领域"。

科学理论、科学实验，曾被喻为"科学技术之两足"，引领着人类科学事业走过了漫长的发展进步之路。到了 20 世纪末，超级计算机蓬勃发展并在科技进步中发挥着越来越大的助推作用。渐渐地，高性能计算与科学理论、科学实验"并肩而立"，成为"支撑现代科技大厦三大支柱"之一。

美国总统顾问委员会甚至煞有介事地"提醒"总统："计算科学是确保美国 21 世纪战略地位的重要手段，而超级计算机是实现计算科学的最重要的载体。"

在此背景的推波助澜下，德国曼海姆大学汉斯、埃里克教授等于 1993 年发起并开始实施的国际 TOP500 排名，虽然纯属"民间活动"，却释放出强大魅力，紧紧吸引着众人"眼球"，受到世界舆论关注，甚至得到政治家们的青睐，日益演变为"科技奥林匹克"，甚至成为世界大国"晒肌肉"的大平台。

无怪乎，有人把这一时期称为世界科技的"并行计算时代"。

在中国，MPP 总体技术的突破，就像一声春雷，标志着超级计算机的春天真正来临。

在国防科技大学计算机学院，自从"银河 – Ⅲ"突破 MPP 技术后，银河系列超级计算机关键技术攻坚势如破竹。其他国产超级计算机品牌也异军突起，我国超级计算机事业呈现欣欣向荣之势。

为实现国家高技术计划智能计算机主题项目发展目标，经国家科委批准，国家智能计算机研究开发中心于 1989 年 12 月成立，继研制完成"曙光一号""曙光 1000"后，又成功推出"曙光 2000 Ⅰ""曙光 2000 Ⅱ""曙光 3000""曙光 4000L""曙光 4000A""曙光 5000A""曙光·星云"等系列高性能计算机系统。

1996 年，为加强我国高端并行计算机系统研制，国家成立并行计算机工程技术中心，于 1999 年推出运算速度达到每秒 3840 亿次的"神威 – Ⅰ"，2007 年推出运算速度达到每秒 18 万亿次的"神威 – Ⅱ"，2010 年推出我国第一台全部采用国产 CPU、运算速度达到每秒 1100 万亿次的"神威 – Ⅲ"。

21 世纪初，以商业运作为核心的联想、浪潮等企业，纷纷加盟超级计算机产业，推出了"深腾"系列超级计算机。2002 年推出的"深腾 1800"系统，实测性能超过每秒万亿次，实际运算速度在国际 TOP500 强中排名第 24 位。2003 年推出的"深腾 6800"，经美国能源部劳伦斯伯克利国家实验室测试，运算速度达到每秒 4.183 万亿次，国际 TOP500 排名第 14 位。2007 年推出的"深腾 7000"，运算速度每秒 106.5 万亿次，以强大的营销攻势迅速渗入到教育、政府、海洋等领域……

高性能计算机厂商的另一主力军——浪潮，也研制成功"天梭"系列超级计算机，并成功应用于气象预报、石油勘探、生物制药等领域。

随着超级计算机技术不断提升，高性能计算应用也水涨船高。2000 年前后，上海超级计算中心和中国科学院超级计算中心先后成立。2001 年初，上海高科技开发园建设完成超算中心，并向全社会开放，标志着我国高性能计算开发应用迈入崭新阶段。

中国高性能计算终于初步产业化！

然而，只要留心对比一下中国与世界超级计算机代际更替时间，便会发现，每当我国超级计算机性能跃上一个新台阶不久，美国或日本便会宣布研制出世界上运算速度最快的超级计算机。用行内的话说："我们的超级计算机水平总是比别人差那么一点点。"

虽然只是"一点点"，但在愈演愈烈的国际竞争中，这"一点点"就是天壤之别。

别人高了这么"一点点"，就是"世界领先"；你低了这么"一点点"，充其量只能算个"世界先进"，绝对落后于别人！

别人高了这么"一点点"，就意味着站在"巅峰"之上，就可以用俯视的目光看世界；你低了这么"一点点"，说明你还在半山腰，对别人只能仰视！

只要别人高了那么"一点点"，就可以在谈判桌上跷着二郎腿、傲慢地嘿嘿笑着向你漫天要价，就可以要求在你的土地上建不许你进去的黑屋子，就可以对你说"NO"，就可以蛮横地说"这个不能卖给你中国""那个不能卖给你中国"，就可以对你指手画脚，要求你这么做、不允许你那么做……一句话，别人爱怎么的就怎么的，而你却拿别人没招！

这"一点点"，是勒在中国人脖子上的一根"绳套"，让人喘不上气来。

这"一点点"，是悬在中国人头顶上的一把"利剑"，深深刺痛国人的心。

中国超级计算机技术发展之路，就像在艰难困苦中突围的红军长征，虽然已"渡过湘江""跨过大渡河""突破乌江""翻越雪山""蹚过草地"，甚至"拿下了腊子口"，但依然处于世界计算机强国的"重重包围"中。

中国超级计算机技术要突出重围，还需要打一场"决死之战"！

决战时机

随着21世纪之门向人类徐徐开启，"并行计算时代"开始遭遇"寒流"。这股"寒流"的显著标志，就是单芯片性能提升受到制备工艺限制而大大放缓。也就是说，科学家们提高超级计算机系统的整体性能，只能依赖于加大系统规模。这样一来，系统性能在突破每秒千万亿次后，就会出现一系列难以逾越的"高墙"：

比如体积，它将有几个足球场那么大。

比如功耗，需要建一个专用的发电站，才能满足它的功耗。

以日本"地球模拟器"为例。日本 NEC 公司于 2004 年 6 月推出的这台机器，虽然峰值性能达到 35.86TFLOPS，一度抢占国际 TOP500 排名第一。但它采用了 5120 个定制向量处理器，功耗高达 12MW，其机房共有四层，机器存放在四楼，三楼布置了上百公里长的铜质电缆用于全局互连，二楼是空调房，一楼则是电力房，这样布局是由于它功耗太大。虽然"地球模拟器"在可编程性和系统实用效率方面有所变革，但其极高的功耗和硬件成本，使得该机器成为迈向高效能计算的反面典型。

随着体积急剧膨胀、功耗迅猛攀升，还出现了并行算法设计困难、通信存储带宽不足、运行维护成本大大增加、系统可靠性差、安全性能低……

这一个个问题，都是难以攻克的技术瓶颈。

超级计算机技术再跨越，需要新的体系结构理论来支撑。超级计算机纯粹 CPU 超大规模并行计算技术路线，开始步入"冰封"时期。

这意味着在高性能计算机新的技术高峰面前，中国等发展中国家的超级计算机发展，和美、日等发达国家都处于同一起跑线，我国在超级计算机领域决战决胜、冲击"珠峰"的时机已经来临！

为超级计算机技术"破冰"的东风是什么？

超级计算机发展之路在何方？

在超级计算机技术发展的十字路口，有人在期待，有人在徘徊，有人在观望，更多的人在躬身探索。

国防科技大学计算机学院大楼旁的银河广场上，一名身材魁梧、浓眉大眼、气宇轩昂的中年军人，时而慢慢踱步，时而驻足沉思，时而抬头仰望一眼广袤的太空。

他就是银河系列超级计算机总设计师杨学军教授。

杨学军手上夹着香烟，一口接一口地抽着，一支接一支地点着。他的思绪，随着缓缓吐出的烟雾，袅袅地飘向太空，飘向世界，飘向深邃的历史……

在人类计算机发展史上，无论电子管计算机时代、晶体管计算机时代、集成电路计算机时代、向量计算机时代、并行计算机时代，还是大规模、超大规模并行计算机时代，为什么美国都能成为世界领跑者？

稍微留心考察一下便会发现，美国不仅研制成功世界上第一台计算机，而且在此后六十多年几乎独占了计算机重大基础创新或理论创新成果。电子管、晶体管、集成电路、芯片等计算机元器件，还有向量计算、并行计算、大规模并行计算等计算机总体结构理论，特别是曾给人们对并行计算认识带来三次飞跃的三个公式——计算性能加速比公式、Gustafson 加速比公式、计算机效能模型框架，无一不是美国科学家的发明。这一个个首创产生的推动力，加上日益增长的计算机应用需求的牵引力，让美国计算机技术开创了一个个"新纪元""新时代"，也一次次把美国推向世界计算机发展乃至整个世界科技的先锋潮头。

科技首创，尤其是重大基础技术、基础理论首创，是科技发展和经济发展的强大引擎。在它的牵引下，英国在 18 世纪开启了近代工业革命，美国在 19 世纪初实现了经济强势崛起，德国、日本在战后迅速医治战败创伤，重新跻身世界经济强国……

新中国成立尤其是改革开放后，国家重视科学事业，技术进步日新月异。但其源头动力大部分来自引进，或是引进后再创新，真正的技术首创，特别是引领世界科学前沿、支撑国家产业变革的重大基础技术、基础理论首创，与美国、日本及欧洲发达国家相比，依然"凤毛麟角"。

中国超级计算机技术发展始终处于"跟踪""追随"状态，总是比别人慢那么"一点点"的原因，也正是首创不足。

唯有突破首创性瓶颈，才能从制造大国迈向创造大国，才能真正实现中华民族的伟大复兴！

中国要在超级计算机技术领域由"跟踪""追随"变为"超越""领跑"，必须在重大基础技术、基础理论上另辟蹊径，在别人尚未涉足的荒草地上闯出一条新路！

在世界超级计算机技术发展面临困境之时，中国计算机科学家有责任、有义务为国家乃至为世界科技进步作出应有的贡献！

中国首次与世界首创

什么样的体系结构可以破除超大规模并行超级计算机面临的"高大难"（功耗高、体积大、技术实现难）窘境呢？

经过一番苦心思索、反复论证，杨学军在世界上最早提出异构融合体系结构技术。

所谓异构融合体系结构，就是在计算节点中包含两种不同类型的处理器。一种是传统通用处理器（CPU），用来处理常规任务；另一种是专用定制处理器，用来处理特定算法，这种处理器经过特别设计，处理特定算法时性能非常高，可以大大提升计算节点的整体性能。

可什么样的处理器能充当专用处理器、完成特定算法的使命呢？

这时，美国斯坦福大学计算机系主任比尔·达利提出的一种流处理器 Imagine 进入了杨学军的视野。他凭着深厚的学术底蕴和多年率团攻关的实践经验，敏锐地意识到这种有着计算与访存分离、显式开发局部性等诸多创新思想的流处理器 Imagine，是一种很有前景的体系结构。他打算把它与 CPU 一起用于超级计算机。

可流处理器 Imagine 仅仅是一款研究性的原型芯片，一般也只用来处理流媒体相关的计算任务，究竟能不能用来处理科学与工程计算，还是个谜。

为找到这个谜底，2006年，杨学军带领由自己学生组成的流处理器小组及硬件、软件设计团队，向用于科学计算流处理技术展开攻关。

将流处理器与科学计算隔离开来的关键技术难题主要有三个：如何设计世界上第一款面向科学计算的64位流处理器？如何在这个流处理器上重写或改写应用程序？如何将这些应用程序高效地映射到处理器上执行？

这些问号，拽着杨学军及其团队成员的思绪快速且不停歇地运转起来。

身兼行政领导、型号总师等数职的杨学军，无论工作有多忙，每周都要抽出两天时间与大家交流讨论学术问题，而且常常因此错过吃饭时间。这时他就自掏腰包给大家改善伙食，在饭桌上边吃边继续讨论课题，经常有意想不到的收获。

平时，杨学军和团队成员身上都带着两块手机电池。一旦有新发现，就打电话交流讨论，常常一打就是一两个小时，打到两块电池都没电，打得手机烫耳朵。

他们成功突破了体系结构设计、程序可流化理论构建、异构编程模型设计等一道道技术"高墙"，验证了流处理器用于高性能计算的可行性，提出了可用于科学与工程计算的64位流处理器FT64，并成功应用于大规模并行系统的构建。

这些研究成果，是名副其实的世界首创！

2007年6月，杨学军带领团队完成的流处理器研究论文《64位流处理器体系结构研究》，发表在国际计算机系统结构年会（ISCA）上，并被国际权威期刊 *IEEE Transactions on Parallel and Distributed Systems*（简称 *IEEE TPDS*）录取。该论文介绍了国防科技大学自主设计的面向科学计算的 64 位流处理器和其编程方法。*IEEE TPDS* 期刊转载该论文时，团队又扩充了基于依赖关系的流化理论、流编译优化方法以及扩充试验数据和结果。

这是国际计算机系统结构年会录取的第一篇来自中国研究机构、由中国学者独立完成的学术论文，也是计算机发展史上第一个由中国人提出的体系结构理论。

该论文发表后，在国内外计算机领域引起轰动。

流处理器技术先驱、美国斯坦福大学计算机系主任比尔·达利认为："该论文在面向科学计算的硬件设计上和编程方法的研究上为流处理器的发展取得了重要的进步。"

2008 年，美国威斯康星大学麦迪逊分校和得克萨斯大学的学者在体系结构领域顶级会议 MICRO 上发表文章，称杨学军关于流处理器研究论文"描述了一个面向科学计算应用的可扩展的流处理器"。

CPU 与 64 位流处理器异构融合体系结构，为世界超级计算机技术突破"冰封期"提供了崭新的思路。

"走鹃"打响决战第一枪

杨学军的《64 位流处理器体系结构研究》发表一年后，即 2008 年 6 月 18 日，美国突然宣布：IBM 公司采用异构融合体系结构技术成功研制出一台峰值速度每秒 1.37578 千万亿次，Linpack 测试性每秒 1.026 千万亿次的机器，并将其命名为"走鹃"。

"走鹃"由 6480 个 AMD 公司的 Opteron 处理器和 12960 个 IBM 公司的 Cell 处理器构成，其中 Cell 处理器就是一种专用处理器，它的计算性能非常高。"走鹃"充分体现了异构并行技术的先进性，不仅大幅提高了单个计算节点的性能，并大大降低了功耗，整个系统的规模也得到大幅缩减。

举个例子，当时和"走鹃"同处于国际 TOP500 排行榜前 20 名、位于美国劳伦斯伯克利国家实验室、由 IBM 公司制造的"蓝色基因 /L"拥有 65536 个节点，IBM 公司制造的"蓝色基因 /P"系统有 73728 个节点，而"走鹃"则只有 3240 个节点，只有前两个系统的 1/20。这得益于采用了 Cell 加速器，使得"走鹃"单节点性能高达 425GFLOPS，而"蓝色基因 /L"和"蓝色基因 /P"分别只有 7.3GFLOPS 和 13GFLOPS。如此大幅度的节点规模缩减，使通信、存储、编程、功耗等技术瓶颈一下子放宽了。

"走鹃"的巨大技术优势，引起了学术界和产业界研究异构融合计算的热潮。

"走鹃"在异构融合体系结构技术领域的捷足先登，打响了新一轮决战的第一枪，世界强国在超级计算机领域的较量正式拉开序幕！

21 世纪的中国，别无选择，唯有接招，准备决战！

面对世界强国咄咄逼人的攻势，以杨学军为代表的国防科技大学计算机人，沉着应对，大胆迎战。通过科学审时度势，他们认为国防科技大学计算机学院的超级计算机事业，通过银河人半个世纪前仆后继的艰辛努力，占领了一座座科技高峰，形成了自己的特色，拥有了厚实的积累，不仅掌握了下一代巨型主流技术——异构融合体系结构核心技术，而且与世界强国展开决战、抢占世界高峰的其他支撑技术条件也开始显现。

撕开突破口

"CPU+GPU"异构融合体系结构，形象地说，就是把众多CPU、GPU 有机地连成一枚"捆绑式火箭"（CPU 相当于主改动机、

GPU 相当于助推改动机）。

根据这一原理，总师组创造性地把超级计算机系统分为计算机阵列、加速阵列、服务阵列，通过 CPU、GPU 异构协同计算，最大程度地提高计算效能、降低能耗、减少费用、加快速度。

这一技术路线的最大创新，就是将用于图像处理的 GPU 运用于高性能计算，最大的挑战就是实现 GPU 高效能计算。它成为阻挡每秒千万亿次超级计算机战役进展的第一个"堡垒"。

2008 年底，以杨学军为总设计师的总师组，把撕开"突破口"的重任交给杨灿群和他带领的突击队。

经过 10 余年科研实践历练的杨灿群，对于自己的工作有个非常精妙的比喻："搞工程技术，就像猜谜语。谜底出来了，大家恍然大悟：'原来并不深奥。'可在此之前，你的眼前却是一片云山雾海，你不知道目标在哪里，甚至不知道该朝哪个方向寻找，可以说两眼迷茫。"

GPU 的科学计算问题便是这样一道谜语。

当时，市场上宣称有通用计算能力的 GPU 有两种，分别由英伟达公司与 AMD 公司生产，每种 GPU 都有多个型号。单独的 GPU 只是一颗芯片，需要和配套的存储器及外围电路构成显卡才能使用，生产此类显卡的厂商有好几家，市场上可购买的计算显卡就有近 20 种。这林林总总的显卡中，哪款能满足科学计算要求？杨灿群和突击队员两眼一抹黑。

为从这众多显卡中找到双精度浮点计算性能高、系统兼容性好、运行稳定的显卡，杨灿群带领突击队从 2009 年初开始夜以继日地进行大海捞针般的筛选工作。

春节前一周，他们把一种显卡安装到一款主机板上测试，但软件系统安装完成后，系统无法启动。他们首先怀疑是硬件问题，但硬件技术人员坚称该主板质量非常过硬。他们便从软件找原因，但尝试不同版本操作系统和显卡驱动后，问题依然如故。为了找到问题症结，他们在春节期间加班加点。大年初四那天，他们不经意间在主板上发现有个模糊标识，称该主板有启动异常故障，维修后也没有确认故障是否彻底解决，弄得大家哭笑不得。

还有一种显卡含两个 GPU 芯片，其驱动程序要求接上两个显示器才能让两个 GPU 同时工作，这显然不能满足科学计算的要求，因为不可能在一台计算机里安装一大堆显示器。他们通过查阅资料发现，可在显卡输出接上电阻来模拟显示器。为找到这种电阻，他们从尘封了十多年的器件柜中找出了几个满足要求的插装电阻，解决了测试问题。

……

两个月间，他们不知经历了多少这样的曲曲折折，才完成了近 20 款 GPU 的安装、测试，终于找到了满足计算条件的 GPU。

中国有一句谚语："一个和尚挑水喝，两个和尚抬水喝，三个和尚没水喝。"

"CPU+GPU"异构融合体系结构，把数千个 CPU、数千个 GPU 组合在一个"大庙"，它们还能卖力"挑水"吗？

2009 年 3 月，他们把 CPU、GPU 这两类"和尚"组合起来，利用 GPU 加速应用程序进行评测，竟发现总性能还不到每秒 600 亿次，而一颗 CPU 就有近每秒 500 亿次的性能。也就是说 GPU 这个"和尚"，虽然用于图像处理，速度惊人，但让它与 CPU 放在一起用于科学计算，就变得非常懒惰，计算效能只有 20% 左右。

面对这样的测试结果，大家心里凉了半截。须知，凭着 GPU 这等工作效率要造出每秒千万亿次超级计算机，岂不是天方夜谭？难道真如外国专家断定的，GPU 根本不能用于科学计算机吗？

总设计师杨学军得到报告后，在第一时间赶到实验室。听完情况汇报后，他向身边的妻子招招手："玉华，你去把车开来，带我出去转转。"

这是他的工作习惯，每凡科研遇到难题时，就让妻子开车带他去兜风。

雪弗莱驶出市区，驰行在二环高速公路上。杨学军仰靠着座背，微闭着眼睛，让思绪随着从车旁呼啸而过的春风、扑面而来又疾速闪去的盎然春景，在科学的天地盘旋……

雪弗莱驶出高速收费站时，杨学军掏出手机，拨通了杨灿群的号码，坚定地说："别人不敢走的路，并不等于走不通。从技术原理分析，GPU 的计算性能，通过软件优化，是可以大幅提高的……"

周建设来到实验室给大家鼓劲："发扬敢闯敢干、顽强拼搏的银河精神，冲破艰难险阻，创造银河事业新的辉煌！"

挫折面前，杨学军总师、廖湘科总指挥一商量，竟作出这样一个超常决策：把完成研制任务的时间节点，由原计划 2010 年底提前一年，即在 2009 年底前推出中国第一台每秒千万亿次超级计算机。

决定一宣布，把一些人的眼睛惊得圆圆的："关键技术尚未突破，还提前一年完成任务，能行吗？"

可新一代银河人对自己充满自信："当年研制'银河－Ⅰ'时，困难还不大吗？可前辈们顽强拼搏，愣是提前一年完成任务。还有'银河－Ⅲ'，原计划用五年，大家齐心协力，争分夺秒，仅用三年就实现了每秒 10 亿次到每秒 100 亿次的大跨越。前辈们能做到的，我们也一定能做到！"

在杨学军、廖湘科率领下，国防科技大学超级计算机创新团队，拉开了每秒千万亿次超级计算机战役总攻的序幕。

长沙北郊的湘江之畔，有一片群山环抱的洼地，山上草木郁郁葱葱，山下坐落着一栋三层小楼。这是长沙市抗洪指挥部所在地。由于汛期未至，这里鸟儿啁啾，人迹稀少，煞是幽静。

杨灿群和他的突击队，把这里当作攻坚的战场。他们整天猫在小楼里，心里只想一件事，就是想方设法调动 GPU 这群"和尚"的积极性，让他们多"挑水"，争取"1+1"尽量接近"2"。眼睛也只盯着一个地方——显示屏，从那些不停滚动的浩如烟海的数据中，寻找一个个稍纵即逝的灵感，捕捉一次次优化 GPU 计算效能的机遇，然后对计算程序进行一遍又一遍的修改。

那周，杨灿群与伙伴们和往常一样，从早上 7 点盯到午夜，从周一盯到周五，竟然没有发现一次战机，没有取得任何战果。

连续鏖战数日，早已筋疲力尽的杨灿群，躺在床上辗转反侧，难以入眠。他于心不甘。往常从周一到周五，都能找到性能优化突破口，可在周末时间研究优化方法。那些数据犹如一群蜜蜂，在眼前不停地窜来窜去。闭上眼睛，满脑子还是那些波涛般滚动的数据。

突然，他隐隐觉得眼帘上滚动的一些数据低于设计目标。他一骨碌从床上爬起来，从家里跑到办公室，打开与服务器相连的笔记本电脑，进入试验数据库，果然发现 GPU 一部分计算资源没有用起来。兴奋难抑的杨灿群，立刻着手程序优化，GPU 计算性能又一次提升。当他改完程序起身打开房门时，只见太阳早已爬上山顶，露出了灿烂的笑脸，小鸟在树林里欢快舞蹈、清脆鸣唱。

类似这样的优化改进，他们在两个月里进行了一万多次，终于把 GPU 计算效能提升到 58%。

这充分验证了 "CPU+GPU" 异构融合技术是科学可行的！

杨灿群带领突击队乘胜扩大战果，不分昼夜反复测试、研讨、改进。虽然每一次提升都如同滴水般微小，但把它们汇集起来，就能创造科学奇迹。在连续奋战四个月，先后改进优化 8 万余次之后 GPU 计算效能跃升至 70% 以上，达到世界最高水平！

全线出击

美国计算机天才西摩·克雷说:"可以造出一个速度快的CPU,却很难造出一个速度快的系统。"

"世界巨型机之父"这句名言,在中国第一台每秒千万亿次超级计算机研制中再一次应验了。

2009年7月,他们按照"CPU+GPU"体系结构技术构建了几个机柜的系统,结果试运行时发现,系统稳定运行时间很难超过半个小时。这是为什么?

通过初步分析,大家认为问题还是出在GPU身上。GPU用于科学计算,除了计算效率问题外,还有一个相关技术非常重要,那就是GPU的稳定性。GPU用于图形处理,其计算负载与通用计算存在较大差异。尤其是GPU实际性能发挥出来后,各部件进入重负载状态,功耗提高,散热要求高,各器件的稳定性下降。当系统中使用的GPU数量多了,系统平均无故障时间也会随之下降。

这个问题不解决,"CPU+GPU"异构融合之路同样是条"死胡同"。

提高GPU工作稳定性问题,再次成为杨灿群和他的突击队亟待解开的新"谜语"。

他们首先使用筛选法对众多GPU逐一进行压力测试,找出那些运行稳定的GPU。结果不理想,系统稳定性虽然有所提高,但与系统稳定性要求相去甚远。

他们仿佛陷入了迷魂阵,四周迷雾茫茫,不知方向在哪里、出路在哪里。但他们始终坚信,黑夜再漫长,曙光总会出现。

在艰苦探索中,"八一"节到了,单位组织会餐。杨灿群对战友们说:"走,喝两杯去,醒醒脑。"但到了餐桌上,到底喝了什么酒、吃了哪些菜，并没留下什么印象。因为在吃饭喝酒时，他们脑袋里依然转的是 GPU 工作稳定性问题。几个人一放下碗筷又直接回到机房，一头扎进浩如烟海的 GPU 技术资料里，苦苦寻找破解迷雾的那一缕曙光。又是连续几天吃住在机房……

8 月 4 日上午，网上一个曾浏览过的有关 GPU 超频提高性能的帖子突然浮现在杨灿群脑海。帖子上说，GPU 超频可以提高性能，但会导致 GPU 运行不稳定，甚至系统黑屏。

杨灿群突发奇想，按照逆向思维，如果选用的 GPU 具有调频功能，让 GPU 降频不就可以提高它的稳定性吗？

天遂人意，拿过使用的那款 GPU 一看，恰恰具备调频功能。大家赶紧对它进行降频处理。结果 GPU 稳定性问题终于迎刃而解。

GPU 计算效能、稳定性关键技术探索艰难曲折，其他关键技术攻坚也跌宕起伏、步步惊心。

超级计算机系统要实现每秒运算千亿次，不仅要求 CPU、GPU"算得快"，而且要求有一个快捷通畅的网络系统，让各种信息"跑得快"。

2008 年 10 月，苏金树带领大伙受领的某新型交换机项目，是每秒千万亿次超级计算机通信网络的"立交桥"，直接决定着网络通信速度。通过深入调研、严密论证，他们提出正交互连方案，使系统结构简洁，设计难度、制造工艺要求、研制和生产成本大幅降低。

但通过互联网将正交互连方案和芯片制造商美国技术工程师交流后，遭到坚决反对，对方在三封邮件和四次电话会议中反复强调：

一、他们也研究过正交互连，也进行过正交互连结构条件下的仿真、实验和测试，结论是：信号传输损耗大，阻抗不连续，不能满足该型交换机信号传输要求。

二、该型交换机设计非常困难，他们用了两年多时间才完成，没有他们的技术支持，不可能成功。

三、如果坚持正交互连方案，他们将不给予正确的技术支持。

四、如果坚持正交互连方案，必以失败告终。

研制工作一开始就陷入两难境地。如果坚持走自己的设计路线，需要一切从头探索，创新难度大、风险高；如果改方案，完全按美国人提供的方案搞，成功有把握，但没有自己的特色，没有创新，没有优势。

从来就不迷信和崇拜别人的银河人坚定地选择了前者。他们坚信没有美国人的技术支持，中国人照样把新型交换机搞出来。他们说，20世纪60年代，苏联撤走专家，中国照样搞出了原子弹！90年代，英国撤走汽车专家，中国照样搞出了小汽车。

他们通过两个多月夜以继日的仿真和试验，发现在正交互连条件下，美国人的试验方案和设计规范，确实不能满足某新型交换机信号的传输要求。但深入研究了信号完整性方面的相关理论和技术及美国人的设计规范后，终于发现他们所使用的矩形反焊盘，是导致信号传输损耗大和传输阻抗不连续的主要原因。针对该薄弱环节，他们发明了跑道式和哑铃式反焊盘，通过三个多月反复迭代仿真，得到全面设计规范，关键的眼图技术参数达到60ps，远远大于美国人的35ps。

仅用10个月时间，他们就研制完成新型交换机。实测技术指标大大超过同类系统，而成本是同类同规模产品的80%。

高速互联网上交换芯片、接口芯片测试，也经历了一番迂回坎坷。

研制小组经过半年多连续奋战，完成逻辑设计和软硬件模拟时，离芯片最后投片期限只有3天了。

大家把最后版本的逻辑设计都综合在FPGA测试软件中，准备进行最后完全测试。这也是研制工作关键点之一，如果通过了，那就万事大吉；如果卡了壳，那就前功尽弃。

测试程序启动后，大伙都把眼睛瞪得圆圆的，紧紧盯着屏幕。突然，那些欢快滚动的数据一下撞到墙上似的，一动不动了。

大伙心里一沉，这是怎么回事？

赶紧检查外围，发现光纤好好的。

检查服务器，服务器也活着。

查看交换机，交换机也有电。

又查以太网，也是工作正常。

最后，大家抱着试试看的想法，让它从头开始运行。那些数据又开始滚动起来，可几分钟后，又故态复萌，躺着不动了。

死锁！大家一下子都急出一头冷汗。要解开这把死锁，首先必须查明它"死"在哪里。

查因的突破口首先选在测试试题与测试模式结合部。负责测试操作的刘路和设计测试题的谢闵，由于年轻气盛，加之急火攻心，两人一碰头便"吵"了起来。

谢闵正忙着测试另一个驱动程序，劈头便问刘路："我那边正忙呢，你叫我干什么？"

刘路说："把所有测试题都加进去跑，运行一会儿就死锁了，会不会是你编的测试题不能一起跑？"

谢闵说："不可能，单个题能跑，混合在一起跑不会有影响。"

刘路说："那不一定吧，单个跑和混在一起跑，能一样吗？"

谢闵说："你放心，我所有的题都内部做了流控，绝不会出现相互拥挤现象。"

刘路说："别的题单独跑没问题，说明硬件没问题。偏偏跑你的题死锁，不是你的题有问题，是什么？"

谢闵说："我还怀疑你们的测试模式有问题呢！"

沉默一阵，两人几乎同时朝对方摆摆手说："咱们再争是浪费时间。"两人商定按老规矩，都去自查原因，自证清白，再合作解决。

研究室领导带着大家忙了一个昼夜，结果却发现测试题和测试模式都没问题。

难道是接口芯片出问题了？大家将所有接口芯片统计计数器的值读出，结果四个接口芯片流出的数据包的个数恰好等于四个接口芯片流入的数据包的个数，这说明正常呀。

他们不得不把怀疑的目光移向交换芯片。要是在这最后时刻发现它有问题，后果不堪设想呀。就在大家都悬着一颗心，紧锣密鼓苦读代码时，却意外地从测试用的 FPGA 版本上发现了疑点。

把 FPGA 版本进行更新再运行时，那些数据终于又快乐地跳跃起来。两种芯片都按时一次投片成功。

大伙擦去额头上的汗珠，轻松地吁了口气："要是再查不出原因，耽误了投片，拖了工程后腿，我们可没法向党和人民交代呀。"

在大家艰难曲折、锲而不舍的攻坚中，各项关键技术相继突破。

银河麒麟操作系统。基础软件创新团队针对每秒千万亿次超级计算机需求，在银河麒麟操作系统基础上改造升级，研制出支持异构融合体系结构、突破 64 位多核多线微处理器体系结构与 SoC 架构支持、支持基于高阶路由的高速互联通信、提供多级并行编译优化支持和高性能虚拟计算域管理能力、基于软硬一体的低功耗控制技术实现了一体化能耗管理框架的银河麒麟操作系统。它是纯粹的"中国制造"，是国内安全级别最高的操作系统。

基于高阶路由的高速互联通信。突破了片上高阶网络体系结构技术，自主设计了高效通信协议、高阶瓦片式（Tile）片上交换网络和高密度片间互联网络，使链路双向通信带宽达到 160Gbps、单背板交换密度达到 61.44Tbps，分别为当时国际主流商用互连 IB QDR 的 2 倍和 2.37 倍。

多级并行编译优化。设计了优化资源利用的多核多线调度机制、多级并行动态负载平衡算法、全程序过程间分析等编译算法，高效支撑 JASMIN 编程框架，实现易用高效的应用编程与运行。

高性能虚拟计算域。突破了高效用户容器技术、负载均衡技术和虚拟化网络终端技术，创新地在高性能计算机系统中实现了安全隔离和可定制用户环境功能，有效提升了安全性和易用性。

软硬一体的低功耗控制。设计了一体化能耗管理框架，通过监控系统自反馈冷却调节、处理器调频调压和自适应节点能耗状态转换等方法，有效降低了系统运行功耗。

……

2009 年国庆节来临前夕，每秒千万亿次超级计算机一期系统安装完毕。这时，从芯片市场传来一则喜讯，一款性能更高的新款 GPU 上市了！这对于正与世界强国决战的银河人来说，就像在国际足球赛中的前锋面前突然出现了空门，让大家兴奋到狂喜。

但这"临门一脚"并不好踢：一是离任务节点只有一个月了，而更换 GPU 必须先拆再装，整个系统有 2560 多个节点，团队完成更换 GPU 的工作通常需要半个月左右。而且更换了新 GPU 之后，就必须对原先的软件优化措施加以改进，能按时完成任务吗？

总师杨学军把一线攻关团队集合起来，大声问大家："这新款 GPU，我们上不上？"

大家异口同声："上！上！上！"

"按时完成党和国家交给我们的任务，有没有信心？"

"保证完成任务！"

国庆节来临了，最后的突击开始了。测试筛选、拆卸安装 GPU，是个体力活。团队全体人员，男女老少齐上阵，三天三夜，谁也没合过一下眼，终于完成数以千计的 GPU 更换工作。

任务完成后，杨学军再次把大家集合起来，看着大家一双双贴满创可贴的手、一双双熬得通红通红的眼睛，他的眼睛也红了。

乘胜追击

我国第一台每秒千万亿次超级计算机横空出世，中国成为世界上第一个掌握"CPU+GPU"异构融合体系结构技术、第二个研制出每秒千万亿次超级计算机的国家。

时任中共中央总书记、国家主席、中央军委主席胡锦涛闻讯，亲自为其题名"天河"。

11月18日，国际超级计算大会在美国西部城市波特兰举行，国际TOP500在大会上发布第34届国际500强排行榜时，立刻引起一片惊叹。

此届榜单，爆出两大新闻。一是被称为超级计算"老祖宗"的美国克雷公司，终于凭借峰值速度达每秒2331万亿次、实测性能达每秒1759万亿次的"美洲虎"，取代了长期霸居榜首的IBM公司，一举拔得头筹。二是"天河一号"夺得世界第五，不仅是中国机器在TOP500排名中的最好成绩，而且名次较此前实现了大幅飙升。

"天河一号"总师杨学军收到大洋彼岸打来的报喜电话，只是淡淡一笑，轻轻"哦"了一声，便放下了手机。自从加入银河人行列，尤其是接过银河事业帅旗以来，他带领大伙在超级计算机前沿阵地冲锋陷阵，屡克难关，硕果累累，曾获得国防科学技术进步奖特等奖、一等奖，国家教学成果一等奖，国家技术发明二等奖，军队专业技术重大贡献奖，国家杰出青年科学基金、创新研究群体科学基金，荣立一等功。每次得知喜讯，或收到奖状、奖章，他都是这般一笑而过。在他脑海里，完成一个项目、攻克一个难题、取得一个成果，无论影响有多大，都像他母亲所说的"又做了一件事情"而已。

要说得到喜讯，与过去有什么不同，就是他忽然感觉非常疲倦。自从"天河一号"工程启动后，身为工程总设计师，他既要处理行政事务，又要谋划工程进展，还要深入科研一线指导攻关，整天脑子绷得像根弦、身子忙得似飞转的陀螺，根本感觉不到疲劳，甚至不知什么是饥饿。

他往床上一倒，便进入甜蜜的梦乡。睁开眼睛时，他看到玻璃窗上映着一方金色阳光，一只小鸟站在窗外的枝头上"啾啾"欢叫。

他揉了揉眼睛，问在大厅里忙碌的妻子："玉华，几点了？"

妻子说："快八点了。"

"今天几号？"

"20号，你足足睡了两天呢。"

杨学军惬意地舒展一下胳膊，吃过妻子备好的早点，然后来到银河广场，像往常那样点上一支烟，一边漫步，一边任思绪随那袅袅烟雾飘向广袤的天空。

作为一名长年在超级计算机前沿阵地上征战的老将，他深知我们国家目前的快速发展，非常需要坚实的科技支撑，而我国超级计算机研制水平，与发达国家相比，不仅不能同日而语，其应用意识、应用水平更是相去甚远。在高性能计算这个充满火药味的竞争领域里，稍有懈怠，就会被别人赶超甚至被淘汰。所以，"天河一号"研制成功，对于他来说，和过去攻克的每一个科技"堡垒"一样，只不过是一个逗号，而逗号的后边，还有无数个问号，在等着他带领团队去求索、去破解。

傍晚，"天河一号"工程总师杨学军，"天河一号"工程总指挥廖湘科，计算机学院政委周建设，一起来到学校办公大楼前广场上散步。

杨学军说："党中央提出建设创新型国家、建设信息化人民军队宏伟目标，学校作为强军兴国先锋，任重道远啊。"

廖湘科说："据参加国际 TOP500 颁奖典礼的同志通报说，虽然我们的排名名次提升很快，但与发达国家相比，我们还存在较大差距，在整个 500 强中，美国就占了 277 套系统，而我们只有 21 套系统。国家已经制订超级计算机整体赶超计划，我们作为计算机技术创新国家队，一定要多发挥作用、发挥大作用。"

杨学军说："虽然获得了亚洲第一，但我们的目光绝不能只盯着亚洲，而是要放眼世界。"

周建设说："抢占高峰，超越世界，是我们一代代银河人追逐了几十年的梦想。大家听到我们的机器跻身世界前五的消息后，都非常振奋，心里都憋着一股子劲，都渴望着在'天河一号'二期工程中，乘胜冲击超级计算机'珠穆朗玛峰'。"

杨学军说："'天河一号'二期系统不仅要力争机器各方面性能全面大幅跃升，并且一定要用上自己研制的 CPU，逐步改变微处理器依赖进口的局面。"

"中国机器，外国芯"，是银河人心头难言的遗憾、隐隐的痛。

为让中国机器拥有"中国芯"，2008 年启动"天河一号"工程时，国防科技大学微处理器技术创新团队开始研制设计"飞腾1000"芯片。

为让"飞腾 1000"达到国际先进水平，而且便于推广应用和可持续发展，创新团队顺应国际微处理器发展潮流，选择兼容生态系统良好的 SPARC 指令系统，采用多核多线程 SOC 体系结构，片内集成了 8 个处理器核，每个核 8 个线程，成为国内单芯片线程最多的处理器。此外，还面向超级计算机研制需求，在"飞腾 1000"中集成了 3 路芯片直连接口，支持 2—4 处理器芯片直接互联构成多路 SMP 系统；集成 4MB 共享二级 Cache 和 4 路 DDR3 存储控制器（MCU），使数据处理和访存带宽更好匹配，缓解存储墙压力。

有人把这一研制目标形象地概括为"一步登天"。这四个字，透显出如虹气势，也意味着艰难险阻。

研制工作刚展开，DDR3 调测试就遇到双重挑战：一是 dimm 条上的控制芯片与最新的 DDR3 规范有些不兼容，导致多个 rank 同时刷新的命令无法存储，丢失数据；二是由于芯片规模大，封装难度高，芯片到 dimm 条的时钟占空比不理想。大家苦熬几个通宵，才找到最佳办法，选出最优方案，圆满解决问题。

不久，长沙遭遇"2008 冰雪灾害"，输电线路惨遭破坏，城区管理部门被迫出台限电令，禁止使用空调。室外白雪皑皑，室内寒似冰窖。长期集中攻关的科研人员，大多患有腰肌劳损，让寒气一逼，腰酸背痛，但他们拿被子往腰上一围，继续坚持工作。

天气暖和了，设计工作告一段落。可制成样品后，又发现性能不达标。费了九牛二虎之力，才发现是合作单位对顶层困难估计不足，导致顶层规划出现问题。没办法，只好推倒重来，重新确定新的物理设计方法，大幅提高了产品性能。

10 月份，"秋老虎"走了，但难度最大的"拦路虎"却跳了出来。由于设计规模巨大，synopsys ICC 工具失去作用，Cadence Encounter 基本绕线不通。此时，离芯片投片已不足两个月。

大家知道，越是形势紧迫，越要沉着应对。通过仔细分析设计数据、梳理数据流向，提出顶层设计新方案。该方案虽然需要顶层设计及其功耗设计、封装设计等一系列工作推倒重来，工作量巨大，但科学可行，赢得总师组支持和合作单位密切配合。通过 20 多天紧急突击，使时序违反的路径迅速收敛，最终完全收敛了下来。

当时光完成一个轮回，再次跨入深冬季节时，芯片设计进入最后时序检查阶段。正当大伙经历了无数不眠之夜，总算走过了千难万险，终于可以回家美美睡上一觉时，一个意想不到的问题又斜刺里杀了出来——设计流程在分层延迟计算和信号完整性方面存在重大隐患。若不排除，整个 CPU 将功亏一篑。

大家立马重整旗鼓，对问题隐患进行密集排查"围剿"，终于找到并成功排除"元凶"，使所有数据回归正常。

"飞腾 1000"通用 CPU，按时完成设计，并一次性投片成功！

次日，国防科技大学计算机学院超级计算机创新团队召开"天河一号"二期系统决战动员会。大家高举右手，喊出了银河前辈铿锵的声音：

时间一年，一天不超！

每秒 4700 万亿次，一次不少！

一定要部分使用国产飞腾 CPU！

"上甘岭战役"

很多同行专家听了他们的决心，既深表钦佩，也为之担心："在一年时间里，机器性能提升近三倍，除非奇迹发生。"

从一期系统的每秒 1206 万亿次，到二期系统的每秒 4700 万亿次，并不是数字的简单拓展。运算峰值提升近三倍，而机柜数量却只能增加四分之一左右，意味着一组同样大小的机柜，二期系统的性能要比一期系统提升两倍多，这给研制工作提出了一系列挑战，需要跨越多核多线程体系结构与片上并行系统设计技术、编译系统全程序过程间分析等编译优化、自主高效的通信协议、高阶路由器体系结构、超大规模集成电路设计与高速率高密度交换机的设计等一系列技术难题。这些技术障碍，哪一个都不是小沟小坎，全是深涧巨壑。

大伙颇有深意地说："'天河一号'二期系统攻坚，是一场'上甘岭战役'。"

参与工程任务的科研人员，就像当年在上甘岭上与美帝国主义侵略者决战的将士。为了国家荣誉、民族尊严，以连续作战的作风，顽强拼搏的意志，"舍身炸碉堡"的勇气，向着科学巅峰躬身冲刺！

通信光纤铺设，是"天河一号"二期系统进驻国家超算天津中心的首期工程，时间紧迫、任务艰巨。为确保按期完成施工任务，指挥员把任务细化到天，要求大家"当天任务不完成当天不吃不睡"。

哪知施工第一天，刚铺了几根光纤，施工指挥员拿起一看，立刻傻眼了：光纤的绝缘胶皮被磨出了道道裂痕，个别地方还露出线芯。

原来地沟的水泥表层太粗糙，加之时值盛夏，地沟温度高达40多摄氏度，把光纤绝缘层烤得似细皮嫩肉，哪经得起水泥地的摧残。

这个问题不解决，后果不堪设想。轻则信号中断、通信短路，重则导致系统紊乱。

如何避免光纤绝缘层受损？

大家绞尽脑汁，也没想出个法子来。急得指挥员抓耳挠腮，一屁股坐在地上："嗨！这可怎么办？"

时间，在嘀嘀嗒嗒一秒秒过去。大伙讨论了两个小时，还是没招。

指挥员抹了一把脸上的汗水，举着手掌愣了愣，然后一拍大腿说："有办法了！"

只见他把衬衣、裤子一脱，跳进闷热的地沟，俯卧在粗糙的水泥地上。

大家一看，立刻明白了指挥员的意思，不用谁下令，纷纷脱下身上的衣裤，跟着跳进地沟，铺设了一条光滑的人肉地毯。

一根根光纤顺着官兵光滑的皮肉通畅地向前延伸。滚烫的水泥地灼烤着官兵的血肉之躯，大家一身汗水、满身污垢。

背上被磨得通红，官兵们咬牙坚持；

皮肉被磨破了，他们依然一动不动；

伤口不住地往外渗着血水，还是没有一人撤退；

……

天津滨海新区一名领导看见这一幕，非常感动。"战争年代，我军将士为民族独立、人民解放，用血肉之躯堵枪眼，炸碉堡。和平时期，人民子弟兵，跳进洪流堵溃堤，冒着地震救灾民。今天，我又看见我军科研人员，为保护科研器材，赤身裸背卧地沟，流汗淌血不后退。人民军队的光荣传统，在你们身上没有丢！我们国家有这样科研队伍，再艰难的工程也能拿下！"

一个月，他们几十个人，在粗糙闷热的地沟里赤身裸背爬了30天。一个个被坚硬的水泥地和光纤刮擦得遍体鳞伤。但15000根光纤毫发无损！

"天河一号"二期系统试机那天，一打开机器，全部通信线路畅通无阻。国家超算天津中心领导，特意来到担负光纤铺设任务的官兵中间，一一察看他们背上那些尚未痊愈的伤口，动情地说："'天河一号'二期系统首试畅通，有你们的贡献！功劳簿上，有大家的名字！"

杨灿群带领计算效能提升团队在国家超算天津中心天河机房摆开了战场。他们的第一个任务，就是确保系统所有部件连续稳定运行4小时以上。哪知一开机，系统又出问题了。

他们到天津前，就在长沙做了四个机柜的验证系统，进行了稳定性调试，没有发现任何问题。天津系统所使用的部件与长沙系统完全一样，为什么就出问题了呢？

杨灿群抬头望一眼天河机房，有种一眼望不到头的感觉。并排矗立的140组机柜，其中包含了数以万计的部件，只要其中一个部件、一个系统出问题，都会影响系统的稳定性。这个问题部件、系统在哪儿呢？杨灿群和大伙仿佛一脚踏进一个深坑，眼前一片漆黑。

在黑暗中探索好几天，他们才发现问题竟然出在水冷系统上：由于水量不足，散热功能下降，造成超级计算机系统温度过高。

随着系统调试全面展开，他们又发现 GPU 也存在抽风似的波动现象。大伙通过对 GPU 稳定性相关因素，如 GPU 自身、GPU 的供电模块、GPU 与主机的通信接口卡、GPU 散热等，一一进行大量采样分析，没有发现任何蛛丝马迹。他们又对 GPU 工作状态温度进行监控，通过大量数据采样分析后，发现同一个刀片上的两颗 GPU 的工作温度有明显差异。通过发明风量"挖补"技术，终于彻底解决了散热不均匀问题，实现了 GPU 稳定工作。

"天河一号"二期系统采用自主研制的互联网络系统，是个全局性的设备，也是影响系统稳定运行的关键因素。加之规模巨大、结构复杂，不仅测试难度大，而且一旦出现问题，查因、维修困难。他们通过与互联网络系统科研人员密切配合，依据网络特点研究测试方法，编写了分组、并发等多种测试代码，高效实现了网络接口、网络路径全覆盖测试，实现了故障快速定位和排除。

又一个国庆佳节来临之际，"天河一号"二期系统终于达到稳定工作目标。

已连续奋战两个月的杨灿群和战友们顾不上坐下来喝杯茶、歇歇气，立刻对系统计算效能进行最后优化。他们逐个测试系统各个计算节点，排除了内存故障、GPU 故障影响计算效能问题，使计算效能提升到每秒 1890 万亿次。

初战告捷，他们趁势扩大战果，又对应用软件进行优化，使系统性能达到每秒 2339 万亿次。

这已经是个奇迹了。当时世界排名第一的美国"美洲虎"超级计算机，其计算效能也只有每秒 1767 万亿次。如果按照国际 TOP500 组织以计算效能排名，"天河一号"二期系统已将它远远甩在后边。

但杨灿群和同事们还不满足。他们认为"天河一号"还有潜力可挖。把"美洲虎"甩得越远，"天河一号"对世界第一的冲击力就越大。

他们继续把自己关在机房，发起最后冲刺。

10 月 19 日下午，杨灿群到北京办事。汽车在京津高速公路上奔驰，在通过一个立交桥时，他看着来自四面八方的车辆汇集在桥上，然后又有序地驶上四面八方，脑袋里突然灵感闪现：如果把超级计算机网络喻为城市交通枢纽，网络路径就是一条条城市街道，这些街道的交会点，往往成为交通堵塞区，车辆只有合理放行，才能保证交通畅通。

杨灿群马上给同事打电话，让他们关注网络路径，修改参数，对超级计算机计算效能再次优化。

当天晚上，"天河一号"计算效能再次冲高——每秒 2490 万亿次。

次日，奇迹再现——每秒 2507 万亿次！

10 月 30 日，"天河一号"二期系统就要向国际 TOP500 组织递交测试结果的前夕，他们仍在继续优化，并再下一城，将系统计算效能提高到每秒 2566 亿次，计算效率达到 54.6%，属于世界最高水平。

参与工程研制的科学家们用奋不顾身的冲刺，把一个个科学"高地"踏在脚下：攻克了超级计算机 CPU 间高速高效互联通信这一世界难题，研制成功高阶互联交换芯片、高性能互连接口芯片；研制成功 4 类节点机、2 套网络、15 种印制电路板；编写完成操作系统、编译系统、并行程序开发环境与科学计算可视化系统。其中，异体融合体系结构、基于高阶路由的高速互联通信等技术达到国际领先水平。

他们还在"天河"机上实现了"中国芯"从无到有的突破，在二期系统中安装了 2048 颗"飞腾 1000"通用 CPU。如果用户要求，可全部实现国产化，通过高效互联通信，形成完全自主的高性能计算机。

曾几何时，很多外国专家在表达对中国计算机技术的鄙视时，总是这样发问："你们中国的超级计算机有'中国芯'吗？"

现在，还是让国外专家自己来回答吧。

全球超级计算机 500 强排行榜主要编撰人之一、美国田纳西大学计算机学教授杰克·唐加拉，考察了"天河一号"二期系统后，发表评论说："虽然'天河一号'二期系统的处理器仍主要采用美国产品，但其互联芯片完全是中国自主制造的，并且中国已经有自己的 CPU 了。互联芯片主要涉及处理器之间的信息流动，对于超级计算机的整体性能起到关键作用。中国制造这些互联芯片，具有世界最先进的水平。"

唐加拉教授是国际高性能计算机领域的知名专家，他的评价是比较客观的。国防科技大学自主研制的高阶路由芯片和高速网络芯片，其性能是国际商用芯片的两倍。"银河飞腾 1000"在"天河一号"二期系统成功使用，标志着中国信息产业"空心"历史开始走向终结。

"天河一号"二期系统较一期系统，性能再次大幅跃升：峰值速度每秒 4700 万亿次和持续速度每秒 2566 万亿次，分别提高了 2.89 倍和 3.55 倍；计算效率再次提高近 10%。

巅峰之光

在抗美援朝战场上，上甘岭战役胜利后，号称"建国数百年没有战败纪录"的美国被迫接受停战。美国陆军上将克拉克成为美国历史上第一个在没有打赢的停战协定上签字的将军。

而对于中国，对于我军，上甘岭战役则打出了志气、打出了威名、打出了新中国的国际地位，让中华民族在世界面前挺直了腰杆。

同样，国防科技大学计算机学院打响的这场"上甘岭战役"，也在超级计算机领域为中华民族打出了一席之地。

2010年11月，在世界超级计算大会上，"天河一号"二期系统以计算峰值高出第二名——"美洲虎"两倍多的绝对优势，勇夺国际TOP500排名第一。与此同时，部署在国家超级计算深圳中心的"曙光星云"获得排名第三的优异成绩。此外，还有其他39套国产超级计算机系统榜上有名。中国机器占全球500强的8.2%，占有率比上届排名提高近一倍。

"天河一号"二期系统夺冠及中国系统全球占有率迅速攀高，打破了美国在超级计算机领域长期一家独大的局面，标志着我国自主研制的超级计算机综合技术水平跨入世界领先行列，更显示出中国信息领域科技创新能力和综合国力快速提升。

国防科技大学教授、国家超算天津中心主任刘光明，代表"天河一号"研制团队登上领奖台，接过刻有"中国制造"的金光灿灿的奖牌。

虽然这个"科技奥林匹克"没有奥运会那样气势恢宏的赛场，不升国旗，不奏国歌，但它不仅代表一个人、几个人、十几个人的力量和技巧，而是代表着一个国家、一个民族科技创新力，象征着一个国家的综合国力，它的含金量比奥运金牌更高、分量更重、影响更深远！

走下领奖台，面对新华社记者的采访，刘光明按捺不住激动的心情说："这一刻，我们几代银河人孜孜以求、苦苦等待了30多年啊。对于高性能计算机，欧美国家长期对我们中国禁运，还设立了专门从事禁运工作的巴统组织。20世纪80年代，我们气象部门想从美国克雷公司进口一台计算机，美国人就是死活不肯卖。后来我们自己搞出了这个等级的计算机，他们才很不情愿地卖给我们，还给了一台质量很差的，要经常维修，真是气人哪。现在我们'天河一号'峰值性能、实用性能、可靠性、实用性，都进入国际领先行列。我们受气的年代，终于过去了！"

总设计师杨学军，得知"天河一号"二期系统勇夺国际TOP500排名第一的消息，轻轻吁了一口气说："我们做了一件让自己满意的事，做了一件让中国人扬眉吐气的事。"一向工作严谨、生活低调的他，竟突发诗兴，即兴赋诗一首：

梦幻天河弹指间，

电闪巡地十亿年。

滨海坐拥飞流急，

倚天妙算出奇篇。

在记者招待会上，一名新华社记者说："听老一辈国防科大人说，20世纪80年代，国外卖给中国的机器，要封在玻璃房里，由他们自己人使用监控，不许中国科技人员进去。"

杨学军沉重地嘘了口气："心痛啊……这段真实的历史，是中国科研工作者心中永远的痛。在中国土地上，被外国人拒于'技术大门'之外，就像农民自家没粮，母亲自己没奶喂孩子。一个科学家没有尽到责任啊。"

杨学军沉吟半晌，然后脸上浮出开心的笑容："现在好了，别人看中国有自己的东西，愿意和我们'对等'交流了。我们非常欢迎全世界从事超算研究、使用超算的朋友来参观天河，提意见，帮助我们天河进步。"

这就是中国底气、中国胸怀！

争霸拉锯战

2010 年 10 月 31 日，联合国时任秘书长潘基文造访南京大学。在向师生发表演讲时说："每次到中国来，都惊叹于中国所展现出来的活力与日新月异的变化。今天我坐在从上海到南京的高铁上，就深深地感受到了这一点，300 公里的行程只需要一个多小时，而且这速度还没有上周开通的沪杭高铁快。同时，我从新闻里了解到，中国最近研制出的'天河一号'，也成为世界超级计算机研制领域的领跑者。速度最快的高铁，速度最快的超级计算机，形象地证明了中国的确是不断前进的国家。"

国际上正直友好、胸怀坦荡的科学家，都为"天河一号"的成功而高兴。正如路易斯安那大学计算机科学教授托马斯·斯特林所说："毫无疑问，今天整个世界都在注目中国及其技术发展，而这一切都源于'天河一号'的问世。由此可以预示，超级计算机领域将成为以后中国飞速发展的领域，我们期待着更多的激动人心的成果出现。"

国际 TOP500 发起人之一杰克·唐加拉，则由此而十分看好中国超级计算机未来发展势头："'大河一号'比美国橡树岭国家实验室的超级计算机速度快 40%，这是运算速度的极大提升。虽然在处理器技术上，中国与美国相比还有差距，但中国正致力于该领域研发。因此，如果一两年时间内中国在处理器上达到与美国同等水平，我不会感到惊讶。中国摆脱西方技术的日子，应该不会太远了。"

加拿大网民说："如果'天河一号'对中国是一次技术飞跃，那么我们很可能会看到他们在技术出口方面的更多飞跃。等有了孩子，一定要让他们好好学中文，好赶上最新流行语言的时髦。"

然而有欢喜羡慕，就有嫉妒恨。尤其是日本、印度的反应很是耐人寻味。

在日本，虽有不少科学人士为中国技术的巨大进步而赞叹，但也有人对此耿耿于怀。个别政治人士甚至公开发表评论说："中国的超级计算机拿到世界排名第一并没有什么值得夸耀的，早在20年前，我们的机器就拿到世界第一了。"

印度网民的心态更有意思："谁在拿印度跟中国比较？如果中国有能力制造更快的超级计算机，那是人家自己的需要。我们以前也有比中国厉害的超级计算机，现在他们需要更快的计算机，所以领先了。什么时候印度有这个需要了，印度也会造出来。顺便问问，巴基斯坦造出过哪怕一台最简单的计算机吗？2007年我们的EKA超级计算机还排亚洲第一、世界四强呢，况且我们的实验还在研制更好的计算机。"

当然反应最强烈的要数美国了。

正如美国弗吉尼亚理工学院一个资深计算机专家听到"天河一号"夺冠消息后，对记者所说的那样："中国'天河一号'二期系统的出现，在人意料之外，让人猝不及防，美国还没有做好心理准备。预计中国未来还有许多事情，让我们想不到，美国要早做这个思想准备。"

2010年10月3日，美国时任总统奥巴马在国会众议院中期选举后首场记者招待会上直言不讳地说："我们今天应该取得的共识是，按理说中国不应该拥有比我们先进的铁路系统，新加坡的机场不应该比我们更好，而我们刚刚听说，中国现又有了世界上最快的超级计算机！"

众多美国网民纷纷抱怨："中国有了世界上最快的计算机，而我们还在为占领伊拉克和阿富汗每年花费 30 亿美元！"

美国对"天河一号"的猝不及防，甚至体现在外事工作的"蛮横"上。国防科技大学计算机专家前往美国领奖，在签证时竟然遭到美国驻华使馆的拒签。费尽周折到达美国，美国有关部门又禁止中国新闻媒体现场录像。问对方为什么，别人只摇头，不回答，反正就是不允许。

香港一家媒体通过分析比较，认为"近百年来，很少有过哪个国家的哪项技术发明，像'天河一号'这样让美国上下如此震惊"。

美国人为什么会这样？原因就是奥巴马自己所说的——"这个领域第一通常是我们"，现在中国拿了这个第一，说明中国正在把基础设施当作投资，并期望从这些投资中获得长远回报——若按美国逻辑继续推理下去，其结果就是"对美国未来形成挑战和威胁"。

这一逻辑虽有"主观主义"色彩、"蓄意蛊惑"之嫌，但也不无道理。

超级计算机这个支撑和引领当今科技发展的"三大支柱之一"和"强大引擎"，是美国保持技术领先尤其武器装备先进的战略优势领域，亦是其控制世界、争当霸王的前哨阵地。因此，美国从来就严防死守，从不退让。

让我们先来看看 1993 年国际 TOP500 创立以来排名第一的超级计算机：

1993.6—1993.11，美国公司制造的"CM-5"；

1993.11—1994.6，日本公司制造的"数值风洞"；

1994.6—1994.11，美国公司制造的"Paragon XP/S140"；

1994.11—1996.6，日本公司制造的"数值风洞"；

1996.6—1997.6，日本公司制造的"SR2201""CP-PACS"；

1997.6—2000.11，美国公司制造的"ASCI Red"；

2000.11—2002.6，美国公司制造的"ASCI White"；

2002.6—2004.11，日本公司制造的"地球模拟器"；

2004.11—2008.6，美国公司制造的"蓝色基因/L"；

2008.6—2009.11，美国公司制造的"走鹃"；

2009.11—2010.11，美国公司制造的"美洲虎"；

2010.11—2011.6，中国国防科技大学制造的"天河一号"；

……

从上述排名可以看出，美国制造的机器折桂次数最多、占据鳌头时间最长。与此同时，在排名前10的机器中，也绝大部分是"美国制造"，而且在前500中所占份额达50%以上，名副其实的半壁江山。在超级计算机领域，除了美国以外，只有日本可以偶露峥嵘。可对此，美国似乎也难以接受。

以"地球模拟器"为例。2002年6月，日本推出这台用于研制地球自然物理过程的超级计算机，取代美国的"ASCI White"，摘取世界排名桂冠，而且速度是"ASCI White"5倍以上，计算能力更是比美国排名前20台机器的总和还要强大。

"它问世后，美国的反应就像1957年苏联成功发射了人造地球卫星。"国际TOP500创始人之一杰克·唐加拉这样形容"地球模拟器"给美国带来的震动。

然后，美国迅速行动起来。一方面投入巨资实施超级计算机超越战略；另一方面将超级计算机应用，由冷战时期主要集中于武器装备研制转向全社会各领域渗透，打起了超级计算机的"全面战争"。

为让总统批准这一计划，拿到"足够经费"，美国国家科学咨询委员会在报告中列举了气候预测、交通业、生物信息学和计算生物学、社会健康与安全、地震、地球物理探测和地球科学、天体物理学、材料科学与计算纳米技术、人类组织系统研究等九大领域的

"挑战性问题"。

美国媒体把这一计划称为"超级计算机十字军东征"。

两年半后，美国"蓝色基因/L"终结了"地球模拟器"的神话，并充满自豪地揶揄道："日本这匹黑马推动了美国对超级计算机水平的提高。"

对日本这个"臣服者""盟友""马前卒"染指超级计算机排名第一，美国尚且如此"水火不容"，对中国这个"潜在威胁"，美国又岂能"睁一只眼睛闭一只眼睛"？

原美国能源部部长朱棣文在美国国家新闻俱乐部发表演说："就在上个月，中国的国防科技大学研制出世界上最快的计算机，这是对我们提出的挑战。美国该行动起来做我们最擅长的事了，那就是创新！"

美国《华尔街日报》刊文称："看到中国安装了世界上最快的计算机，美国政府该行动起来了，要恢复美国在这一领域的领导地位，要把当前最强大的计算机加速 1000 倍，超过中国工程师、超过中国的机器。中国计划研制出完全自主创新的微处理器，在未来计算机中作为核心计算引擎。若那一天到来，中国对美国公司援助的依赖程度将大大降低，对美国政府出口的抵制能力也将加强……"

日本《读卖新闻》援引东京工业大学教授松冈聪的话说："相对于日本优势的迅速下滑，中国才刚刚点燃起飞的导火线。被中国超越只是时间问题。"

韩国《朝鲜日报》也表露出忧虑："韩国的超级计算机研发已经中断，我们必须重新推进这项工作。超级计算机是着眼于 20 年后的战略产品，与国家尊严息息相关。这与发射人造卫星和航天飞机的道理相似。美中两国已经爆发计算机大战，而不再是普通的战争，我们由此不得不思考韩国的发展方向。"

美国启动超越计划，日本开始实施振兴战略，不甘落后的欧洲紧随其后……

新一轮超级计算机巅峰"拉锯战"拉开序幕。

从巅峰悄悄出发

仅仅半年后，即 2011 年 6 月国际 TOP500 发布新榜单时，日本公司研制并安装于本国理化研究所的超级计算机"京"，扶摇直上，取代"天河一号"占据了榜首位置。2012 年 6 月、11 月，美国的超级计算机"红杉""泰坦"，又先后登上国际 TOP500 排名之巅。"天河一号"排名跌到世界第 8。

这一跌，跌得国产超级计算机的"粉丝"们好心疼、好心酸、好失望啊。"'天河一号'怎么啦？怎么昙花一现就被滚滚大潮淹没了呢？"

心怀叵测者又开始鼓噪："国产机器就这样，只是个政治标本而已。"

而这时，天河人却出奇地冷静，不惊慌，不解释，不反驳，更不沮丧。

对于日、美的反超，天河人早有预料。这是人家的优势领域、战略领地，是别人耀武扬威、傲视世界的地方，岂能容一匹黑马撒蹄狂奔？再说，超越与被超越的角色轮回，仰视与俯视的状态更替，既是科技发展的常态，亦是科技进步的动力，用不着耿耿于怀，更犯不上惊慌失措。沉默，往往体现的是自信和力量。

更重要的是，虽然"天河一号"冲顶成功，掌声与鲜花让人感到自豪与欣慰，但天河人从未因此而得意忘形、心浮气躁。他们深知，世界超算领域的"游戏规则"并未因"天河一号"的出现而改变。

听听天河人对媒体记者说的那些话吧：

"就整体实力而言，第一梯队仍然是美国。'天河一号'暂时胜出，只能说明我们已经站在第二梯队的前列。

"在最新 TOP500 排行榜中，美国上榜计算机 230 多台，并且全部由美国公司自己研制，仅惠普、IBM、克雷三家公司，就制造了 500 强中的 409 台。IBM 公司内部员工流传一句笑话：在超级计算机领域，97% 的市场份额来自 IBM 公司，剩下的 3% 来自 IBM 二手机器。日本上榜的 30 台机器中，日本制造仅占 37%，其余均为美国制造；中国上榜 76 台，中国制造只有 13%，电信、互联网等领域的用户大多使用惠普、IBM 系统。中国超级计算机总体水平与美国相比，差距不是一点点，而是一大截。

"中国的整体系统已经走在世界前列，但就高性能计算机完整产业链而言，中国还有很长的路要走。

"体系结构、互联技术、操作系统、微处理器、应用软件，是超级计算机缺一不可的五大核心要求，前三个中国都解决得很好，但后两个仍然是短板。

"我国在核心部件与原创技术上，与国外先进水平差距不小。如 CPU 的物理设计与美国起码差一代，工艺起码差两代。

"应用方面也一样，美国、日本等超算技术发达国家，超算与社会生产发展实现深度融合，推动了汽车、飞机、航天、电影等一大批产业快速发展。而我国的超级机只在一部分专业领域得到成功应用，应用瓶颈尚未完全突破，既影响社会进步，也迟滞了超级计算机的发展。

"人才方面更处于劣势。美国有超过 1 万人的超级计算机高级专业人才，中国用高薪也聘不到几个人。深圳超算中心开出年薪 100 万，还是一才难求。

"虽然'天河一号'在国际 TOP500 夺魁，但西方国家在信息技术领域的优势地位没有改变，美国在超级计算机研制和应用的主导地位没有改变，世界强国争夺超级计算机领先地位的态势没有改变。"

三个"没有改变"，既是对超级计算机领域各国实力的准确概括，也是对天河人勇夺第一后平静心态的生动写照。

落差蕴含能量，距离激发动力。正如中国科学院院士、"天河一号"总设计师杨学军所说："从'天河一号'问世那天起，'天河二号'的攻关就开始了。在对国际高性能计算发展趋势进行分析后，我们瞄准了每秒亿亿级机器的研制，决心在引领世界超算发展中作出新的贡献。"

"吃着碗里的、看着锅里的、想着缸里的"，这是银河人、天河人的传统思维。

"与其说给别人听，不如做给别人看"，这是银河人、天河人的行为风格。

他们刚刚占领巅峰，又从巅峰悄悄出发，向着新的巅峰进击。

2011 年 1 月，国防科技大学召开"天河工程领导小组会议"，启动"天河二号"每秒亿亿次超级计算机认证与预研工作；计算机学院院长、"天河一号"研制总指挥、副总设计师廖湘科，担任"天河二号"研制总指挥、总设计师。

3 月，国防科技大学与广州市政府开始洽谈共建"广州超级计算中心"合作事宜。

11 月，国防科技大学"新一代天河超级计算机研制项目"通过当时的科技部组织的专家评审，并与广东省、广州市、中山大学签署省市校共建广州超级计算中心协议。"天河二号"攻关全面展开。此后，与广州市签署广州超级计算中心"天河二号"研制合同，并确定中心选址于广州大学城的中山大学校区。

2012 年 5 月，国防科技大学向广州超算中心提供先导超级计算机，支持开展前期业务。

......

沉寂两年半后，"天河"超级计算机雄姿再现，王者归来。于 2013 年 6 月在国际 TOP500 排名中，重新占领世界超算之巅！

"天河二号"峰值速度达到每秒 54.9 千万亿次，持续计算速度达到每秒 33.86 千万亿次，综合技术处于国际领先水平。

它比此前排名世界第一的美国"泰坦"超级计算机，计算速度快 2 倍，计算密度高 2.5 倍。

它与"天河一号"相比，计算性能、计算密度均提升 10 倍以上，能效比提升 2 倍，耗电量却只有"天河一号"的三分之一。

若想探索地球气候变化规律，"天河一号"可以模拟 2000 年前的气候变迁，"天河二号"能够回溯到 5000 年前。

进行 500 人规模的全基因组信息关联性分析，华大转基因用自有计算机系统需要一年完成，运用"天河二号"只需要 3 小时。

电影《阿凡达》动漫渲染制作耗时一年多，若用"天河二号"，1 个小时便可完成。

用传统方法研发新型轿车，要经过上百次碰撞、历时两年多实验，利用"天河二号"只需 3 至 5 次碰撞、两个多月便可实现。

"天河二号"的计算能力，名副其实的"超级""神算"！

那些对"天河"超级计算机说三道四、横挑鼻子竖挑眼的人，终于暂时把嘴闭上了。

现在该轮到科学家发声了。中国科学院软件研究所研究员张云泉自豪地说："体系结构之路上，中国人在拉着世界走！"

外国科学家也纷纷说出了公道话。

美国英特尔公司副总裁雷杰伯·哈兹拉说："'天河二号'的进步，不仅对中国科学界、产业界有利，而且将推动数十年内世界超级计算机技术的发展水平。这台机器和其他超级计算机为全球日益增长的大数据处理需求提供了基础设施。"

美国劳伦斯伯克利国家实验室副主任霍斯特·西蒙说："如果有人觉得中国人研制超级计算机只是噱头，'天河二号'就可以证明他们错了。"

冲刺！冲刺！冲刺！

再次站在世界之巅的天河人，是怎样一种心情呢？

庆功宴上，"天河一号"总设计师、国防科技大学校长杨学军，计算机学院院长、"天河二号"总设计师廖湘科，计算机学院政委刘学明相互敬酒时说的一番话很有代表性。

杨学军说："国防科技大学从1958年研制成功我国第一台专用数字电子管计算机，成为我国计算机科研和人才培养基地后，坚持瞄准世界前沿攻坚克难，引领着我国计算机技术不断发展。尤其是1983年研制成功'银河–Ⅰ'每秒亿次巨型机，实现了我国从大型机到巨型机的飞跃；1983年至1997年的14年间，研制'银河–Ⅱ''银河–Ⅲ'，推动了我国巨型机从每秒亿次到每秒10亿次，再到每秒100亿次的跨越，此后10年又相继研制出每秒万亿次、30万亿次、100万亿次巨型机；在2007年至2010年不到两年时间里，又在世界上率先创造出引领世界潮流的体系结构技术，使我国超级计算机从每秒百万亿次跃进到每秒千万亿次，夺得国际TOP500排名第一，圆了银河人、天河人追求数十年的梦想。现在我们再折世界桂冠，进一步巩固了国家在世界超算领域的地位。这一系列跨越说明了什么？说明这是我们的传统！同时也是责任。现在信息技术领域发展神速，我们必须不断挑战自我、超越自我，稍有懈怠，就将被世界淘汰！"

廖湘科说："再占巅峰，并不是创新的休止符。在研制'天河一号''天河二号'时，我们并没有把十八般武艺都用上，我们的技术路线还有很大的发展空间，我们的队伍还有很大的创新潜力。我们一定要，也一定能站得更高、走得更远！"

"党的十八大召开后，习近平主席提出的中国梦强军梦，让广大科技工作者深受鼓舞，大家纷纷表示要为中华崛起贡献更多智慧、更大力量。"曾参加对越自卫反击战的刘学明说，"科研攻关就像战场，冲锋是最好的防守，要想在这个战场上立于不败之地，需要我们冲刺！冲刺！再冲刺！"

国防科技大学超级计算机创新团队的确有着争取更大成绩、创造更大辉煌的实力。

"听到'天河二号'再夺国际 TOP500 排名第一的消息，我觉得很了不起，但感到不奇怪，相反它不夺第一，我才觉得奇怪。"在国防科技大学军事高科技培训学院进修的一名将军说，"国防科技大学高科技班刚开班那年，我就参加了团级干部培训班，此后我又参加了师、军职高科技培训班。在国防科大学习生活累计近一年，我每天早上起来跑步时，都发现有人进出银河楼、天河楼，一打听才知道那些从楼里出来的是在实验室熬了一个通宵的，那些进去的则是提前去实验室做实验。而晚上，这两栋楼里几乎每一扇窗户都亮着灯。春、夏、秋、冬，几乎天天如此。我还从来没见干工作这样玩命的。"

如果说这位将军的话中透出的是超级计算机创新团队的"软实力"——奋勇进取、顽强拼搏的精神，那么他们的"硬实力"更为雄厚，那就是得天独厚的技术优势。

超级计算机有五个核心要素：体系结构、互联技术、操作系统、微处理器和应用软件。前三个要素，用天河人的话来说："这是我们的'绝活'。"

"天河一号"采用的"CPU+GPU"异构融合体系结构，是一项对传统技术路线有着颠覆性创新意义的总体结构技术，有着低能耗、低成本、高集成度等优点，因而很快成为国际主流。在此基础上，天河团队大胆创新，为"天河二号"设计出新型异构多态体系结构，大大提升了系统计算速度，并将其应用从科学计算拓展到大数据处理、大规模信息服务等领域。

随着超级计算机系统越来越复杂、规模越来越大，互联技术的作用越来越大，甚至不亚于CPU。"天河二号"高速互联系统性能，是当前国际商用互联系统的两倍。它可以把几万颗微处理器联系起来，共同解决一个计算问题，解决了高效互联中微处理器越多效能越低的世界难题。他们自主研制了互联通信系统最核心的两块芯片：路由器和网络接口。一台超级计算机系统好比一个大城市，互联通信系统就是城市的公路网，路由器就是立交桥，网络接口就是主干道出入口。一个城市公路网市政设施建设得再好，立交桥和主干道出入口不设计好，城市交通依然拥挤不堪。他们在设计这两块芯片时，应用多种创新技术，实现了数据交换高效快捷。

正如杰克·唐加拉教授在回答记者"什么使中国超级计算机如此神速"这一问题时说："中国自主研发了内部互联技术，这是买不来的。这是他们基于芯片、路由器及自主生产的交换器开发出来的。这跟克雷公司情况相似，克雷公司的贡献除了集成以及软件以外，还贡献了内部互联技术。他们运用无限带宽技术的内部互联，将两倍于内部互联带宽的东西整合在一起。"

"天河"使用的操作系统也很有特色。它在大多数中国超级计算机使用外国操作系统的情况下，采用自主研发、以高安全性著称的"银河麒麟"操作系统。该操作系统，使"天河"的每一名用户像到银行租了个保险箱一样，钥匙和密码都握在自己手上。其中的信息，其他用户甚至连管理员都看不到。一句话："中国人自己研制的操作系统，中国人放心用。"

超级计算机后两个核心要素——CPU与应用软件，也正在迎头赶上。

让中国超级计算机拥有一颗"中国芯",是中国科学家久远的梦想。国防科技大学成功研发"飞腾1000"CPU,并成功应用于"天河一号",部分取代进口CPU,让梦想成真。"天河二号"上的国产"飞腾1500"CPU占全部CPU的八分之一。若用户需要,完全可以100%采用国产CPU。

科学领域的巅峰,从来就不是静止的,而是时刻在变化、在发展、在攀高。因此,巅峰不是科学家追求的终结,而是继续冲刺的新起点。一次次把巅峰踏在脚下又一次次出发,是科学家的生活方式和生命状态。

随着天河人不断向前跋涉的脚步,中国超级计算机技术创新不断谱写新的世界纪录:

2013年11月,在第四十二届国际TOP500排名中,"天河二号"再度夺得世界冠军。

2014年6月,"天河二号"实现国际TOP500排名"三连冠"。

2014年11月,"天河二号"以每秒33.86千万亿次的浮点运算速度,第四次摘得全球运行速度最快的超级计算机桂冠,持续计算速度比排名第二的美国"泰坦"快近1倍。这是"天河"系列超级计算机第五次夺得世界超算桂冠。

……

"天河二号"先后六次夺得国际TOP500排名之首,创造了国际TOP500排名"联冠"新纪录!

(该报告文学由龚盛辉与曾凡解共同创作,原由国防科技大学出版社出版,曾获第六届中华优秀出版物奖)

铸剑

——国防科技大学自主创新纪实（节选）

寻找"慧眼"

20世纪70年代末的一个夏日，美国东南沿海某军用机场，担任值班任务的雷达不停地转动天线。

突然，值班军官接到雷达观通站报告："一架重型轰炸机正快速向我飞来。"

整个机场一片慌乱。

飞机出现了。站在指挥塔上的指挥官仔细一看，哪是什么重型轰炸机，是一架返航的国际航班。

那时的雷达，只能看见天上有东西、在什么位置，至于它是什么，全凭雷达兵经验判读。是雷达兵误读目标造成了这场虚惊。

为把雷达目标识别由经验变成科学，美国在20世纪70年代便把雷达自动目标识别技术列为国防关键技术，斥以巨资，重点攻坚。

十几年后的1991年，第一次海湾战争爆发了。美军从战列舰上发射的一枚巡航导弹，超低空飞行数千公里，来到巴格达上空，绕城盘旋一周后，突然扑向萨达姆总统府地下的堡垒，钻进了两米多宽的地面换气窗，摧毁了萨达姆经营了十几年的"地下宫殿"。

它为何如此准确地命中目标？

那是因为雷达自动目标识别技术为它提供了一双"慧眼"。现在，人们把这一技术称为"精确打击"。

在美国开始研究雷达自动目标识别技术时，中国也有一个科学家把探索的目光投向了这一领域。他就是国防科技大学的郭桂蓉教授。

郭桂蓉1959年毕业于解放军通信工程学院，1960年赴苏联莫斯科茹科夫斯基空军工程学院无线电系攻读雷达学科专业研究生，1965年获苏联技术科学副博士学位。从留学回国到20世纪80年代，他历任哈尔滨军事工程学院导弹工程系无线电制导教研室讲师、长沙工学院和国防科技大学电子技术系雷达教研室、航天无线电测控与通信教研室副主任、副教授。他十分注重理论与实践相结合，积极开展科学研究。在20世纪六七十年代，盘踞在台湾的国民党当局，经常利用美制U-2高空侦察机携带欺骗式干扰机侵扰大陆领空。郭桂蓉应战备急需，主持完成了"抗干扰系统"，实现了批量生产，有效掌握了敌机动向，帮助防空部队击落了U-2侦察机，引起巨大轰动。该系统于1978年获得全国科学大会奖。

20世纪70年代，郭桂蓉在教研室当教员时，就经常对同事说："雷达问世几十年来，一直只被用于探测和定位。至于是什么性质的目标，还是人工判读，几乎没什么突破。为什么不能把人工判读变成机器判读呢？"

他的这一疑问，在当时的中国，如同痴人说梦，却梦之有据。20世纪70年代中后期，计算机、光电网络、先进传感器、卫星侦察和导航、电子战、信息获得与处理、大规模集成电路和人工智能等技术飞速发展，为自动目标识别技术研究奠定了技术基础。

郭桂蓉开始着手"突破"前的理论准备。模糊数学是20世纪70年代出现的新兴学科。郭桂蓉教授敏锐地意识到，模糊数学对于雷达目标识别技术的突破有着重要的应用前景，立刻展开研究，并成功地将其应用于雷达信息处理与自动目标识别领域，撰写出版了《信号处理中的模糊技术》《模糊模式识别》等学术专著。

1982年，郭桂蓉牵头成立了"舰船雷达目标自动智能识别"课题组，在全国率先探索雷达自动目标识别技术。他结合国情，经过深入调研和思考，创造性地提出了把新兴的计算机技术引入雷达自动目标识别研究的技术路线。

当时的国防科工委有关部门领导听了他们的"舰船雷达目标自动智能识别系统"项目汇报后，既激动，又犹豫。激动的是，这是一个原创性很强而且前途远大的课题，如果研制成功，它将极大地推动我军现代化进程。犹豫的是，这个课题难题太多，难度太大，"连想都不敢想"。

但有关部门积极支持他们的创新之举，破例给他们拨了几万元经费，对他们说："你们只要把数据库建立起来，哪怕识别不了目标，也是了不起的成功，这几万元就值。"

春节临近了，学校放假了，郭桂蓉教授也带领课题组出发了，前往浙江宁波某雷达观通站录取海上雷达目标数据。

不知是天公有意给他们的科研之路增添一些磨难，还是预示着什么，那天他们刚出门，一场大雪便纷纷扬扬飘洒下来。当他们赶到宁波海岸一座高山下时，大山已被厚厚的积雪覆盖，俨然一头冰雕玉砌的巨象，横亘在他们的面前。

由于大雪封山，山顶上的雷达观通站的车辆，已无法下山接应。大家看着身边那一大堆科研设备和那条通向山顶的崎岖蜿蜒的山路，心里都不知道怎么办。

郭桂蓉蹲在雪地里抽了一支烟，把一只大箱子往肩上一扛，说："走，咱们今天爬也要爬到山上去！"

飞雪迷茫，路途漫漫。郭桂蓉带领大伙儿坚韧地向着山顶爬去，在原本没有路的茫茫雪原上留下了一行艰难的脚印，还有一路高亢的歌声：

> 你挑着担我牵着马，
>
> 迎来日出送走晚霞。
>
> 踏平坎坷成大道，
>
> 斗罢艰险又出发。
>
> 一番番春秋冬夏，
>
> 一场场酸甜苦辣。
>
> 敢问路在何方？
>
> 路在脚下！

电视剧《西游记》的主题歌《敢问路在何方》，是他们课题组的"组歌"。郭桂蓉外出开会，凡主办单位举行娱乐活动，他不进舞池，不打台球，但必高歌一曲《敢问路在何方》；每次课题组开会，他们先要合唱《敢问路在何方》；遇到科研难题，加班熬夜精疲力竭时，他们就放开嗓子，吼上几声《敢问路在何方》。

他们顶风冒雪、艰苦跋涉几个小时，于凌晨时分登上山顶，赶到了海军某部雷达观通站。

天亮了，雪还在下，大朵大朵的雪花随寒风飘飘洒洒、悠悠飞舞，挂在树梢，落入草丛，天地一片白茫茫。

郭桂蓉教授伫立窗前，边抽烟，边眺望大海。风雪迷蒙，大海茫茫，不见了诱人的蔚蓝，翻卷的浪花，唯有山顶那座久经风雨的炮台历历在目，蹲伏在炮台上的那尊古炮，张着黑洞洞的炮口，向苍茫大地诉说着岁月沧桑……

"不等天晴了，我们马上工作。"郭桂蓉回头对大家说。

大家穿上雨衣，撑开雨伞，在雪地上架起仪器设备，冒着纷飞的雪花、凛冽的寒风，昼夜24小时录取雷达目标信号数据。

连续奋战七天，录了28组数据。

28组，对于庞大的计算机数据库来说，太微不足道了。但这是中国历史上第一批雷达目标数据，它实现了从无到有的飞跃，它成功验证了识别途径科学可行，预示着一场目标识别技术革命已经拉开序幕。

国防科工委领导收到郭桂蓉的喜报后，非常高兴，破例将"舰船雷达目标自动智能识别系统"追加为"七五"计划重点科技攻关项目。

上级领导和机关的大力支持，使郭桂蓉和课题组信心更足，干劲倍增。在实验室，他们完成了目标识别系统多项关键设备的研制，并多次深入海军雷达部队，录取目标数据，建立舰船目标数据库，并完成了目标识别算法的多种方案研究。

1987年10月，郭桂蓉教授带领大家登上了南海舰队某观通站，进行舰船雷达目标现场识别试验。

那是一座远离大陆的偏僻荒凉的海岛，岛上热带植物铺天盖地，凶猛的台风时常光临。因为自然条件恶劣，岛上没有居民，只有雷达观通站的官兵，像岛上那一棵棵抗风桐，顽强地坚守在那里。

他们一登岛，观通站官兵便告诉他们，岛上五只蚊子一盘菜、三只老鼠一麻袋。起初，他们以为官兵在说笑话。可当天晚上，大家便发现，岛上的蚊子果真个大，且袭人凶猛，当天晚上，大家都被叮得遍体红包。

清晨，大家去柔软的海滩上散步，走着，走着，大家看见草丛中有一群小猪在觅食。"这里还有人养猪呀？"走近了一看，原是一群老鼠！把大家吓得掉头就跑。

在这个条件艰苦、环境恶劣的荒岛上，郭桂蓉带领团队昼夜不停、风雨无阻地测量海上雷达目标，对系统反复调试、反复改进，把识别准确率提高到99%以上。

南海舰队参谋长闻讯，前来海岛试探虚实。他设置了五批目标，让"舰船雷达目标自动智能识别系统"现场辨认。

雷达天线扫描着辽阔的海面。南海舰队参谋长、郭桂蓉等数十个人的目光紧盯着识别系统显示屏。

第一批目标出现了。识别系统显示：油轮。

第二批目标跳出屏幕：低空飞机。

第三批目标，识别系统告诉大家：驱逐舰。

第四批目标，识别系统判读：巡洋舰。

第五批目标：客轮。

"郭教授，恭喜你们，全部正确！"南海舰队参谋长激动地握着郭桂蓉的手说："你们这个项目给我们海军官兵带来了福音啊，我代表海军将士谢谢你们。"

南海舰队司令部在《舰船雷达目标自动智能识别系统试验使用报告》中写道："经考核，该系统对海上三种类型的五批目标进行了识别试验，识别结果全部正确……我们认为，该课题的研究方向是正确的，是解决部队现役雷达对目标识别难点的重要途径，它对海军现役雷达的改造具有十分重大的现实意义和长远的战略意义。"

中国科学院和中国工程院院士、国家"863"计划发起人之一、著名电子学和导航专家陈芳允教授，听取了课题组的报告，看了系统演示后，激动地说："这样的课题，是我们想都不敢想的事，你们现在把它完成了。这再一次说明我们中国人同样可以在世界高科技领域大显身手。我们的钱没有别人多，条件比别人艰苦，但我们不能因此在世界高科技领域弃权。这个项目的成功，告诉我们，要结合国情，走中国特色的高科技之路，努力占领世界高科技的前沿阵地。"

当年，"舰船雷达目标自动智能识别系统"获得国家科学技术进步奖二等奖。喜讯传到课题组，一名研究生诗兴大发，当即赋诗一首：

　　你是一块奠基石，

　　也许不是那么显眼，

　　却将托起一座大厦。

　　你是一粒种子，

　　也许不是那么亮丽，

　　但随着你发芽、开花，

　　将走来一片春天。

也许这首诗的诗意不那么浓郁，意境也不够幽远，但它对"舰船雷达目标自动智能识别系统"将在我军现代化建设中产生的影响和作用的描述却是那么形象而精到。

20 多年后，郭桂蓉再谈起"舰船雷达目标自动智能识别系统"时，微微一笑说："让我感到高兴的，不仅是这个系统的成功。而且，通过这个项目，锻炼培养了一批人才，后来又有了 ATR 重点实验室。这两个成果，是创造中国自动目标识别技术辉煌的根本。"

世界无人车第一速度

20 世纪 30 年代末 40 年代初兴起的自动控制技术，被学术界称为人与武器的离间"技"。

它一经问世，德国首先运用这一技术研制出人类第一枚导弹。20 世纪 50 年代，美国又运用它研制出无人驾驶侦察机，不久苏联又把人造卫星送上太空，人类战争史上开始出现人与武器分离的趋势，美国随之提出战场"零伤亡"的终极目标。

这一终极目标的前提是战场无人化。无人作战平台作为未来三大作战样式之一，是空军向空天一体化转型、陆军形成特种作战能力、海军形成远海防卫能力、武警实施防爆反恐任务的重要支撑装备，对于提高基于信息系统的体系作战能力和新型作战力量建设具有重要意义。现在世界军事强国纷纷投入大量人力、物力和财力，开展无人作战系统研制。

美国国防部曾制订计划，到 2015 年美军三分之一的军用车辆实现无人化，到那时美军在战场上打头阵、当先锋的全是无人战车。未来战争中军用机器人将像伞兵一样从无人机上空投到地面，并像昆虫一样在战场区域内爬行，执行伤员搜寻和救援、雷区或陷阱的探测侦察以及排雷、视频图像的传送等任务。

在阿富汗战争和第二次伊拉克战争中，美国已经将"地面勇士"系统、"全球鹰"无人机等大量无人作战武器投入战场，承担侦察敌情甚至直接攻击对方阵地等作战任务，大大减少了地面部队的人员伤亡。

2011年4月，阿富汗南部山区一个阳光慵懒的早晨，一架"全球鹰"无人机，从美军营地冲天而起，扑向阿富汗、巴基斯坦边境山区，执行搜索本·拉丹的任务。

2011年4月10日上午10时，国防科技大学贺汉根教授率队研制的无人车——一辆黑色第三代"红旗"（HQ3）轿车，静静地停在京珠高速"长沙北"入口处。

此时的京珠高速长沙至武汉段，正值车流高峰期，轿车、越野车、大客车、中巴车、大货车……各种车辆从各个进口鱼贯涌上高速公路，汇成滚滚的车流，急速向前奔驰。

"红旗"（HQ3）驾驶座上没有人。坐在副驾驶位上的一名研究生，给它输入出发地、路径、目的地等信息后，轿车"轰"的一声，自行启动，徐徐起步，均匀加速，融入滚滚车流。

前方车道被两辆大货车占用，它缓缓跟随其后。一辆大货车渐渐完成超车，让出一个车道。它迅速打左向灯，快捷加速，从超车道上顺利超过两辆大货车，重新回到行车道上，并入车流……从长沙到武汉，除了在停车港有过一次短暂休息，经过收费站和两段维修路面时，为安全起见，人为干预行程1000多米，其他近300公里行程的所有驾驶行为均为车辆自主安全处理，平均时速87公里，超车时速110公里，这个时段的这个时速，完全达到熟练驾驶员的车速水平，而且其平稳度大大高于人工驾驶，乘员感觉十分舒适。

通过这次长途行驶试验，中国的无人车又突破了两大关键技术难点：适应复杂路况、并入车流。

试车回来，贺汉根轻轻抚摸着他的爱车，"嘿嘿"笑道："你真给力，真给我争气呀。"

1992年，肩负某国防预研项目的贺汉根，受国家委派，前往德国卡尔斯鲁厄大学留学访问，与著名自动控制技术专家格莱弗教授合作研究车辆自主驾驶技术。

德国这片由奔腾东流的莱茵河哺育的美丽大地，孕育了一片片繁茂的森林，也赋予了这片土地上的人们超人的智慧。

卡尔斯鲁厄大学是日耳曼民族智慧的结晶。它的综合办学实力在德国仅次于柏林大学，拥有计算机技术、自动控制技术等优势学科。贺汉根牢记自己的使命，在这块科学的沃土上，勤奋学习，勤于思考，如饥似渴地吮吸知识的营养。

卡尔斯鲁厄大学东面，是无边无际的森林，一棵紧挨着一棵的白桦树，仿佛想触摸头顶上的白云，粗壮刚劲的树干，直直地刺向蓝天。温暖的阳光，穿过稀疏的叶缝，在铺满树叶的地上印上一块块金色的光斑。一阵阵微风像一群群调皮的小男孩，轻轻地吹着口哨，在林子里游荡。一只只小鸟，在树梢上追逐嬉戏，发出一声声动人的啁啾。

这片美丽恬静的白桦林，是贺汉根和各国自动化控制技术专家举办沙龙的地方。大家在林子里席地而坐，一边享受着温暖的阳光、凉爽的轻风，一边浮想联翩，畅谈科技发展的宏伟蓝图，好不惬意。

这天，沙龙的主题是无人车技术。话题一挑开，便引起大家浓厚的兴趣，热烈讨论起来。

素有大国情结的美国专家，一发言就把问题带到"战略高度"："现在人类已经运用自动化技术，造出了无人驾驶飞机。无人车技术才刚刚起步。这是一项惠及全人类的技术，我们这些自动化技术专家，有义务让这项技术走进千家万户。"

生性浪漫的法国专家，似乎已经坐上时光火箭穿越到了那一天，慵懒地倚在树干上，抬头望着悠悠白云，美滋滋地说："那个时候，我只要告诉爱车想去什么地方，它就可以把我带到什么地方，途中我可以睡觉，可以和同事谈工作，可以与情人耳语……"

处世谦恭的日本专家，微笑地注视着每一位发言者，不时地点头。

惯于沉思的德国专家，盘腿坐在地上，双手轻轻托着肥厚的下颌，慢悠悠地说："无人车技术虽然目前已经取得一些成果，但距离应用还有很长很长的路。有些技术单靠一个国家，还很难突破，需要聚各国之力，联手解决。"

德国专家的话立刻得到各国专家响应，大家建议成立国际学术组织，并纷纷表示将来回国后，要力促各国加入这一个国际学术俱乐部。

贺汉根意识到这是中国向世界各国学习的好机会，便站起来说："我们中国也要加入俱乐部，参与关键技术攻关。"

德国专家听了，首先表示欢迎："你们中国是个大国，这个俱乐部没有你们参加，将是一种遗憾。"

美国专家说："中国人口众多，潜在应用市场大，你们参加进来，对无人车技术研究有帮助。"

英国专家说："中国现在发展势头很好，科技进步很快，国力迅速增长，有资格加入这个俱乐部。"

性格活跃的法国专家，赶紧跑过来与贺汉根紧紧握手说："贺先生，欢迎你们中国呀！"

这时，只见日本专家笑眯眯地问了贺汉根一句："请问你们中国无人车速度达到35公里了吗？"

"这……"

贺汉根哑言。虽然日本专家问这话时，面带笑意，一脸谦恭，但贺汉根听了，却觉得他话里的一个个字，像一块块坚冰，伤人心窝，让人心寒。

但贺汉根只能沉默。因为当时中国连无人车都没有。日本专家是知道的，但他为什么明知故问呢？

这不是在拐着弯说："你连无人车都没有，参加这个俱乐部能干什么呢？"

在世界科技俱乐部门前，科技水平就是入场券，就是发言权，就是人格与尊严。

沙龙散了，但日本专家留下的那个问号，那不阴不阳的口吻，那目光里的轻蔑、嘴角上的不屑……却还在贺汉根脑海里萦绕，久久挥之不去。

夜幕徐徐降临，白天的浮躁、喧嚣渐渐隐去，但贺汉根起伏的心头，依然不能平静。

定时的闹钟，响起了清脆的铃声，午夜了，他强迫自己躺到床上，但思绪依旧难平。

他索性起身走到阳台上，久久地眺望着东方。此时，他的妻儿正沉浸在香甜的睡梦里，他的家乡正沐浴在金色的晨晖里，清风正轻轻地吹拂着绿色的田野。

那是一个温馨的家园，也是一片屡遭列强践踏的土地。

历史的悲剧不能重演！

民族的尊严不容鄙薄！

军人的荣誉不容玷污！

贺汉根狠狠地对自己说："你一定要造出中国自己的无人车！"

留学回国后，他立刻将自己学习所获和研究所得引入教学，开出了新课——智能控制。这是20世纪90年代初，基于计算机、自动控制和运筹学相互交叉产生的新兴学科。遗憾的是，由于它年轻得如同呱呱坠地的婴儿，人们还没有意识到它将来会成为栋梁之材，课程刚开了两个学期，便停课了。

他提出的无人车项目，更是孤掌难鸣。

有人说："中国那么多人，现在失业率那么高，再搞什么无人驾驶车，将来失业率岂不更高。"

有人说："他这是盲目跟风。"

还有人说："他这是玩时髦。"

这时国际上对无人车也是一片唱衰的声音。

20 世纪 90 年代中期，世界寄予厚望的日本第五代计算机——智能计算机项目宣布结束，它突破了逻辑推理这一计算机科学技术难关，推理速度达到每秒 1000 多次，但由于缺乏基础理论支撑，至关重要也是最本质的问题——自主学习技术，却没有如愿，甚至有人断言"数十年内难以突破"。因此，日本有关部门为它开"庆功会"的同时，也为它开了一个"追悼会"。

随着日本智能计算机项目的失败，美国智能车项目 ALV 也宣布下马，世人对智能车由期望变成了失望。

但贺汉根坚持要搞无人车。他说，自己在参加那次国际合作研制新型无人车讨论时受的刺激太大，作为一名中国老兵，他受不了别人鄙薄的目光，受不了别人轻视的口吻，受不了别人不屑的脸色。

贺汉根坚持认为，外国的智能车下马，并不等于中国搞不出无人车。任何新兴技术，只要能对人的能力提供有益补充，有益于人类认识和实践活动，就有存在的理由。车辆技术从 20 世纪初走到世纪末，其发展趋势、竞争焦点，已经从以舒适、大方和快捷为目标，转向追求安全、环保和节能，无人车技术是这一趋势的最佳体现。

无人支持，他从自己别的项目中匀出一部分经费，迅速启动了无人车项目。贺汉根对国外已经下马的车辆智能技术也不放过，安排一名博士研究生探索"车辆学习"技术，最终目标是希望运用这一技术制造出的无人车不仅能圆满完成人类赋予的各种功能和指令，还能自己不断总结实践经验，改进自身的操控水平。

中国的无人车技术水平，在贺汉根及其创新团队的顽强坚持下迅速跃升：

1997 年，稳定无人驾驶时速达到 30—35 公里；

2000 年初，稳定无人驾驶时速突破 76 公里。

这已经接近无人驾驶最高理论时速。国际学术界曾就无人车最高行驶速度进行过讨论，一位著名专家经过试验推断，无人控制系统有 200 毫秒左右延时，因此无人车最高时速不能超过 100 公里，一旦超过这一速度，车辆就会像醉汉一样在路上东摇西晃，无法控制。

贺汉根带领创新团队创造的这一时速，极大振奋了中国无人车技术领域的相关研究人员。这年年底，贺汉根又带领大家打了一场突击战，攻克了一项国防预研重点项目的关键技术——无人车。

通过这场突击，他们的无人车技术积累更加深厚，向生产力、战斗力转化的时机已经成熟。

贺汉根找到南方一家汽车厂家。厂领导听完无人车技术介绍，非常振奋。但几天后又回话说："该技术太先进了，大厂家都还没用，我们小厂不敢用。"

他又联系了南方一家大型汽车生产企业。企业负责人也觉得他们的技术太超前，目前应用风险太大。

碰壁挡不住贺汉根的"上下求索"。2001 年，他通过长春市电话查询台，找到我国汽车业"龙头老大"一汽集团的研究所。研究所领导听了贺汉根介绍，看了有关录像资料后，立刻向集团董事长竺延风汇报。

竺延风在电话里听了不到两分钟，便果断决策："这个项目，我们一汽马上干，而且要用最好的汽车来做试验车！"

当时一汽集团仓库里有两辆"红旗旗舰"顶尖高档车。其中的一号车后来成为江泽民同志的专车，二号车则给了贺汉根做试验车。

找到了应用合作伙伴，贺汉根瞄准了更高更远的目标——突破无人车极限理论时速。

他想，虽然国际学术界认定无人车极限时速为100公里，从纯技术理论上是成立的，但现实生活中，人类的反应速度并不比机器高，却能驾驶车辆行驶到100公里/小时以上，世界一级方程式赛车手甚至突破了300公里/小时。

通过仔细观察人们的驾车过程，贺教授发现人们对道路环境的感知是实时的，能够观测到前方数十米范围内的各种信息，然后根据不同情况作出各种预先反应。

一个大胆设想跳出贺汉根脑海：能否在车上加载智能控制系统，让它像人类一样针对各种信息随机应变呢？

通过研究国外有关技术，他发现过去人们只是简单地把无人车当成控制系统，所有行驶指令都是通过对某一段路况集中分析后再一同发出，无人车遇到情况变化时不能迅速作出判断，反应十分迟钝，严重影响了车速。

经过反复摸索，贺汉根提出了新的无人车技术路线，他大胆改变传统自主车控制框架结构，创造性地将控制系统和感知分析系统结合成一个有机整体，实现了多任务处理功能，车辆能"超前"感知前方路况，还能"眼到心到手到"，适时、准确地发出各种驾驶指令。

2003年，"红旗旗舰"无人车进入最紧张的调试阶段，他们天天外出试车。这年3月，"非典"肆虐神州大地，长沙几乎所有餐馆都关门歇业，他们在环城高速公路连续奔波几小时，累得精疲力竭，饿得饥肠辘辘，却找不到一个喝口热水、吃碗热饭的地方。但他们一天也没停止试车，连续几个月，试验人员每天午餐都是方便面，外加矿泉水。

2003年7月，一个阳光灿烂、蓝天无云的午后，贺汉根和学生冒着炎炎酷暑，在长沙环城高速公路上试车。平坦宽敞的路面上，车辆稀少。"红旗旗舰"以 130 公里 / 小时的正常速度超越几辆大巴后，前方出现一段近 2 公里无车无人的直线路面。

"红旗旗舰"计速表上的数字快速上升，130，140，145，150……它的峰值时速达到 170 公里，不仅超过国际学术界认定的极限理论时速，而且大幅超出美国、德国同类车速，名列世界第一，至今还没有任何国家打破这一纪录。

达到这个速度时，人的反应时间为 500 毫秒，无人车只有 70 毫秒，比人快 7 倍；人的视力左右误差 40—50 厘米，而无人车是 4—5 厘米，只有人的十分之一。

2003 年，第一汽车集团成立 50 周年。贺汉根和他的"红旗旗舰"无人车应邀参加庆典。

9 月 1 日上午，庆祝建厂 50 周年大会隆重召开。第十五届中共中央政治局常委、国务院时任副总理李岚清来了，党和国家机关相关领导及吉林省、市领导来了，各大新闻媒体的记者来了，受邀的世界各大汽车厂的老总们也来了。

主持人宣布："节目表演开始！"这时，一辆"红旗旗舰"远远地从场外公路上快速驶来，以 130 公里 / 小时的速度驶入会场后，慢慢减速，徐徐停在主席台前，四扇车门同时打开，只见车里空无一人。

会场上爆出铺天盖地的掌声、呼声、惊叫声！

当天下午，李岚清在汽车研究所听取了贺汉根的汇报，紧紧握着他的手，满怀期待地说："贺教授，你一定要帮我们汽车工业的忙，把中国的汽车工业搞上去。"

我国媒体报道了"红旗旗舰"无人车峰值时速达到 170 公里的消息，在世界相关领域引起了强烈反响。包括日本在内的多个国家的专家，向贺汉根表达了合作愿望，发出了讲学邀请。

面对国人的喝彩、世界的热捧，贺汉根冷静地提醒大家："'红旗旗舰'无人车表演成功，只是万里长征走出了一小步，打完了一个小战役，没准哪一天，更大的战役就突然出现在我们面前。"

果然，2006年7月14日，与"红旗旗舰"一起飞奔在高速公路上的贺汉根，突然接到一汽集团领导的电话，说两个月后召开的东北亚博览会上，中国展品多为劳动密集型的农产品和工业加工品，而日本、韩国带来了很多高科技产品，博览会筹委会想让一汽集团刚下线五天的"红旗HQ3"实现自主驾驶功能，并在博览会上表演。

一汽领导问："能搞出来吗？"

贺汉根回答："没问题。"

一汽领导却似乎有些担心："9月1日吴仪副总理要看表演，只有45天了。"

贺汉根语气更坚定："没问题！"

他的自信和从容，来自平时的准备。"红旗旗舰"在一汽成立50周年庆祝大会上表演成功后，贺汉根没有一丝懈怠，依然和过去一样，经常带着学生加班加点上路试车，不断发现问题，改进系统，连续三年从未停止，技术积累更加厚重、更趋成熟。

贺汉根带着学生紧张突击35天，便研制完成"HQ3红旗轿车自主驾驶系统"，提前一周把车交给东北亚博览会筹委会，其总体技术性能达到国内领先、国际先进。

9月1日，吴仪副总理如期视察东北亚博览会。看完"红旗HQ3"自主驾驶车精彩表演后，吴仪副总理走下主席台，向贺汉根表示祝贺，并关切地询问自主驾驶车的用途、成本等问题。当听到贺汉根介绍说："据美国有关部门统计，使用该技术可以减少高速公路安全事故三分之一以上。"国务院一名部长由衷地赞叹道："贺教授，你的研究功德无量啊，如果现在全国行驶在高速公路的车辆都用上这项技术，每年可以保住五万条生命啊。"

临别时，吴仪副总理深情嘱托创新团队："你们一定要继续努力，争取让中国人早日用上自主安全系统技术。"

15年，贺汉根带领无人车创新团队，把中国落后的无人车技术带进世界先进行列，发展之快令人惊叹。可贺汉根心里依然有一种紧迫感："世界智能控制技术发展太快了，稍有懈怠就会落后于人。"

为让中国智能控制技术不落后于人，贺汉根把追求的目光投向了"机器学习技术"，让以后的机器不仅听从人的指挥，而且能像人一样会学习、会思考，能自圆其思、逐步完善自身功能。15年前他开始布局的该项研究，已取得一系列基础理论成果，新一轮冲刺的出发阵地已经筑就。

贺汉根定能带领创新团队再创"中国奇迹"。

军人走路的姿势

一次，常文森教授前往北京参加国际学术会议。刚出机场口，一名手举会议接待牌的年轻人立刻迎上来问："您是常文森教授吧。"

常文森不解地问："你怎么认识我？"

年轻人说："我从专家名册里知道您是国防科大的，是军人。"

常文森还是纳闷："你怎么看出我是军人？"

"您身材魁梧，表情坚毅，还有您走路的姿势。"年轻人说，"您走路时，抬头挺胸，目视前方，摆臂自然有力，步履坚定沉稳，给人一种任何困难都挡不住的感觉，只有你们军人才能走出这种气势。"

常文森以军人这种特有的姿势，在科学探索的道路上跋涉了30年，开创了中国自己的磁悬浮列车技术，也走出了中国军人的雄壮与豪迈。

党的十一届三中全会后，科学技术作为第一生产力，首先冲破严冬的束缚，迎来久违的春天，神州大地上，处处传来科技新苗破土、拔节的声音。

常文森教授再也按捺不住创新的冲动，很快把主要研究方向锁定在磁悬浮列车上。

磁悬浮列车是20世纪70年代兴起的新技术。它巧妙地利用电磁力抵消地球引力，通过自动控制手段使车体与轨道之间保持约1厘米的间隙，使列车悬浮在轨道上运行，与普通轮轨列车相比，具有噪声低、振动小、无污染、转弯半径小、爬坡能力强、易于实施等特点，有着"零高度飞行器"的美誉，学术界认为它是21世纪的交通工具。德国、日本已相继研制出磁悬浮列车试验样车和工程样车，并修建了磁悬浮列车试验线。

常文森认为，人口众多、幅员辽阔的中国，比任何国家更需要先进的交通工具，中国的21世纪不能没有磁悬浮列车。

那时的中国，科技落后，经济更落后，这注定中国磁悬浮列车的起步之旅，将非常艰难。

科研经费短缺，而实验用的电子元器件当时却很昂贵。他们只能"偷梁换柱"，以教学实验名义，到学校教学器材库领取一些晶体管、运算放大器、电阻电容等电子元器件。但磁悬浮最主要的元件——铁芯材料，学校仓库里却没有。

万般无奈的常文森带着大家到学校废品库里找到一台报废的变压器，抬进实验室，用钢锯、铁锤锯开砸掉坚硬的铁包壳，取出铁芯用于研制磁悬浮。

材料具备了，可做成磁悬浮试验装置后，铁块却悬不起来，大家使尽浑身解数改进调试，都无济于事。

"我们现在干的事情，将来可能是一桩大事业。"每次试验失败，常文森都这样勉励大家。

经过几个月"试验—失败—再试验"的循环往复，铁块终于奇迹般的悬浮起来了。

领导和兄弟单位闻讯，纷纷前来参观，充分肯定了他们的技术路线。

但也有人看了后摇头："这玄玄乎乎的东西，将来能变成列车吗？"

不管别人点头还是摇头，常文森只顾埋头朝前走。两年后，他带领大家研制完成10千克重的三点悬浮磁悬浮车原理模型。

1985年春天，国际科技博览会在日本筑波举行，常文森作为中国参观团成员前往日本，观摩这一世界科技界的盛会。

飞机降落在东京机场，常文森走出舱门，只见眼前高楼大厦巍然屹立、直耸云天。机场通往市区的公路，宽敞平坦，车辆奔驰如飞。公路两侧，现代化厂房鳞次栉比。来到市区，街道明亮洁净，各种现代化豪华轿车，让人目不暇接。人行道上，虽然和国内一样，行人如织，步履匆匆，但大家脸上都荡漾着幸福的笑容。走进商店，只见货架上的商品琳琅满目，妇女们带着小孩，推着手推车，从容地挑选着各种商品……

眼前的情景既让常文森大开眼界，也让他深感疑惑：日本作为第二次世界大战的战败国，战后初期经济水平与中国旗鼓相当，而30年后，他们的经济建设起码比我们先进了20年，他们的发展为什么如此神速？而我们却进展缓慢？

常文森心想：也许因为东京是日本国都，是举全国之力重点建设给外人看的，是特例吧。

哪知，第二天到达筑波后，这里的繁华比起东京毫不逊色。

常文森心中的疑惑，更是百思不得其解，直至次日随中国参观团走进国际科技博览会宽敞明亮的展厅，他才似乎找到了一些原因。

博览会展出的现代科技产品，千姿百态，争奇斗艳，而它们大部分来自美国和日本等发达国家，发展中国家展台，科技类展品十分稀少。

正当常文森举目搜寻中国展品时，一辆新颖别致的列车，一下子跳入他的眼帘。

"磁悬浮列车！"常文森心里一亮，快步向它走去。

一位服务小姐微笑着迎上来："先生，您想体验一下吗？"

常文森说："当然。"

服务小姐说："请您购票。"

常文森顺着她手指的方向看去，只见那里已有许多人在排队。走过去一看，售票窗口旁赫然写着"票价500日元"。

他心里不禁"咯噔"了一下。他这次出国，国家给的费用相当少，但他毫不迟疑地把手伸进口袋，掏出身上仅带的500日元，递进了售票窗口。

列车轻轻浮起来，徐徐向前滑行，感觉真好啊！平稳，无声，仿佛置身于"嫦娥奔月"的梦境，飘飘欲仙，不知不觉便跑完了300米轨道，到站了。

他还不想离去，一会儿摸摸这儿，一会儿看看那儿。下车后，又俯下身子仔细察看车底和轨道。

他想起了国内长期超负荷运行的铁路线，想起了都市里密集的人群、拥挤的车流……

"不行，我还要上去看看。"他心里这么想着，再次来到登车口。那名服务小姐伸手拦住他："先生，您的票呢？"

他这才意识到没买票，而且自己已身无分文。他这位大专家，连忙向别人道歉，赔不是。然后步行几公里回到下榻的旅馆。

科技博览会上遭遇的尴尬，更加坚定了常文森的决心："到21世纪，我一定让中国人坐上自己的磁悬浮列车。"

回国后，他立刻把国外磁悬浮列车研究情况和自己的设想，向国防科工委领导汇报。听取汇报的国防科工委副主任、著名科学家钱学森特意坐到他身旁，关切地询问一些关键性问题。

　　常文森自信地承诺："不久的将来，我一定要结束中国没有磁悬浮列车的历史。"

　　钱学森听了，向他许诺："你们研制出磁悬浮列车后，我一定去坐。"

　　4年经历4个回合激战，常文森又率领团队把中国磁悬浮列车技术向前推进了一大步：我国第一台小型磁悬浮试验样车问世。它重约80千克，在10米长的轨道上平稳运行，具有悬浮、导向、牵引与制动等全部功能。

　　虽然相对于正常标准的列车，它还显得这般弱小。但它依然让我们这个人口最多、增长最快，在两条脆弱的轨道上缓慢行驶了太久的大国，给一票难求、一车难求的国人带来了莫大的希望。

　　1991年3月17日，江泽民同志视察国防科技大学，兴致勃勃地参观磁悬浮试验样车，亲切地指示常文森："你们要注意研究磁悬浮列车的发展趋势。"

　　从国家领导人的深情嘱托里，常文森读出了紧迫，读出了肩上担子的沉重，也读出了战胜困难的决心和力量。

　　他为中国磁悬浮列车研究制定了"由简到繁"的攻关路线，并首先瞄准了磁悬浮列车基本单元——单转向架。

　　他们的创新计划，引起了国家科委的高度重视。1991年国家科委委托铁道部科技司组织立项论证，1992年"磁悬浮列车"正式列入国家"八五"科技攻关计划。

　　有了国家科委的支持，常文森带领大伙向前奋进的信心更足、步伐更坚定。

　　研制工作一开始，第一只"拦路虎"——大功率斩波器，便跳了出来。过去，创新团队里只有杨泉林搞过小功率 H 开关，其他人都没有接触过这方面的技术，毫无经验可言。

常文森说："磁悬浮列车我们都敢干，这点小难关，我们还不敢闯？"

虽然走了不少弯路，吃了不少苦头，但最终他们还是研制出了大功率斩波器。

单转向架悬浮重量，比试验样车增加近百倍，试验装置将有八九吨重，二楼实验室装不下，也承受不起，别的房子又没有。

常文森拿着卷尺来到系大楼楼梯口，前后左右量了量，把脚往水泥地上一跺："咱们的试验装置就安这里！"

那是个炎热的夏天，无遮无挡的楼梯口，气温高达 40 多摄氏度，徐水红、杨泉林等科研人员，每天光着膀子做试验，身上裹满臭汗污垢。

那天，国防科工委聂力副主任来校视察，看到这一情景非常感动："没想到中国未来的交通工具，大家是这样干出来的呀。"

他们艰苦奋战几个月，初步解决了单个电磁铁的悬浮控制问题。

研制工作正式转入单转向架研制。他们首先花了一年多时间，认真研究国外大型磁悬浮列车技术，弄清了大型磁悬浮列车转向架与汽车、常规火车转向架的区别，掌握了它的特性，在此基础上，形成了大型磁悬浮列车的转向架机械解耦概念。

这是指导后续研究的一块重要理论基石，也是中国磁悬浮列车发展史上的一次重大突破。根据这一概念，他们经过模型制作、结构图纸设计、加工制作等一系列艰苦工作，完成了单转向架磁悬浮列车系统。

车子有好几吨重，如何把它抬到两米多高的轨道上呢？

自己买不起吊车，那就租吧。可租金也要上万元。这可是他们捉襟见肘的项目经费无论如何也支付不起的。

"我就不信,一泡尿能憋死一群大活人。"常文森往机器旁一站,"咱们扛也要把它扛上去!"

于是,几十名科研人员如群蚁搬骨头,用肩扛,用手抬,加上木杠撬,愣是把几吨重的单转向架磁悬浮列车,搬到了两米多高的铁轨上。

哪知一试车,问题又来了:它像一只热锅上的大蚂蚁,在铁轨上乱蹦乱跳。调试改进几个月,都没让它稳定下来。

关键时刻,常文森亲自点将:"李云钢博士,你负责解决稳定悬浮控制问题。"

李云钢博士不负众望,和龙志强等人一起,连续奋战几个月,找到了问题的症结,降伏了它触电就跳的怪脾气,让它变得温驯安静起来。

1995年5月11日,磁悬浮列车进行第一次载人试车。

"启动!"

随着常文森一声令下,数吨重的列车从轨道上轻轻浮起。

"开车!"

操作人员按下运行电钮,列车开始平稳向前行驶……

中国第一台载人单转向架磁悬浮列车诞生了!

虽然它还显得有些粗糙,轨道也只有10米长,但它毕竟悬浮起来了,平稳地向前移动了,并乘载了30个人,这已经是令人振奋的重大突破。它标志着中国成为世界第三个掌握磁悬浮列车技术的国家。

当年,该项目获得省部级科学技术进步奖一等奖,并当选为"1995年中国十大科技新闻"之一。

领奖归来,创新团队聚餐庆贺,大家共同向常文森敬酒。

第一杯酒,常文森高兴地喝了。

大家再敬第二杯时，常文森端起酒杯，但没喝，而把它郑重地交给一名博士研究生，说："这杯酒，你给我保管好，哪天我们研制的磁悬浮列车在中国大地上奔驰起来了，我再用它敬大家。"

把单转向架磁悬浮列车从实验室开到原野上，并不像把轿车从车库开到大街上那样简单，它甚至比过去走过的道路更艰难。

仅技术问题就困难重重：走行机构技术、多转向架解耦控制技术、大功率直线牵引控制技术、车载供电技术……哪一个都是难以逾越的深沟巨壑。

而经费问题、市场问题，更是难中之难。磁悬浮技术要走向应用，还必须经过漫长的工程试验阶段，至少需要投入数千万元。这可不是学校甚至军队能够解决的。

为争取政府部门和企业支持，他们四处游说，但大家听了常文森的介绍后，都说"技术成熟了再来找我们"，都"不见兔子不撒鹰"。

正当磁悬浮列车工程化，在"有了资金技术才能成熟、技术成熟才能获得资金"的怪圈僵局里艰难徘徊时，北京控股有限公司和北京科委，为振兴国家磁悬浮列车技术，毅然出资支持他们，开辟了国内企业支持新型轨道交通技术发展的新模式，为国家磁悬浮列车技术发展作出了巨大贡献。

常文森终于可以心无旁骛地带领团队开展技术攻关了。

研制工程化样车首先要解决整车稳定悬浮控制。由四五个单转向架组成的磁悬浮列车整车，需要加速减速，需要拐弯爬坡，车厢里的乘客分布也不均衡，它就像四五个壮汉抬着一大桶水，既要在山间小道上奔跑，还要桶里的水不晃荡。

为突破这一核心关键技术，常文森带领大家从建立车辆系统动力学模型入手，运用先进控制理论，优化轨道和车辆结构，创造性地设计出一种新的悬浮控制算法，巧妙地在每节列车下面设计了20

个悬浮点，它相当于 20 个轮子，平稳地托举着列车，使其始终与轨道保持 1 厘米悬浮间隙。

经测试，列车的动态调节与有效承载两项技术指标，均达到世界领先水平。

2001 年，我国第一条磁悬浮列车试验线在国防科大校园内建成，工程试验样车同时下线。

随着列车徐徐启动，加速行驶，磁悬浮列车技术国际难题——"车轨共振"，如期出现了：列车在行驶时经常晃动，带动轨道一起震动，有时还发出"咚咚"的响声。

面对这一难题，最先研制磁悬浮列车的德国，采取加固和改造轨道的解决方法，可收效甚微。美国刚建好的线路因这一问题无法运行，不得不返回实验室重新研究。我国引进德国高速磁悬浮交通技术建造的上海浦东机场磁悬浮交通线，采取加大水泥梁单位长度质量、加固改造轨道的方法来解决，系统造价高了很多，也未能从根本上解决问题。

常文森说："我们绝不能重蹈别人的覆辙，要另辟蹊径，找到自己的解决办法。"

自己的解决办法在哪里？大家都绞尽脑汁思考。

一天，研制团队成员周博士的鼻炎犯了，医生给他开了一剂"猛药"。鼻炎虽然治好了，却给他的身体带来不少副作用。

他由此联想到"车轨共振"：用强有力措施抑制振动这剂"猛药"，虽可"杀菌"，减轻"病情"，却伤了"元气"，还不能铲除"病根"。

能不能打破常规，来个彻底的"外科手术"？

负责这一关键技术攻关的李杰教授，充分肯定了周博士的这一思路。

为了找到"车轨共振"的"病根"，他们把铺平的轨道拆松，集中团队几十个人，推着列车在200多米长的轨道上来回跑，一次一次测试、记录、分析。

外国同行探索数十年没有解决的难题，他们显然不可能在一朝一夕解决。但磁悬浮列车工程进程，绝不能因此耽搁。

于是，李杰肩上又多了一副担子：全面改进工程样车。

肩负双重重担的李杰，投入了紧张的攻关。

那些日子，他带着课题组每天8点登车，傍晚下车，在200多米长的轨道上来来回回地开，反反复复测试各种数据，晚饭后，又来到实验室，分析研究测试数据，一直工作到深夜。他的一名博士研究生，在博士论文致辞中动情地写道："深夜里，李杰老师办公室不眠的灯光是我不断前进的动力。"

那些日子，他不知外边的世界发生了什么，只看见车窗外的草丛树叶，绿了又黄，黄了又绿，然后又黄……

当草丛树叶三度泛绿时，他终于找到了"车轨共振"的症结。

他们大胆破除国际惯性思维，采用改进磁悬浮控制算法的方法，"开刀"切除"病根"，然后运用抑制振动算法，对其慢慢"调理"，把曲线上那些"增生"的高峰渐渐削平，振动慢慢消失了，悬浮的"元气"没受到任何伤害，列车行进时的稳定悬浮水平，处于世界领先。

与此同时，改进型磁悬浮工程样车，也于2005年顺利下线，它的研制完成，大大推进了磁悬浮列车技术应用的进程。

工程样车实现了由模拟电路悬浮系统向数字化悬浮系统的飞跃。列车所有调试和修理，坐在电脑前便可完成，再也不用钻到车底下进行人工操作。此外，它还可以实现模拟电路望尘莫及的复杂控制算法。

列车部件加工告别了手工作坊模式，实现了型材化，具备了批量生产能力。

"十一五"期间，常文森主持的"中低速磁悬浮交通技术及工程化应用研究"，再次被列入国家科技支撑计划重点项目。

工程化研发驶上快车道。李杰和战友们的工作节奏，也再次提速。

他的妻子，国防科大军用仿真研究室主任黄教授，也承担着重大科研任务，因此大家都说他俩是"攻关伉俪"。平日里，两人都是上午一早上班，中午在实验室吃盒饭，午夜才回家。因此，他俩笑称自己是"半夜夫妻"。儿子刚够半岁就交给了老人去照顾。难得见父母一面的儿子，三岁时就嚷嚷着要爸爸妈妈一起带他去烈士公园坐碰碰车。几年过去了，儿子这一小小的愿望，他俩还没有满足。

磁悬浮列车工程化应用研究开始后，研制工作重心由长沙转到北京，李杰需要北京、长沙两头跑，有时在北京一住就是一个多月，而恰在这时，妻子也承担了一项紧急攻关任务，需要经常出差在外。这对"半夜夫妻"，又成了"牛郎织女"，经常他在家里，她在外地，她回来了，他又出差了，常常一两个月见不上一次面。

那次夫妻俩已经三个多月没见面，儿子就要上小学了。上哪个学校、接送问题怎么解决、谁带孩子去学校面试等问题，他们当爸爸妈妈的总得面对面商量一下。两人便约好过几天她去北京出差时，一起吃顿饭，谈谈孩子上学的事。为此，她早早地买好了机票。

哪知到了那一天中午，磁悬浮列车试验突然出现新问题，需要他紧急返回长沙查找资料。于是这对相约在北京见面的夫妻，在北京和长沙同时登上飞机。

飞过华北大平原时，他和她不约而同地向着窗外眺望。眼前只有起伏的云海、无垠的长空、无边的蔚蓝……

一周后，各自科研任务的需要，他们又要在同一天飞向对方所在的城市。订票前，两人约定他晚起飞两个多小时，以便在长沙黄花机场会个面，聊聊儿子上学的事。

哪知天公不作美，北京浓雾锁天，她乘坐的航班晚点两小时起飞，在黄花机场降落时，离他登机时间只有一刻钟。她一下航班，以冲刺的速度奔到二楼安检口，只见他已通过安检，站在里面焦急地向外面张望。

她使劲向他招手。

他也使劲向她挥手。

她望着他，微微地笑着。

他也望着她，微微地笑着。

他朝她招招手，示意她赶紧回家。

她也向他挥挥手，让他赶紧上飞机。

但她和他都还站在那儿，直至登机截止时限前一分钟，他才离开。转身的那一瞬，他隐约看见，她抬手擦拭了一下眼睛。

两人只能在晚上打电话商量儿子上学的事，说了一个多小时，直到手机没电……

创新团队的忘我奋斗，迅速推进了磁悬浮列车应用进程。

2008 年，一条 1.547 公里长的试验示范线，在北京控股有限公司唐山试验基地建成。

2009 年，实用型中低速磁悬浮列车问世。它在示范线上累计运行 6 万公里，不仅行驶平稳，节能性强，而且采用了吸力型电磁悬浮、低频（小于 100 赫兹）悬浮牵引供电制式、新材料电磁防护等一系列创新技术，把电磁辐射减小到最低程度，车厢磁场与一般家电产生的磁场相当，甚至更低，对身体没有任何伤害。车内基本无噪声，车外噪声也很小，距列车 10 米之外，噪声只有 64 分贝，比平常说话的声音还要低。

专家鉴定结论指出："完全称得上是一种电磁环境友好、安全可靠、绿色环保的城市轨道交通系统。"

2011 年 2 月，北京市委、市政府决策：采用国防科技大学自主创新掌握的中低速磁悬浮列车核心关键技术，在北京门头沟石门营至石景山区苹果园间，建设一条 10.2 公里长的中低速磁悬浮列车运营示范线。

这是我国首条中低速磁悬浮交通运营示范线。它表明国防科技大学与北京控股有限集团密切合作、共同努力，已使我国中低速磁悬浮交通系统具备工程化、产业化能力，综合技术达到世界先进水平，成为世界上继日本之后拥有中低速磁悬浮交通线路的国家。

项目建设开工启动的消息传来，常文森热泪盈眶："这一天，我等待盼望、为之奋斗了 30 年啊。"

当晚，团队再次聚餐庆贺，大家纷纷向常文森敬酒。他一概不拒，喝了一杯又一杯。

化繁为简的"金钥匙"

数学，是人类最早探索的科学之一。它在数学—自然科学（物理、化学等）—技术科学（电子技术、计算机技术等）等科学门类组成的"金字塔"中，既是"塔底"，也是"塔尖"：自然科学、技术科学构建离不开数学，解决自然科学、技术科学问题都需要运用数学方法。

因此，科学家们形象地把数学誉为"科学的金钥匙"：它有着化繁为简、以简破繁的神奇魅力。

国防科技大学数据分析创新团队，其中 1 人入选国家百千万人才工程；1 人为国家"973"项目首席科学家；1 人为国务院重大专项特聘专家；1 人入选教育部新世纪优秀人才支持计划；2 人被评为全军优秀教师；2 人享受政府特殊津贴；3 人获得军队一类岗位津贴；2人的博士学位论文入选"全国百篇优秀博士学位论文"。学校师生运用数学这把"金钥匙"，瞄准国家航天技术、计算机技术、网络技术等重大领域，展开广泛深入的基础研究，破解了一道道关键数学难题。

茫茫太空，无边无际。为确保空间飞行器严格按预定轨道飞行，要在飞行器内部安装遥测装置，不停地测试各种数据。与此同时，还需要地面站点跟踪测试，不停地与内测数据对比，不断纠正飞行器运行偏差。这一传统的测控机制，不仅数据量巨大，计算过程复杂，精度难以控制，而且还需要在地面建立众多雷达站点，设备十分庞大，使用维护相当困难。

能不能把烦琐的空间飞行器测控机制变得简单一些呢？20世纪90年代，王教授结合博士学位论文研究，开始探索这一难题。他通过深入分析工程物理背景，创造性地建立了系统、科学、规范、实用的"节省参数"数学模型。这是我国空间飞行器测控技术研究的又一重大基础理论成果。

王教授的这篇博士学位论文，因其学术创新价值高，被评为"全国百篇优秀博士学位论文"。

空间飞行器测控专家预言这一重大成果将给我国空间飞行器测控机制带来革命性影响。

王教授深知，任何基础研究成果，只有走向部队，运用于实践，才能形成型号装备，转化为战斗力。否则，它永远只是纸上的一行行文字、一个个公式，或是电脑里的一串串数据。

他决定带着大家去基层部队调研。但数据分析创新团队是学校基础课程教学主力军，教学任务繁重，下部队只能在寒暑假。

这年寒假放得晚，大家改完期末考试试卷，已是腊月二十五。若年后启程，除掉往返时间，在部队只能待一两天——这是旅游，不是调研。

他们决定：立刻出发。

家属们理解支持他们，提前安排了团圆饭，精心为他们打点好行装，高高兴兴地把丈夫送到机场。

他们这次调研的部队，是某飞行器飞行轨道测控站。站长一接到国防科技大学的教授们到站里调研的通知，亲自驾驶着一辆猎豹越野车并带上一名技术科长，早早来到机场迎候。

一握住王教授的手，站长首先表达歉意："我们那旮旯儿可是个苦地儿，要委屈各位大教授了。"

猎豹越野车一出机场，就直往晋北大山里钻，在深沟巨壑里绕了几小时后，驶上一座高山。

站长介绍说："飞行器的飞行路线，要求选择在人烟稀少的地区，因此测控站点基本上都设在深山老林，或是戈壁沙漠。"

猎豹越野车吃力地轰鸣着，沿着陡峭的盘山公路艰难而又顽强地向上爬着。

大家回头望一眼被甩在后面的道路，禁不住都"哇"了一声。挂在悬崖上的"S"形公路，仿佛一条奋力扭着身子直冲天际的巨蟒，把汽车和坐在汽车里的他们，高高顶在无依无靠的半空里。出发前，他们曾在军用地图上查过这个站点，发现它周围布着密密麻麻的等高线，大家知道它地处山区，可没想到这山如此之深、如此之高、如此之险。

不久，山上出现了积雪，车速缓慢下来。窗外传来车轮碾碎积雪的声音，"咯嘣、咯嘣"，清脆得让人觉得半悬空的路面会随时塌陷。

行至山腰，汽车拐进一个山洼，停在一栋小楼前。

"这是站里的冬季中转站。"

站长说："每年冬季大雪都会封山达两三个月之久，路面结着厚冰，车子压根上不去。往前的路，就得劳驾各位大教授的双腿了。"

夜幕降临。站长、王教授一行，在中转站暂住一晚。次日，大家赶早上路，跋涉一个多小时，走进山顶上的一片"井"字形洼地里——测控站所在地。

登临顶峰上的雷达站，举目四望，一览无余，群峰显小。上眺，晴空万里；下瞰，雪光无际。

王教授抑不住慨叹："这真是个飞行器测控的好地方啊。"

"是啊。"一旁的站长说，"要是离城镇近些就好了。"

教授们这才发现，视野内几乎没有城镇的影子。

回到营地，只见一群孩子在篮球场上堆雪人，打雪仗，嘻嘻哈哈，好生快乐。

站长说："这个季节，是孩子最快乐的季节，别的时候，孩子们都没伴玩、没时间玩，也没什么玩的。"

王教授突然想起一个问题："孩子们上学问题如何解决？"

没想这一问，竟勾出站长一声长长的叹息："唉——"

他告诉大家，站里只有小学，老师基本是随军家属，绝大部分是临时改行，过去没学过师范专业，教学质量一直上不去。上初中的，要到30公里外的小镇去读，那里也偏僻，好教师留不住，教学质量不咋地，还要站里每天派车接送，往返两头黑，安全问题挺让家长揪心，因此也没几个孩子去。大部分孩子都是上初中就送回老家，交给老人了。

站里对王教授一行接待很热情。到了除夕，所有站领导都撇下家人，来到招待所与他们共进年夜饭。尽管大雪封山，没有城里市场上丰富多彩的时令蔬菜，只有各种冻肉和"老三样"：萝卜、白菜、土豆，但伙房师傅想尽招儿烹制，弄了满满一大桌。

大年初一，教授们与官兵交流座谈、共话新春。大家结合自身岗位，争先恐后谈想法、摆难题、出主意，好不热闹。可一提到孩子的上学问题，气氛又一下子沉重起来。

一位高级工程师动情地说："我们是军人，生活苦一点，是工作的需要，是为国家做贡献，心里想得通。可孩子的教育问题，确实让人揪心。由于地处偏僻，周围没有一所像样的学校，孩子教育受到严重影响，国家恢复高考30多年了，站里的孩子没出几个大学生，我们测控人，是名副其实地献了终身献子孙。今年，我儿子也12岁了，小学快毕业了，就要上中学。我和爱人都在站里工作，双方父母都在偏僻的农村，教育环境也不好，真不知道孩子以后该上哪读书。一想到这个问题，我就整宿整宿睡不着……"

　　这位有着近20年军龄的高工，说着，说着，竟热泪盈眶。

　　那一颗颗从老高工脸上滑落的泪珠，仿佛一记记重锤，砸在教授们的心头上。

　　那一晚，教授们失眠了，都翻来覆去想着同一个问题——能让这些测控官兵走出深山荒漠吗？

　　描绘空间飞行器飞行轨道的传统方法是采用"测距＋测速"模式来确定，这就要求测试人员不断测试飞行器距离，因此地面上必须设立众多固定测试站点。能否抛开测距，仅通过测速来确定飞行器的位置和轨道呢？如能这样，固定测控站点，就可以转变为移动站点。

　　不久，数据分析创新团队帮助某卫星发射基地计算卫星轨道数据时，发现其中一个距离通道的数据丢失，按传统"测距＋测速"的算法，无论如何也得不到轨道数据。大家灵机一动，运用"节省数据"理论方程，对速度数据进行运算，意外地出现了"收敛"现象。

　　它证明只通过测速来确定空间飞行器位置、描绘飞行轨道的技术路线正确可行！

　　然而，从"理论可行"到"工程可行"，还有很长的路要走，还要跨越很多沟壑。

为推算出全测速定位数学公式，数据分析创新团队的数学家们，开始了废寝忘食的攻关。

那天，朱教授和往常一样，也是加班到凌晨2点才回家。妻子被吵醒了，心疼地说："你每天这么干，身体受得了吗？"

他说："习惯了，没事。"

她"警告"他："明天再这么晚，就不要回家了！"

第二天晚上，他往实验室一猫，又干到凌晨1点多。结果回家怎么也打不开门锁。

妻子生气了，把门给反锁了。

朱教授把钥匙在手心上掂了掂，说："正好，脑细胞被激活了，睡不着。"索性回到实验室，一直干到7点多钟才回家。这时，妻子已和往常一样，把一碗香喷喷的面条端到他面前，责怪道："开不了门，你就不会敲门呀？"

晚上10点，朱教授的妻子又开始往实验室打电话，催他下班，他说就回来，就回来，可11点多了，还不见人影。她便气冲冲地来到办公室找人。哪知好几位家属也来到了这里。

妻子们对男人们说：天天这么干，铁打的都会垮，何况你们这些吃五谷杂粮的。

迫于"压力"，数据分析创新团队成员只好和各自的妻子一起，"提前"离开了实验室。

朱教授回家睡下后，却翻来覆去睡不着。

妻子问："怎么还不睡呀？"

他说："生物钟还没到。"

到了午夜1点多，他还是没睡着。

妻子说："往日这个时候，你一回家躺下就打鼾，今天怎么啦？"

他说："我在想今天没做完的那些事。"

次日，朱教授的妻子问其他几个家属，结果她们的丈夫也一样。从此，她们再也不管他们加班的事了。

通过艰苦深入的研究，他们找到了一个关键因素：时间。假如能连续测定空间飞行器飞行速度，再运用相应的数学模式和程序计算，将时间上的连续性转换为相应的空间位置信息，不就可以确定飞行器的准确位置吗？顺着这个思路，他们提出了"全测速定位"这一全新的测控定位理论，并推算出可以实现全测速定位的核心数学公式。

这一创新理论应用于工程实践后，给我军雷达测控部队装备带来了一场革命：测控设备的体积、成本大幅缩小，完全实现了全测速设备车载机动，过去需要众多官兵长年坚守在地处偏僻的雷达站点才能执行的测控任务，如今只需一台机动车载雷达，便可轻松完成。

听到这个消息，当年那个老站长，高兴得泪流满面："我们测控官兵告别深山戈壁的时刻、孩子们能上好学校的日子，终于很快就要来了。"

总装备部领导称赞国防科技大学数据分析创新团队："你们的一道公式，转变了我军一个兵种的战斗力生成模式！"

数据分析创新团队还创造了"一个算法挽救一个重大型号装备"的奇迹。

那年，我军某重大型号装备试验中，测量数据出现很大误差，导致该型号装备研制难以为继。

求援电话打到数据分析创新团队。团队领导立刻调整人员和课程，派遣周教授、潘讲师立刻赶赴试验基地，运用节省参数模型和全测速定位理论，帮助装备研制团队"突围"。

试验基地位于西北戈壁腹地，交通极为不便，距离最近的乡镇有 100 多公里，试验人员宿营地到试验场也有 50 多公里。昼夜温差悬殊，中午炎如酷暑，凌晨寒似严冬，还时有沙尘暴来袭。

他们很快就领教了这里气候的恶劣。

西北地区黑夜来得晚，周教授、潘讲师刚在基地的行军床上眯了一会儿，便被科研参谋叫醒了，说试验场区明天开始安排试验，请他们提前赶过去架设仪器，准备采集试验数据。

从基地到试验场，是一片茫茫的戈壁，没有现成的公路。越野车只能沿着过去留下的车辙缓慢前行。

走着，走着，周教授发现车前方有蓝莹莹的灯光时隐时现，便说："这戈壁滩上，晚上还有人赶路?"

司机说："那是狼!"

他俩一听，不禁打了个寒战。

这时，一旁的科研参谋说："不要怕，只要车子跑着，它就伤不着我们。就是车子万一抛锚了，我们也不用怕，打个电话就有车来接应。我们车上还备有火把，把它点上，狼就不敢靠近了。"

尽管参谋语气轻松，但他俩听着还是觉得脊梁骨发凉。

一行人总算顺利赶到试验场。

跳下越野车，一股寒气扑面而来。他俩赶紧把羽绒衣往身上套。

天一放亮，试验开始了。周教授、潘讲师立刻全神贯注地采集试验数据。试验不断持续，气温不断升高，到了正午，戈壁滩上热浪滚滚，穿一件短褂还觉得热得慌。强烈的紫外线，像一把把钢针，从天上直撒下来，直扎得脸上火辣辣地疼。一天下来，白净的脸庞变得又黑又糙，蜕出层层白皮。

傍晚，试验结束。他们又颠簸两个多小时返回基地。他们必须连夜分析处理试验数据，拿出改进方案，指导次日试验。

夜，渐渐深了，温度计上的水银柱迅速下沉，凌晨时，穿着厚厚的羽绒衣，身上还直打哆嗦。他们把军被披到身上，还是冻感冒了，连续几天头昏脑涨、喷嚏不停。

但他们坚持每天白天采集数据，趁夜分析处理，连续几天几夜没合眼。

后来，为了节省时间，他们索性住在试验场区。这里，没水洗漱，也没有御寒的棉被。每天晚上，加班到实在撑不住了，他们就裹着大衣，在办公桌上睡一会儿，每天夜里不知被冻醒多少回。

那天深夜，他俩正聚精会神地对着笔记本电脑分析数据，突听帐外狂风大作，吹得帐篷左右飘摇，头顶的帆布被砸得"噼啪"作响，劲风从帐篷缝隙"呼呼"地钻进来，搅得帐内尘土飞扬。

他们立刻意识到，沙尘暴来了。首先想到的是关掉机器，把设备紧紧抱在怀里，钻到一张书桌底下。

两个小时后，风停了。他们拍去身上的尘土，重新架上仪器设备，继续分析处理数据。

经过两个多月连续奋战，他们终于把试验数据误差降低了几十倍，达到了使用要求，使该重大型号装备研制摆脱困境，重获"新生"。

获取数据，精确计算轨道，是空间飞行器试验的根本目标。

某试验基地进行重大空间飞行器精度试验时，测控主力设备突然出现故障，丢失了大半试验数据，无法得出飞行精确轨道。这意味着这次投入众多人力、耗费巨大财力的试验白做了。

试验基地，弥漫着一片沮丧的气氛。

沉闷中，有人建议："国防科技大学创新团队一道公式能挽救一个重大型号装备，咱们也向他们咨询一下吧？"

心急如焚的试验基地领导，抱着试试看的念头，把电话打到国防科技大学数据分析创新团队。

朱教授听了基地领导的详细情况介绍后，胸有成竹地说："你们的试验不会白做。"

朱教授以最快的速度赶到基地。基地军政领导双双来到机场迎接朱教授。

朱教授有些不好意思地说："司令员、政委，你们如此热情，我实在承受不起呀。"

司令员、政委说："朱教授，你可是我们基地官兵请来的救星呀。"

朱教授一进基地大门，便把自己关进一间小屋子，运用那些硕果仅存的数据，推算空间飞行器飞行的精确轨道。由于数据太少，推算进展非常缓慢，朱教授只能以时间换进度，每天工作十八九个小时，遇上"卡脖子"问题时，不破难题不罢休，连续奋战几昼夜。

对他的生活，基地也照顾得非常细致周到，每餐饭都派专车把他接到基地贵宾楼小食堂，餐餐都有新花样，还有领导热情陪同。

这样吃了两天。第三天吃过早饭走出餐厅时，朱教授对陪同的基地领导说："我给你们提个建议。"

领导说："朱教授有什么要求尽管说。"

朱教授说："你们不要把我当贵客了。"

领导说："您本来就是贵客。"

朱教授说："我不是来做客的，是来做事的。"

领导似有所悟："那朱教授的意思是……"

朱教授指着前面两排小平房："那是个连队吧？"

领导说："是基地警卫连。"

朱教授说："连队有食堂吗？"

领导说："有，但伙食不太好。"

朱教授说："那儿离我的房间近，去那儿吃挺方便。你们也忙，餐餐陪着我，挺麻烦。"

此后，每到开饭时间，他就去连队食堂，与官兵同坐一张桌，吃同样的饭菜，唯一的"特殊化"，就是每天晚上 11 点，连队通信员给他送来一碗鸡蛋面。

就这样争分夺秒、废寝忘食地干了 20 天，朱教授愣是用少量数据推算出飞行器精确轨道。

基地领导接过推算结果时，激动地握着他的手久久不放："朱教授，您用一道数学公式，为我们挽回一次重大试验，您是我们基地的大功臣啊！"

基地设宴庆贺。基地领导特意嘱咐在首席位置摆了一块"第一功臣"的牌子。开席时，司令员、政委愣把朱教授拽上首席就座。

一道公式转变一个兵种战斗力生成模式、挽救一个重大型号装备、挽回一次重大试验……这一个个"神话"传开后，国防科技大学数据分析创新团队在空间飞行器数据分析领域声名大振。

这年除夕，海军某部装备数据也出现严重错误，直接影响着战备值班。情急之下，部队领导慕名请求数据分析创新团队技术支援。

部队的紧急需求，就是军令。

易教授、朱教授、周教授立刻告别家人，踏着家家户户欢庆团聚的炮仗声，登上当晚的航班，前往北国海湾。

那年冬天是该基地历史上气温最低且持续时间最长的，最低温度达到零下 40 多摄氏度，"一片汪洋都不见"的渤海湾，冻成了一片白茫茫。

他们一到基地，放下行囊，就立刻投入工作。在冰天雪地里收集数据，在实验室里昼夜加班，分析数据，破解了一个个技术难题，以最快的速度，为该海军基地恢复了数据，并为部队扩展试验工作提供了关键技术。

为庆祝胜利，在正月十五皓月当空的晚上，易教授、朱教授、周教授一行，与海军部队在冰封的海面上，踢了一场冰上友谊足球赛。

在如此恶劣的环境下，他们能坚持下来，而且工作得这么快乐，是什么力量在支撑着他们呢？

易教授说，有一本叫《国防之光》的纪实文学他读了好几遍。书中记叙邓小平同志视察北京正负电子对撞机的那段话，他感触很深。

书中的这段文字是：

1988年9月12日，我国第一座高能加速器——北京正负电子对撞机首次对撞成功。这是我国继原子弹、氢弹爆炸成功，人造卫星上天后，在高科技领域的又一重大突破性成就。

八天后，邓小平同志亲临加速器现场视察。这是他第二次来到这里。四年前，这里还是一片荒野，邓小平同志亲自挥锹为对撞机工程奠基，揭开了建造我国第一座高能加速器的序幕。

当时，有一位欧洲朋友问小平同志："你们经济上还落后，为什么要搞这些高技术项目？"

小平同志回答说："我们要看得远一点，不能只看到眼前。"

接着，小平同志又在即席讲话中进一步回答了这位外国朋友的问题：

"过去也好，今天也好，将来也好，中国必须发展自己的高科技，在世界高科技领域占有一席之地。

"如果60年代以来，中国没有原子弹、氢弹，没有
发射卫星，中国就不能叫有影响的大国，就没有现在这
样的国际地位。

　　"这些东西反映一个民族的能力，也是一个民族、
一个国家兴旺发达的标志。

　　"下个世纪将是高科技发展的世纪。现在世界的发
展，尤其是高科技的发展一日千里，中国不能落后。

　　"如果我们不努力，我们就会受别人欺负！"

　　"如果我们不努力，我们就会受别人欺负！"易教授说，"邓小
平同志20多年前讲的这句话，我们至今仍言犹在耳。"

　　"如果我们不努力，我们就会受别人欺负！"正是这个振聋发聩
的声音，不断激励着他们运用数学这把"金钥匙"，为国家和军队
现代化建设开启了一把把技术"枷锁"。

　　国家重大科研任务，技术复杂，系统庞大，从事实物试验，不
仅耗资巨大，而且无法满足试验条件。如何检验它们的实用效能，
成为国家重大科研活动的一大难题。王教授、段副教授、谢副教授
等基于这一需求，通过反复试验，构建了"新的系统等效试验设计
和评估理论体系"，为我国重大科研任务试验评估提供了核心技术。
运用这一数学理论体系，对重大型号装备试验的靶场数据进行推
演，就可得到它们在未来战场上的实际使用情况。

　　在太空遨游的卫星，只能获取地球上模模糊糊的影像，如何判
断这些影像是什么、在干什么，既是卫星图像数据处理的难点，也
是关键技术。王教授、朱教授、严副教授对此进行了创造性的研
究，推演出"面向实际问题的数学成像理论和技术体系"。该成果

得到实际应用后，我国卫星图像分辨率提高了数倍。

当今时代，网络技术突飞猛进，各种信息数据急剧增加。如何从漫无边际的数据海洋里找到那些想要的、有用的数据，并让自己的数据不被发现和盗取，这是一项难度极大的技术。易教授、赵讲师、侯讲师等人对这一事关国家网络技术发展前途、维系国家网络安全问题的技术展开了深入探索，从复杂网络、海量数据处理、网络信息挖掘等方面入手，归纳提出了可见、透明、具有能揭示隐藏信息的数字模型与算法及基于拓扑数据分析的海量数据压缩算法，这些算法在公安战线和国家安全领域得到广泛应用。

近年来，数据分析创新团队共获得国家、军队和省部级科学技术进步奖 10 余项，国家发明专利 1 项，国防专利 4 项。目前，他们承担着国家"973"计划、国家"863"计划、武器装备预先研究、国家自然科学基金等各类基础研究项目 34 项，在定位、成像、网络情报数据分析技术领域，他们发挥越来越大的作用，创造越来越多的科技"神话"。

秋色中的背影

高伯龙是 1951 年清华大学毕业的高才生。他曾立志要当一名理论物理学家。

1954 年，根据周恩来总理的指示，全国支援军事工程学院建设，高伯龙被选调到哈军工。领导向他推荐的专业他都看不上，一口咬定要进物理教研室。此后，他对外面各种各样的政治浪潮不闻不问，专心致志在理论物理的天地间遨游，乃至 20 多岁就被人冠以"高伯龙路线"的"白专"帽子。

然而，在祖国的需要面前，他最终还是改变了自己的初衷。

20 世纪 60 年代初，美国发明了世界上第一台红宝石激光器和第一支氦氖红光激光器，引发了世界光学领域的一场革命。把激光应用于航天航空领域，进行导航和精确制导的设想，更引起了包括我国在内的世界各国科学家的普遍关注，并纷纷开始进行"环形激光器"的研制工作。但是，专家们没有想到，这项研究竟然如此之难，其中的关键技术——基础工艺成为世界性的难题。

1971年，在钱学森教授的建议下，当时的长沙工学院成立激光研究室。不久，高伯龙被调了进来，担任实际负责人。

对于研究方向的改换，高伯龙自己是这样解释的："搞激光，对希望从事理论物理研究的我来说，也许是个损失，也是我事业上一次艰难的选择。但环形激光器是衡量一个国家光学技术发展水平的重要标志之一，不干就可能给国家留下空白；要干，就要干好这个世界难题。"

从此，他的目光盯住了世界光学领域的最前沿。1975年，一位美籍华人来中国访问时带回一份美国研制某种环形激光器的简报，虽是不足千字的短文，高伯龙却如获至宝。他以自己深厚的理论功底，非凡的数学物理分析能力，对那段短文进行了深入的推论，不仅形成了自己严密的理论设想，还发现了对方不少设计理论上的缺陷。

这年秋天，中国环形激光器技术会议在长沙举行。近百名专家聚集在一起，苦苦思索，怎样才能使中国的环形激光器研制走出困境。

有人提议："请高伯龙来讲讲吧。"

于是，因重病在身而未能到会的高伯龙，在医生的保护下，来到了会场，作了半天报告。他指出：国内的工艺水平特别是光学镀膜水平，与国外发达国家特别是美国相比，差距甚大，而美国对这项技术都感到困难重重，我国的研制难度有多大，可想而知。因此，十年内很难突破关键技术，要有打持久战的思想，当前要从理论上想办法，要加强基础工艺研究。会上，他还向大家推荐了一种新型环形激光器研制方案，引起了与会人员极大兴趣。会后，全体与会人员又到学校与他座谈了半天。

1976年，中国环形激光器技术会议再次在北京召开。会期6天，有4天是听高伯龙作学术报告。他从国外的发展经验讲到了国内的实际情况，阐述了自己结合中国国情而构筑的完整严谨的研制理论。会后，他对学术报告加以整理，出版了我国第一本有关环形激光器的著作，对环形激光器以后的研制工作，起了重要的指导作用。

从此，高伯龙开始了对环形激光器理论艰难曲折而又锲而不舍的探索和实践。

环形激光器作为一个世界性难题，其研制工作在我国曾几经沉浮。20世纪60年代开始，全国曾有十多家单位投入力量开始研制。

1978年，高伯龙带领团队研制完成了第一代试验样机。但高伯龙清醒地认识到，从试验样机走向实用，还需进行工程化处理，这一步不仅不容易，甚至更难。因为激光器的反射膜片质量要求非常高，这个问题解决不了，产品的性能就上不去，而我国的工艺水平又比较落后，要突破这道难关，谈何容易？

果然，环形激光器的工程化，就卡在镀膜问题上。

第一家单位，在这一难题面前放弃了。它如同多米诺骨牌阵倒下的第一张骨牌，第二张、第三张、第四张……也跟着倒下了，最后只剩下国防科技大学这张骨牌摇摇欲坠地立在那里。

望着一片片报废的膜片，一些人产生了悲观情绪，向高伯龙说："工艺上不去，我们干也白干，还是早早收场算了。"

高伯龙想到了将面临的巨大困难，也想到了自己那风雨飘摇的少年生活。

他是在内忧外患的抗战时期艰难长大的。1944年冬，桂林失陷，加之家道中落的高伯龙，跟随家人外出逃难，一路饥寒交迫、艰难跋涉。那些日子里，每天都能看见逃难的乡亲饿死路旁，每天都能听到人们因失去亲人而抱头痛哭。他和家人逃到贵州后，看见当地抗日青年军招收新兵，年仅 16 岁、个头还没有枪高的高伯龙，怀着对日寇的深仇大恨，报名应征，当了一名上等兵。

高伯龙动情地对大家说："国内目前就只剩下国防科技大学一家单位研制环形激光器了，如果不搞下去，它就会彻底夭折，国家环形激光器研制技术将与国外越拉越远。环形激光器不仅能让我们的飞机、舰船确保正确的航向，还能引导火箭完成使命任务，我们无论如何也要坚持下去。"

再说，他又岂是个轻易向困难低头的人？高伯龙默默立下誓言：不管遇到多大困难，一定要干出中国的环形激光器。

为了突破工艺技术这道难关，高伯龙不得不放弃多年的理论研究，专攻基础工艺。经过数年艰辛探索，他们成功地研制出我国第一台激光高精度全程测量设备 DF 透反仪，改进了环形激光器试验样机，解决了大量理论和技术工艺问题，为进一步研制、生产环形激光器奠定了坚实的基础。

在此基础上，高伯龙根据我国工艺技术水平，提出了某型号环形激光器研制方案。该型号环形激光器，在国内是首创，在国外也没有先例，没有任何资料可以借鉴，全凭自己去探索。高伯龙采取先理论探索，再全力攻工艺技术的方法，组织科研人员在镀膜理论、改造镀膜机、监控、检测等方面，展开全面攻关，取得了多方面的进展。但在反射镀膜技术上，却迟迟难以突破。研制团队只好先做些让步，降低镀膜要求。这样一来，工程化取得了进展，但一些重要性能却达不到要求。

研制工作再度陷入困境。这次挫折，给高伯龙留下的教训是深刻的：搞科研一味退让是不行的，必须迎难而上，才能最后克服困难，取得成功。

1993 年年底，有关部门要求国防科技大学几个月内按合同上交工程样机。

高伯龙毫不含糊地立下"军令状"：保证按期交出工程样机。

他深知按期完成任务，困难很多，而最大的"拦路虎"就是镀膜技术。但他又坚信，凭着这些年来积累的经验，再继续探索，定能取得最后的成功。

那天，他的一位博士毕业了，来向他征求工作意见。

高伯龙不假思索地回答："镀膜！"

这位博士一愣，立刻明白了导师的良苦用心。这是导师对他的信任，也是一次难得的机遇啊。

这位博士没有辜负导师的期望。他根据高伯龙的理论分析，利用自己深厚的材料科学知识功底，反复琢磨，反复试验，五个多月，奋战了两个大回合，终于摸索出了一套崭新的镀膜方案，镀出的膜片顺利通过了试验。

为了检验膜片水平，高伯龙决定利用该镀膜技术，先做一支全内腔绿色激光管，结果用了一周时间便完成了，而且在试验时一次性发光，使中国成为继美国、德国之后第三个掌握此技术的国家。

至此，阻碍某型号环形激光器的一切难题均迎刃而解。研制工作很快取得突破性进展，1994 年 11 月，我国第一个环形激光器，顺利通过国家鉴定。

工程样机通过国家鉴定的那天晚上，高伯龙难得轻松地和丁高级工程师从实验室回家，走在校园宁静的路上，他突然发现路边多了一栋新楼房，他不解地问："这里什么时候盖了栋新楼？"

丁高级工程师哈哈笑道："你才发现呀？这栋楼一年前就盖起来了。"

这些年，为了环形激光器，高伯龙还真是忙糊涂了。有人说，实验室是高伯龙的第二个家。这话一点不假。为了早日造出环形激光器，20多年来，高伯龙的大部分时间都泡在实验室里。有人做过粗略统计，在研制工作最艰难时期，他每天在实验室的时间都在15个小时以上，而且几乎每一个春节，都是在实验室里度过。

我国与欧美一些国家，几乎同步进行环形激光器研究。欧美国家都投入了巨资，仅美国就花费了2亿美元。我国因为条件有限，投入的财力只有别人的百分之几。

就是在这样悬殊的条件下，东西两个半球的科学家展开了一场极不平等的高科技角逐。

高伯龙经常对同事说："虽然我们没钱，但我们不能缺志气，不能缺了艰苦奋斗的精神。"

环形激光器课题组成立之初，实验室是一间旧食堂改建的，堆积着各种简陋、普通的仪器设备。由于激光器检测要求严格，实验室要封闭，还要保持一定的空气洁静度。每年夏天来临时，"火炉"长沙酷热难当，实验室成了一口大"蒸笼"。年近六旬的高伯龙，经常光着膀子，穿着短裤，在实验室里加班加点，因此每年夏天，他的身上都长满了痱子。

刚研制环形激光器时，需要一张工作台。高伯龙听说大理石膨胀率较低，可以用它做工作台。为了节约开支，他推着平板车到长沙火车站施工场地，向工人师傅"借"大理石。拉了一次又一次。

天下大雨，道路泥泞不堪，工人师傅们怎么也没想到，高伯龙竟然风雨无阻去拉石头。工人师傅们被眼前这位大教授深深感动，一起帮他装车，又送出很远、很远……

一天深夜，高伯龙从实验室回到家里，老伴看他两腿肿得连袜子都脱不下来，心疼得眼泪在眼眶里打转："都这么大年纪了，这是何苦啊？"

高伯龙淡然一笑说："现在不抓紧，以后想干恐怕也干不成了。"

为了环形激光器，高伯龙20多年来，几乎没有按时吃过一顿饭，并且常常是一天只吃两顿。

他的老伴说："跟他结婚几十年，我就是天天在家为他热饭，热了又凉，凉了又热。"

高伯龙长年患有哮喘病，疲劳时经常发作。为了控制病情，不影响研究工作，他长期超剂量服用定喘药物和一些激素。常人服用一片非那根会昏睡三天，他却一天服用6片，竟然服了15年。

许多人不明白，高龄的高伯龙，为什么能没日没夜地坚持工作，其实他是用超剂量药物支撑着疾病缠身的躯体。

有一年，高伯龙到外地疗养，保健医生听说他长期大剂量服用平喘药物和激素，大吃一惊，因为这些药物服用过量，会有生命危险，劝他少服一些。后来在检查中发现，他的胆囊和心脏都有问题，决定将他送到北京进行手术治疗，高伯龙此刻才感觉到病情严重。这时正是环形激光器研制最关键的时刻，他担心自己这一去再也回不来，心里很是悲伤。临行前，他给室里的技术骨干一一交代工作，十分恳切地对大家说："我这一去不知会怎样，但你们一定要坚持下去，国家给我们投了那么多钱，一定要有个交代。"

高伯龙战胜了病魔，回到了他魂牵梦绕的激光实验室，在激光这个神秘的领域摘取了一颗又一颗科学的明珠，赢得了国家和人民的褒奖。他先后荣立两次二等功，一次三等功，一次获得全国高校科技工作先进个人称号，数次评为国家"863"计划先进个人；1996年获首届军队专业技术重大贡献奖、被评为"湖南科技之星"；1997年被评为全国优秀科技工作者，并当选中国工程院院士。

如今，高伯龙已是耄耋之年，但他坚持每天上实验室做试验，进行科学研究。

　　每天上班号吹响时，师生们经常看到高伯龙身着迷彩服，佝偻着身子，沿着校园大道一步一步走向光电实验室，虽然步履蹒跚，步速缓慢，却依然那般沉稳执着。

　　看着这个佝偻着身子坚定前行的背影，大家会由衷地放慢脚步，在心里亲切地唤一声："高教授，您好！"并默默地向他致以庄严的注目礼。

　　（该报告文学原由湖南科学技术出版社出版，曾获第十二届精神文明建设"五个一工程"奖）

【中篇小说】

导 师

A

我突然有一种初生婴儿剪断了脐带，一头扎入一个神秘、新鲜、充满诱惑的世界的感觉。

这种感觉是在背着妻子塞满的那个圆鼓而沉重的行囊，走下始发于故乡的那列火车的那一瞬间产生的。

我走了三十年的路，走过很多的城市，游过不少名山，但还是头次涉足眼前的这座城市。我读了近二十年的书，小学、中学、大学、研究生院，然后又工作了几年，可这次要走进的学府，对我来说却是这般陌生、这般高深莫测——国防科技研究院。

白色的太阳眼睁睁瞪着大地。红夏利风驰电掣般飞着。远去了，随着急速扑向身后的柏油路，故乡晴朗无垠的天空，斗室里飘绕的奶香，女儿毫无顾忌的嘹亮的啼哭，妻子喜悦里饱含不舍的目光，远去了。潮湿的散发着霉味的空气，火焰般灼人的暑浪，从敞开的车窗袭涌进来。凶猛地扑向我的面颊，我的胸膛。

拱着火膛般闷人的红金属壳，举目望一眼横在面前的研究院大门，我第一眼看见的是一个木桩似的立在太阳伞下斑马纹台上的士兵，腰佩手枪，身板笔挺，肩上一条面条似的细黄杠。是名新兵。我从对军营极有限的了解中判断。注视着哨兵，我这还没正式穿上军装跨入军营的"老新兵"，竟先有了几分英武和威严感，尽管三十岁的人不该这么容易激动。

可在激动中，我又似一个六七岁的孩子，第一次背着书包走到学校门前，莫名地涌起几分恐惧和茫然，仿佛哨兵身后是座高深莫测的迷宫。在这一点上，我的确不如正从我身边擦身而过的这个老头。瞧他，低头，背手，看都没看哨兵一眼，就直往大门里闯。其实，我看他也并非什么人物，穿一套时下只有农民才穿的的确良军装，洗得都快没有绿色了。袖口、领口都已磨花；尽管裤筒肥大，但仍看得出它裹着一双罗圈腿。头顶秃得"一毛不拔"，在阳光下锃亮锃亮。老头大概把眼前的营门误认为自己看守的大门了，不然，他怎会如此目中无人？

夏利车走了。我站着没动。不妨先看看这老头是怎样闯"关"的。

"站住！"

老头果然得意得早了点。刚走到哨兵跟前，哨兵把戴着白手套的右手一伸，挡住老头。老头大概想着哪天发工资这样的美事走神了，愣了愣，然后慢慢抬起头："干啥？"

哨兵声音威严："证件。"

老头一愣，把交在身后的手垂直了，嘟哝："瞧你这态度，也得先给我敬个礼呀！警察纠察司机，还叫声同志，敬个礼呢，何况我们军人？"

我注意到了老头话中的"我们"二字。他跟我们军人套近乎呢（"我们"二字我好像也用早了点）。但哨兵似乎并不理这茬，加重了语气，"证件！"

　　老头大概也自知理亏，开始乖乖地掏口袋。可摸索半晌，掏出的还是一双空手。只好脸上堆起些歉意说："我忘带了。"

　　哨兵手朝边上一挥，"那请你回去带。"

　　老头说："我的证件在里面。"

　　哨兵便把目光抬起，不再理他。老头老实了许多，低声对哨兵说了句什么。可惜我没听清。但哨兵还是不理他。没想到这老头脾气还不小，跳起来了，"你问院长去，院长知道我是谁！"

　　怪不得人家有"气魄"呢，原来有后台。可充其量也就是院长家后花园的花工吧？再不就是与院长隔着不知多少层的亲故？在这里摆个啥谱噢，真是狗仗……

　　"对不起，没有出入证，谁都不让进。这是我的职责。"哨兵好像并不吃老头这一套，不卑不亢地说。

　　这时，一名军官朝这边走来，大概是听到了这里的吵闹吧。军官肩上一根红轨挑两颗银豆。中尉。这我知道。有老头好看的了。

　　"吵啥呀？"中尉首先问新兵

　　"这个看门的老头没证件却要往里闯。"哨兵指着老头说——哨兵对老头身份的判断，居然与我不谋而合。

　　中尉转身看那老头。我想"戏"的高潮该出现了，可没想到老头同样没把眼前的中尉放在眼里，"哼"了一声，把脸扭开。更没想到的是，中尉一愣神，"啪"地一个立正，"唰"地一个军礼，还赔上一副笑脸，说："真对不起您老，只怪我的兵有眼无珠。"

　　这就怪不得人家拿架子了。老头手往背上一交，脸朝边上一扭，对中尉满脸的歉意视而不见。

　　中尉坚定不移地保持着笑脸，毕恭毕敬做了个请的动作，"您老走好。"

真是个不识敬的倔老头，见好不收，反往边上脏兮兮的水泥台上一坐，"我不走。"

中尉诚惶诚恐，"为啥？"

老头瞟一眼哨兵，"他还欠我一个军礼。条令规定，纠察之前先敬礼。"

看来这老头还不可小觑，起码部队上的道道比我明白。怕是年轻时当过兵。

"这好说，我代他给您补上这个礼就是。"中尉马上立正，拉拉衣襟整理利落了，向老头连抬三次手。

这回该走了吧？我想。哪知我又一次失算了。老头居然得寸进尺，"不行，是他纠察我。"

中尉立刻严肃了面孔，把新兵拉到一边，命令他给老头敬礼。新兵木呆呆地执行了命令。

老头终于从水泥板上直起身，拍拍满屁股的尘土，大摇大摆地走进了大门。

但"戏"还没完。中尉居然训起了新兵："你真是个新兵蛋子，连院长的大红人都敢拦！"

这中尉也真是，被人家轻看，心里边窝囊，这可以理解，但也不能把气向兵身上撒呀。这样干，马屁拍得也太不含蓄了，不就是院长家的一个花工嘛！

这让我多少有些失望。这年头，社会上的马屁术，越拍越精，就差没在大学开设马屁专业，广招门徒，发给国家承认的学历了。原以为部队一片净土，不想也被污染到了这份儿上。

新兵让中尉训得一愣一愣的，"他是院长的大红人？我怎么不认识？"

"你认识他？他也是你认识的？"

"他是谁？"

"问那么多干啥，新兵蛋子！"中尉又熊了新兵一句。

部队，军校，也不过如此耳。

我提上圆鼓沉重的行囊，大步走向营门。

B

导师。

老板。

天南地北的两个词儿，两类角色，如何生拉硬拽，我也难把它们扯到一块儿。

可我入学的第一天，就听到一些研究生把导师叫"老板"。邪不？

可能是一种新时髦吧。像时下有些年轻人，把妻子叫"猫咪"。入学第一天的感觉只能让我这样理解。

起码我的导师不该像个腰缠万贯的"老板"。我是来上学的，不是来打工赚钱的。要为了钱，我绝不会走进这个陌生的天地。要知道，我妻子正"坐月子"呢。

来前一知交听说我要三进"宫"，不认识似的上下打量我一番，伸手摸摸我的额头："你没发烧吧，这时候还有心思去钻'象牙塔'？"

我认为自己并没吃错药。一切就因为上半年那次评职称。今年所里就一个副高指标，按说，这非我莫属。"学术带头人""课题主持人"……我的这些个"头衔"，可不是"混混"能混到的。可结果是，机会扑进了另一个平庸复平庸的工程师的怀抱里。原因只一条，他博士学位，我硕士学位。听说，这是上头的意思，说是为保留人才。好像只有博士生才是人才，而我这硕士生就是庸才。学位不等于学问，这道理今天已肤浅得只有我那刚降生的女儿才不懂。可有些人，还死抱着"学历即学问"的教条不放。我心里暗暗悲哀。

刚经历过生死磨难的妻子说："你也念博士去，只要能争回这口气，我们唱几年《十五的月亮》，孩子我一个人带。"

一个女人都咽不下这口气，我这堂堂须眉倒可以没点血性？当然，攻博，也不仅仅要跟谁赌这口气，也为把底子扎厚些。搞专业的人，要想有所发展，谁也绕不过这个"宫"。

结果，我在考博时，给了那些认可"学历即学问"的人一个大大的难堪：总分全院第一。

院里组织面试时，我的导师正在美国访问。他从电话中得知我的考试成绩，回话说，面试就免了，这个学生我收。得知这个消息，我真有些骄傲，既为自己的成绩，也为找到了一位开明的导师。他可是我从近百所高等院校、研究院（所）的数百名博导中，沙里淘金似的挑的。不过，话又说回来，任何形式的面试在我那第一名的成绩面前，都显得多余。

因此，直至报到前，我还未见过导师。对他的唯一印象，就是在原单位道听途说来的，至今也无法考证的那个关于他出国的故事。

此时，我得说明，关于导师的名字我是不能公开透露的，只能说他姓岑，岑教授。这属于保密范畴。至于他这样的人出国，就更是保密了，不仅不能公开启程时间、到达地点、活动日程，还需在护照上更名换姓，由国家安全局提供安全保护。可在临行前几天，国家安全局在监听某国电台时，还是听到了这样一则消息：中国国防部将派出一名高级激光专家来访。这使他险些不能成行。最后虽然出去了，也安全回来了，但听说安全局提供了一级保护措施。

我的导师应是位衣冠整洁，一头银丝梳理得有条不紊，手挂拐杖，举止儒雅的老科学家。在见到导师前，我就根据流行的概念在心里设计了他的形象。

导师的神秘来自他所研究的那个课题的神秘。这个课题的名称、性能及其用途，也不能公开透露，只能说它代号叫"O系统"。至于它的价值，就只能借用一位老诗人兼作家的话来形容了。这位诗人兼作家不知从哪儿知道了我的导师从事的课题，激动地对我说："'O系统'一旦研制成功，中国的孩子和美国人玩弹弓，说要把石子打进美国人的大嘴里，就绝不会弹在他的高鼻子上。"

"O系统"就是这么一个东西。研究它的人水平咋样，不用说，大家也明白。这也是我在数百人中选中他的唯一原因。

我这导师能像个钻钱眼的"老板"吗？

我是这天上午10点一路打听着找到研究生院为我安排的那间宿舍的。这是一间和我家那斗室差不多大小的房子，墙面粉白，地板洁净，两张写字台临窗摆着，两架铁床倚墙而卧，床上什物摆放得井然有序。一站在门口，我立刻感到一股清新扑面而来，军校的宿舍，与我过去在地方大学泡过的那些个"窝"的确不一样。那的确只能算个"窝"，被子卷着，什物散着，空气里啥时都弥漫着一股说不清的味儿。

一个人背朝门口，伏在写字台上，专心致志地写着什么，对我的到来似乎没有丝毫觉察。这无疑是我的室友了。

"咚、咚"，我不能贸然闯入这个新家，先敲了敲敲开的房门。

室友回头看见我，赶紧搁笔起身迎上来。左手提过我沉重的行囊，右手热情地向我伸来，"欢迎你，爱平。"

他怎么知道我的名字？这是头次见面。

他大概看见了我脸上的疑惑，便自我介绍说："我叫龙斌，是你师兄，我俩同一个导师。"

原来我们不仅是室友，还是师兄弟呢。我不禁细看一眼眼前这位师兄。这可真是位名副其实的师兄，瘦削的脸上爬了不少皱纹，不多的头发里白发却不少，起码四十好几了。

"这是你的床位和东西。"龙斌指着我身边的铁架床说。

我瞄一眼这张床，就立刻意识到我费了九牛二虎之力搬来，妻子用整整一个晚上准备的那个圆鼓鼓的行囊中的春、夏、秋、冬衣物，在这儿除了表达她的爱慕和思念外，其他意义已是微乎其微了。我的床上，已铺着崭新的被褥。草绿色军被叠得方方正正，白床单被拉得平平整整；码在床头的衣物也井然有序，里边有马裤呢冬装、军大衣、衬衣、皮鞋，甚至还有裤衩。说句粗话，要是不要脸面，光着屁股来上学都行。

这些无疑是师兄替我领回来的。我一高兴，当即扒下便服，穿上军装，又让师兄去向女同学借了只小圆镜，还真别说，每件都似为我特制般合体，高兴之余我又纳闷了，从未谋面的师兄龙斌，咋知道我服装的尺寸？

"你档案里不是有体检表吗？"龙斌说。

噢，那表上有我的体重和身高、胸围。这师兄可真是个热心又细心的人。

龙斌给我泡了一杯茶。见我满头是汗，又去洗漱间端了一盆水，泡上毛巾，像服侍小弟弟。虽然让我这三十岁的男人感到有些难为情，但也有一种久违了的当弟弟的感觉。

打工仔，哪有我这福分？相互间，又哪会有我和师兄这情分？

"等会儿我们师兄弟到馆子里喝一杯，我做东。"我说。为感谢他付出的这份热情。

"免了吧。"已重新回到桌旁的龙斌抓起桌上的半块干吃面啃了一口（显然是早餐），瞟了一眼桌上那本写了一半的稿子，"我正赶毕业论文。刚才忙别的去了，中午得加班，把时间补回来。"

这时，我已明白他刚才忙什么去了：给我领服装。如此说，我这东就更非做不可了。在我不屈不挠的坚持下，他最后还是答应了。

不敢在宿舍多打扰师兄。出去打听着找到院电话站，给妻子打直拨。妻子听说我已安全到达，轻吁了一口气。又听说我在这儿当兵攻博有这些优越待遇，还有一位热心肠师兄，她说早知这样，你早该离开那个鬼单位，夫妻俩合唱《十五的月亮》了。妻子都是做妈妈的人了，谈笑间还流露出几分少女的浪漫。末了，我还从话筒里听到女儿几声响亮的啼哭。

中午，为表达我的谢意和真诚，我特点了满满一桌菜。只可惜我不善喝酒，啤酒二两就脸红。叫人更遗憾的是，师兄竟还不如我，汽酒两口就头晕。因此师兄弟喝杯酒只好改为喝杯茶。

席间，我们不可避免地谈到了我们共同的导师。我师兄不仅不叫他"老板"，而且一口一个导师，特亲切，言辞中更是充满了对导师的崇敬。这让我更坚定了当初的选择，也愈发刺激着我早日见到导师的渴望。师兄似乎了解我的急切心情，告诉我，导师知道我已报到后，已安排今晚见我。

我像当年谈恋爱时期待约会似的期待着去看望导师的时间赶快到来。

下午，我独自在校园里转了转，格外兴奋。的确，这儿的人，这儿的物，这儿的一切，无不向我传递出崭新的信息，就说我吃晚饭的食堂吧，就让我这在地方大学那人声嘈杂，满目水渍、油腻的餐厅里混食了近十年的人耳目一新，几十张饭桌像兵阵般整齐排列，数百名军学员就餐时悄然无声，给人以肃整有序的美感。

终于和龙斌一块儿踏上了那条通向实验室的水泥路。朦胧的夜色，犹如阿拉伯少女的面纱，轻笼着美丽温馨的校园。一钩弯月轻盈地钩着树梢。轻风温情地拂动着柏树婀娜的身姿，发出"沙沙"吟唱。校园如诗，如画，如梦。可此时，我却无暇欣赏这迷人的夜景。我心早已飞向"O系统"实验室——

"到了。"

只听龙斌说。

眼前是座在朦胧的月光下显出几分破落感的红砖小楼房。难道这就是大名鼎鼎的"O系统"实验室？但周围的确没别的房子。我似乎有些失望。只能用一句古语安慰自己：山不在高，有仙则名。水不在深，有龙则灵。

小楼的周围倒是笼罩着一种神秘的气氛。四周是一堵高高的围墙，墙上插满了在日光下闪着寒光的玻璃碴，还拉着铁丝网。门口一块醒目的白牌上刷着八个醒目的红字：闲人止步，谢绝参观。沉重的大铁门已紧闭，只开着仅容一人进出的小铁门。门内依稀可见一名荷枪肃立的士兵，士兵身后是一间小房子——传达室。

一个老头正坐在里边看报纸，手摇着大蒲扇，两腿儿盘在藤椅上，袒露着两只老姜似的脚丫子。两只农家妇女纳制的布鞋，在两条椅腿边一竖一横。一件磨花了领口、袖口的老式的确良军装敞开着，没有头发的头顶在日光灯下忽闪着光。

我乐了。

这不是上午在大门口和哨兵吵架的那位吗？果然，我没猜错，是个看大门的老头，只是没想到看的是我将工作几年的实验室的大门。

"咔嚓！"哨兵向我们敬了个漂亮的持枪礼。龙斌抬手还礼后，和哨兵嘀咕了几句。哨兵点点头。龙斌便招呼我进去。

如果说，"偶然""巧合""想入非非"……这些词，过去我更多的是见诸报端、书本的话，那么眼前的事实则给这些词做了活生生的注解。瞧龙斌把我带进什么地方吧，传达室！又对那个老头叫了声啥？

"导师！"

难道偌大一个中国光学界权威，堂堂的博士生导师，出国需要国家安全局提供一级保护措施的国防科技专家，就是眼前这位普通的农民样的人物？一刹那，我的心里实在难以接受这个现实。

但不管我接受不接受，眼前这位是我的导师无疑了。

老头倒没怀疑我这个学生，放下报纸、蒲扇，一边伸腿趿拉布鞋，一边往下压了压架在鼻梁上的那副老花镜，开始上斜着目光审视我。

我感到一阵不寒而栗。一双嵌在不苟言笑的老脸上冰凉的目光，就够高深莫测了，再这么从镜片上方斜着眼看人，就更有了透人肺腑的力量。

这一刻，我恨不得地上裂条缝，让我钻进去。真后悔，在大门口有眼无珠，不知道他就是导师。

谢天谢地，老头终于扶正镜框，脸上露出些微笑。

幸好，老头上午光顾着和哨兵吵架了，没注意我这当时幸灾乐祸地站在一边看热闹的学生。

我极力作出小辈初次觐见长者的谨慎样。

胸腔里兔子般乱蹦的心终于安静下来。下边的程序，我就不用慌了，无外乎问问生活习惯吗、家里人好吗……然后鼓励一番，最后再象征性地提几个专业问题。我读硕时，导师第一次接见我时就这样。

我和龙斌在老头跟前的藤椅上坐下，静观事态发展。老头金口紧锁，一声不吭地拉开身边桌子的抽屉，拿出一本小册子交给我。

导师是想试试我的深浅，要我解几道难题，或是写一篇论文呢。

我这样想着，从老头手中接过本子，打开。什么？《小学生字本》？

我蒙了。

这时，老头说话了："利用军训的课余时间写完它。"

"写啥？"我还没转过神来。

"阿拉伯数字：1、2、3、4、5、6、7、8、9、0。"

我的天，他不仅把我这博士研究生当小学生，还是刚启蒙的一年级娃娃！他这是——

我刚想问个明白，老头已从椅子上站起来，开始摇起了那把大蒲扇。

我和龙斌只好知趣地告辞。

在路上，我把那小本卷巴卷巴，信手塞进裤兜里。

"这事你可得认真。"龙斌提醒我。

我不以为然，仍让它卷在裤兜里。

"导师也真是怪，会见学生跑到传达室。"我嘟哝着。

"你还没办正式参军手续呢。"龙斌说。

"可我……"

倒也是，还没办理入伍手续，就还不是一名正式的军人，还不是"O 系统"实验室的正式工作人员，有什么理由要求导师在国家一级保密地区——"O 系统"实验室内接见自己呢？

C

我想，每一个像我这在夏季从北方来到这个南方城市的人，大概都会诅咒太阳。

天空没一丝云，瓦蓝瓦蓝。太阳像只刚出炉的钢球，炽白炽白地定在空中，火辣辣地烘烤着楼房、树、大地，仿佛要把地球引燃。

就在这个热浪滚滚的季节里，入学军训开始了。这时，我才明白，享有军人的那些优越性需要付出多大的代价。三十八九摄氏度的高温里，趴在地上练瞄准，眼睛眨酸了，双肘磨出了血；踢正步，经常"金鸡独立"5分钟，集合像冲刺，起床如地震，看电影排队，吃饭前唱歌；让我最难堪的，是我这30岁的人竟突然间不会走路了。因我有点儿"外八"，那个做我弟弟都嫌小的下士小班长，为纠正我这个痼癖动作，竟要我走路罗圈儿——走"内八"。虽由于骨质老化，"外八"依然"外八"，却让我"邯郸学步"了一个月。

可以想象，这样的日子，对于我这早已在地方院校和单位散漫惯了的人有多么难熬。它是我30年生命历程中第一次血与汗的洗礼。血与汗，就像庄稼地里的氮与钾，滋润着我思乡情绪的野草迅猛生长。三天给妻子打一次电话，成为军训期间一项必不可少的科目，而且每次要听听女儿的啼哭。每次都拿起话筒就放不下，话费单压了一厚摞。

这样，耽误了导师布置的"作业"，就成为情理之中的事了。

说心里话，即便军训不紧张，我也不会认真去写那些劳什子。我知道，老头这样做的意思，其实和下士罚我"金鸡独立"一样：给我这个"老新兵"灌输点儿服从意识。军训结束后，我开了两个夜班，草草填满了那本方格小册子。

交"作业"时，老头仍然在实验室门口的传达室。他接过我的"作业"，先把眼镜压了压，射了我一眼，再推正它，低头翻阅我的"作业"。我默立一旁，倒要看看老头是如何批改"作业"的。我得承认，他看得挺仔细，一页也没放过，并在最后一页上把1、3、5、7几个数字标上醒目的红圈。然后拉开抽屉，又摸出两本生字本，头也不回地从肩上方递过来："再写两本去。"

"写啥？"我问。

"阿拉伯数字：1、2、3、4、5、6、7、8、9、0。"

这……啥意思？让人服从也不能这样呀！我真想说："导师，

你干脆像幼儿园阿姨那样，抓着我手一个字一个字教吧。"可看着老头铁板般的冰冷的脸，我还是没敢开口

我纳闷、沮丧地回到宿舍。师兄又在伏案疾书给我一张沉默的背。我一屁股砸在凳子上，又将本子"啪"地朝床上一摔。

显然，我把龙斌的思路打断了。他放下手里的笔，脸转向我问："怎么样?"

"不怎么样。"我嘟哝着把"作业"扔给师兄，"你看老头批些啥?"

龙斌一看"作业"，大笑道："当时我就说了吧，你得认真对待。"

"这不是浪费时间吗!"我发现自己对老头开始有些不满了。他这样做，除了折腾人，我再也找不到更恰当的解释。为人师表，岂能如此? 直让人失望。

龙斌走过来，指着作业本上的7，问："像7吗?"

"当然像。"

"像1吗?"

"也……像。"

他又指着5问："像5吗?"

"当然像。"

"像3吗?"

"也有点……"

龙斌严肃地合上本子，说："我们搞自然科学的，可来不得半点马虎。想想看，如果在做设计图纸时，7让人看成1，5让人看作3，那后果……"

原来导师是……虽然勉强，也还有几分理。

看来我这博士生还真是个不合格的"小学生"。

这次，我再不敢马虎了，每个字都写得很工整。为不再写第

四、第五本，更为了向老头表示检讨和歉意。

这回，老头藏在镜片后的那双眼睛终于向我投来一丝赞赏。导师已原谅我初次的不敬了。当时我心里轻吁了一口气。

可紧接着发生的一件事，马上证明了我的上述判断，不仅不如一个小学生，简直就是个"弱智"。

结束军训，又办理完参军手续，我正式开始攻博。这时，我却突然理解了为什么有些同学叫导师"老板"。品味良久，就真心佩服起第一次把这两者联系起来的人来：这几乎是天才的发现，实在深刻至极。

这天，秋高气爽，阳光灿烂，是难得的好天气，老头带着我第一次踏进"O系统"实验室。

这是块神秘的领地。除了那晚见到的情景，在大楼门口也站着两个荷枪实弹的士兵，检查出入人员的证件。也立着一块红字木牌：实验室重地，非请莫入。

实验室内部看来比其外观优雅得多。进第一道门，脱去皮鞋，换上拖鞋。进第二道门，穿上一个平时罩着塑料袋的白大褂。第三层是玻璃门，门后是个仅能容纳一人的铁笼子——去尘室，一阵阵清新的风从四周吹来，牵着你的衣襟，拂着你的发丝，轻盈地旋转、舞蹈，然后悄然而去，带走你身上的尘埃。这时，前边的玻璃门徐徐开启，展现在眼前的是猩红的地毯、洁白的墙壁、柔和的灯光。

置身此种环境，心胸豁然开朗。这才是我想象中研发"O系统"应有的环境。

正前方那间挂着绿布帘，旁悬"非本车间人员禁止入内"木牌的房间，无疑就是"O系统"的"心脏"——镀膜车间了。关于它的神秘，我在上学前就从出国人员带回的大量传闻中有所领教了。世界两大激光王国——美国、德国的激光技术公司，无论是实验室，还是生产线都可以向你开放，参观也行，派留学生学习也行。但若想看看这镀膜车间，哪怕只瞄一眼，对不起，没门，甚至连它在哪个城市，都不会向你透露。有不少国家曾向这两家公司派遣过不知多少技术间谍，结果都是瞎子点灯白费蜡，连在啥地方都没嗅着。

在"O系统"实验室，只有老头和龙斌才能进出这间房子。当然，以后我也将享此殊荣。我这么一想，心里就涌起了一种"天将降大任于斯人"的责任和豪迈。

果然，老头带着我经过长长的内廊，径直向里走。

噫，怎么不往前走了？也不掏腰上的钥匙？右转弯？眼前的一扇房门尽情地敞着，一部石英磨砺机占据了大半个空间。机器上有一行斑驳的俄文。凭着读硕时优秀的第二外语水平，我认出这是苏联50年代的产品。它的色彩与它置身的环境显得很不协调。一个青年工人坐在机前一把高脚圆凳上，专心致志地手按着飞转的砂轮，磨着一块小圆石英片。

老头拍拍小青年的肩说："我把人带来了。"然后回头对我说，"你先向吴师傅学习磨砺石英片。"

老头说得很轻。可它对我却无异于响雷震耳，我一下子惊呆了。

先瞧瞧眼前的这个"师傅"吧（恕我打上引号）一张毫无沧桑痕迹的脸，装模作样地蓄着一抹小胡子，在无比生动地向人宣布：我没文化。的确，我怀疑他是否拿到了高中毕业证。年龄也肯定比我嫩。

想想吧，让一个博士研究生去干工人的活儿，而且听命于这样的"师傅"，心里会是个啥滋味？

糟糕的是，这位被老头称作"吴师傅"的小青年，竟对我脸上的惊诧毫不介意，关上机器，用破布擦巴擦巴手上的石膏泥，就将一只油乎乎的手伸给我，"欢迎你。"

我有些犹豫地接住了这只黑手，"谢谢。"但随即便把目光转向老头，"岑老师，我的导师是您啊。"老头摘下镜片，用手指蹭着，望着我说："孔子曰：'三人行则必有我师。'实验室的每个人都是你的导师。"

话可以这么说。但哪有这样带研究生的？攻博的程序一般是先选定论文题目，然后围绕选题学习基础课，再作论文计划，最后写论文。让一个博士研究生先当工匠，磨石英片，这样的带法，我还真是头一次领教。

"可我是来攻博的。"我嗫嚅着。

"你是说磨石英片不是学问？"

老头信手从机台上拈过一块晶莹剔透的小圆石英片，在我眼前晃了晃。

"日本的小原英子把它磨到 5 个 A，成了博士后。"

我也清楚，这不仅是个学问，而且是个大学问。石英片的平整度 5 个 A 是什么概念呢？打个比方说吧，假若那些组成石英片的基本颗粒——石英离子是一个个士兵，让这一个个兵站成我们军训会操时那样整齐划一的横队，也只不过 3 个 A。

问题是，我 30 岁穿军装，别妻离子进军营，承受军训的那份劳力之累、牛郎织女的磨心之苦，并不是我有多高的思想境界，来保卫祖国、献身国防，不是这几套军装真那么诱人，也不是《十五的月亮》优美动听得让人真想体验一下分居的情趣。我和妻子的生活观再浪漫，也还没浪漫到这份儿上，尤其在女儿出生才几个月的当口，除非如那位朋友说的，我吃错药了。我更不是来学手艺，当工匠，磨这些石英片的。我是来攻博的，然后拿高级职称，再从那个斗室搬到一套二室一厅的居室，实现事业的飞跃，争回那口气的。

请原谅，我的确把职称看得很重。其实，知识分子大都把职称看得很重。职称是知识分子生活中的"龙头"，它上去了，工资和住房也跟着上档次。职称是一种个人价值的外在体现，是社会对一个人的认可形式。

"可我是攻理论的，而不是学工艺的。"我又斗胆抬头嘟哝了一句。

这时，老头把镜片压了压，斜着目光透视我，又一次把我的脑袋压得低低的。

"小伙子，可不能太专了，学宽点好哇。"

假如我大学刚毕业，假如没有前次做作业对他的不敬，假如我光棍一个，假如我还没孩子……兴许我会向他点点头。可问题是，上述假设都不存在，而且我妻子还在休产假，在家里孤独地承受着一个家庭的担子，被成堆的尿布、奶瓶、锅碗瓢盆围困着，我这个丈夫、父亲、博士研究生，能愉快地进入一个工匠的角色吗？

整人，纯粹是对我那个小小"不敬"的报复。我只能这么理解。虽然这时我感到他的手正按在我肩上，语气又显得如此意味深长。但可以肯定，在我低垂的双目看不见的那张架着老花镜的脸上，一定挂着那天在大门口我看到的那种微笑。

可我只能把怨气压在心底。

一个研究生在导师，不，在"老板"眼中，就像铁匠铺里的一块铁，爱怎么锻就怎么锻，全由人家的好恶。再说，既然穿了这身军装，就是军人，就身不由己了，就是他命令我去跳楼，我恐怕也得去爬梯子，何况是让我磨磨石英片？

再苦的果子，也只能吞了。

此时，对当初选择了这座军营，这个学府，这位导师，我是该骄傲、自豪、庆幸？还是该沮丧、悲哀、痛苦呢？

从此，我就坐在那把高脚小圆凳上，整日干着那枯燥乏味的活儿：磨石英片。

这与那些去海南给房地产老板刨椰树根的打工仔有何区别？

这样的导师，不是"老板"，又是啥？

D

水煮活鱼，糖醋排骨。往日让我大开胃口的两道菜，今天却吸引不了我手中的筷子。此时，我只对抓在手中的这个玻璃瓶中的液体感兴趣。

我很想找个人倾诉，倾吐我心中的苦水。可在这举目无亲、初来乍到的陌生之地，谁来聆听我的倾诉？酒，只有它愿意和我交流，安慰我苦闷的心情。

一阵清脆的铃声响起。饭店里有直拨电话。给妻子拨一个吧，她是唯一愿听我倾诉的人。

电话很快就要通了，传来了妻子脆生生的一声"喂"。但我张了半天嘴，也只呵出了一串酒气，然后在一串急促的"喂"声中，把电话挂了。我能告诉她什么呢？说我在受苦？受难？受歧视？幸福让另一个人分享，幸福就增加了一倍；痛苦让两个人承担，痛苦也膨胀成两倍。难道她现在为我承担的痛苦还少吗？还有，我在她心目中筑起的那个光环，还能存在吗？她之所以和我结合，之所以抛弃自己的一切，事业、荣誉，全力以赴支持我，全因这个光环，她崇拜我，远胜于崇拜她自己。可当她知道，过去全班女同学心中的"白马王子"，如今是一名磨石英片的工匠，她会怎么想呢？

一路酒气晃回宿舍。又见龙斌伏案赶写论文的沉默冰凉的背影。他大概对酒有着天然的敏感，我一进来，他就转过头来，抽了抽鼻子，笑问："师弟又上馆子了？啥喜？"

"没喜。"我冷冷道。然后把重心不稳的身体往床上一扔，不再理他。

他笑了笑，也不理我了，低头忙他的论文。也许是人在痛苦时特别容易受伤的缘故，他这笑，深深地刺伤了我，就像被一只毒蜂蜇了一下，我的自尊心隐隐作痛。我觉得他笑得那么得意，甚至还含着几分揶揄。他当然得意了，博士论文一完，就是答辩，然后就是副高。而我呢，折磨刚刚开始。

我躺在床上，虽头重如灌铅，却毫无睡意。我苦思着入学后老头为啥接二连三折腾我。终于我猛醒了。过去学木匠、铁匠的人拜师，还兴封个红包什么的，况且我是从人家手里拿博士学位。再说，现在比过去还要讲究这些。

晚上，我从军人服务社提了一瓶酒，当然是最昂贵的，外加一只燕窝，把刚领到的第一笔军饷挥霍了一半。然后趁着夜色朝导师家走去。

这种事，以前我偶尔也干过。在当今，不干这事，还想办事？但不知咋的，每一次心里都别扭得慌，就像卖自己一样。知识分子就这毛病，把脸皮子看得特重。可今天，我是真不要脸了。

老天爷还算帮忙，没让月亮爬出来。路灯也稀稀疏疏、昏昏暗暗，没人看得清我这没脸的人。老头住在一栋军干楼里，位置对我来说是再理想不过了：进大门的第一套。这可避开多少目光呀！

我像军训中整理服装那样，扶正军帽，从上至下摸遍了每一粒纽扣，又拉了拉衣襟，然后迈上那高高的台阶，小心翼翼地弹了弹拦在面前的第一道屏障：钢防盗门。

里边的门不紧不慢地开了，那张架着镜片的脸出现在眼前。一片雪白的灯光争先恐后射出来，照亮了我的笑脸，我的军装，还有我手上包装得花里胡哨的酒和燕窝。

"导师。"我隔着钢门亲切地叫道。

他往前靠了靠，又压压老花镜，隔门打量了我一阵，冷冷地道："同志，你敲错门了吧？"

"导师，我是您学生哪。"我说。老头定是眼花了，他年纪大了，又是晚上。这会儿，我又恨灯光太暗了。

"学生？我的学生？"他又压了压老花镜。

"您的学生龚爱平。"我进一步提醒他。

"不会吧，龚爱平是搞学问的，你不像他。我的学生我还不认识？"他一个劲摇头。

"但我认识您，岑教授。"看我笨得，但我也实在找不出更有力的证明自己的言辞了。

"教授在这院里多得是，你一定是找错了！"

他隔着钢门挥了挥手，"砰"的一声关上里边的门，震得钢门"轰"的一声响。虽没碰洒手中的酒，却结结实实地磕了一下我的额头。

还有什么比这更窝囊的呢？把脸送过来给人打，人家还嫌你脸粗糙，干脆让门来碰。

我摸摸头上迅速鼓起的肉包，茫然转身，不想一脚踏空，在高高的台阶上歪了一下，多亏经一个月军训，双腿站功大有长进，及时稳住重心，才没落个嘴啃地。一瓶酒也再次幸免于难。

难道是老糊涂了，健忘？或是嫌礼轻，还是……

回宿舍的路上，我一边恍恍惚惚地走，一边苦思着被拒之门外的原因。但死掉的那些脑细胞都做了无价值的牺牲。

一进门，龙斌一眼就瞧见我手上的东西，又乐不可支地拿我打趣。

"师弟，又要请我喝茶了？啥喜？说说，让我也高兴高兴？"

"喜个屁，'老板'都不认识我这个学生了！"我既气愤，又沮丧。

龙斌瞄着我手上的礼物："你去导师家了？"

我一声不吭坐到床上，默认了。东西还提在手上，想赖也赖不掉。

龙斌转身抱着椅背，哈哈大笑起来，"不是导师不认识你，而是你不认识导师。"

"……"我睁大了眼睛。

"师弟，我给你讲个故事吧。"龙斌放下笔，伸了个懒腰，"也解解乏。"

说吧，说吧，让我看看你的导师究竟是个啥模样。

龙斌诡秘地笑笑，开始给我讲故事：

院里传达上头的红头文件，实验室头头都参加，文件规定各单位以后禁止滥发奖金和实物。大家听后一片哗然，有的说，现在闹转业的人够多了，尤其是中青年骨干，再不准发奖金，军心更不稳；有的说，军人待遇本来就不高，物价又涨得快，再没有额外补贴，日子没法过……

在满堂牢骚中，老头摘下老花镜，漫不经心地擦着，瞟着那份文件，摇头晃脑，"发奖金，发奖金，发没了思想工作，发坏了党风，发懒了领导，发散了军心。这文件好啊，早该下了！"

大家被他堵得张口结舌，闹哄哄的会议室悄然沉静下来。其实谁都明白他的话：爱发奖金的领导是懒领导，可自开了这个口子，人心早就散了，大家都形成了惯性心理，不发行吗？再说，大家毕竟都得了好处呀。这岑老头……众人只能在暗地里摇头。

"他这是患了中国人的通病——红眼。"我马上猜透了老头的心思。

我虽到这儿不久，但对像"O系统"实验室这样的科研单位的经济状况还是有所了解的。干这种周期长、难度大的课题的，一般都是勒紧裤腰带过日子。而那些搞应用型研究的单位就不一样，不仅资金来得快，而且都是长流水。因此，搞理论研究的一般都是眼巴巴看别人发奖金、分东西。我过去的研究所就这样。

龙斌笑笑，对我的见解未置可否，又讲了个故事：

那次，老头应邀去某单位鉴定一个项目，担任鉴定委员会主任委员。成果水平不错，鉴定准备也充分。鉴定会很快进入签字仪式。只等他这主任委员走向主席台，在鉴定书上签上大名，就功德圆满了。

在众目睽睽下，他走上台去，打开那个牛皮文件袋，发现里边除了一张鉴定书，一支派克笔，还有 500 元人民币。他笑了笑，从胸兜取下那支十几元钱的英雄笔，飞快地签了名。那个单位领导拿过一看，马上傻眼了：鉴定书上，老头"岑 ×"的名字变成了"钱××"。

那个单位领导赶紧从文件袋里拿出那 500 元还有那支价值 100 多元的派克笔，老头才愉快地更正了自己的姓名。

鉴定委员会的其他委员都乖乖地留下了那个文件袋。他这主任委员不拿，谁还好意思拿？结果，就这样，他愣把大家的好事给搅黄了。

我似乎找到了老头不认我的原因了。但这原因同样让人不可理喻。在当今这人人为钱苦恼，为钱发疯，甚至为钱活着的年头，谁还会把钱拒之门外呢？除非他是不食人间烟火的神仙。

难道神秘的"O 系统"实验室，也是一块神秘的仙境？我真有些怀疑，不然，老头的所作所为为啥与现实这般格格不入？

如果说，龙斌的故事让我认识了导师的话，那么他就是——美国科幻片《星球大战》中的一个诡秘怪僻的外星人。

"我没想到你会去导师家，而且还……"龙斌看着床头的酒和燕窝直摇头。

"我还没想到他会让一个博士研究生去磨石英片呢。"我把目光投向窗外。

"这很正常。"龙斌平静地说。

这还正常？我立刻还以揶揄："一个短跑运动员完全可以骄傲地对一个病秧子说：'跑步实在太容易了。'"

龙斌不可能没听懂我的话，但只是很有涵养地朝我笑笑，从抽屉掏了一大堆论文稿，捧到我身边坐下，以俨然一副老大哥的样子拍拍我的肩，说要跟我话话他的当年。

有啥辉煌的往事、骄傲的成就，就尽情地抖落吧，在热衷于用光荣传统教育人、启发人、熏陶人的国度里生活了几十年，我早已习惯于洗耳恭听别人的说教了。

可这次我听到了怎样一个传统故事呢，真是令我大开眼界了。

首先，师兄起初也磨过一年石英片，而且磨到了 5 个 A 的水平，就用那台老掉牙的 50 年代"老苏"援助的磨砺机。这可是日本博士后水平呀。其次，他这博士已攻了 8 年，而一般惯例为 4 年。而且他同样家在千里之外，与妻儿分居。最后，摆在我身边的这堆论文稿的容量，起码相当于两篇博士论文，内容不仅涉及"O 系统"的理论和工艺，还有未来的生产管理，且都是一流水平。可由于"O 系统"没完成，老头始终不安排答辩，因此境遇比我还尴尬，年纪四十多，职称和我一样——中级，由于他职称得不到解决，职位、工资都比同龄人低和少，一家三代挤在一间小房里。

穿军装前，对军人的"奉献"二字就早有耳闻，没想到具体到师兄身上，竟是如此真切和残酷。至此，我也忽然明白了"老板"要我磨石英片的缘由了，一切都为了那个神秘的"O 系统"。"O 系统"就好似太阳系，"老板"就是太阳，而我们这些学生则是一颗颗行星，所有的活动都得围绕太阳转，都被控制在太阳系"O 系统"的空间里。

在这一点上，他这导师可是名副其实的导师。

但对这一切，我的这位仁兄，却如此坦然地承受，导师叫得一声比一声亲，论文继续孜孜不倦地写，日子还有滋有味地过。

我真佩服他，佩服他对现实和痛苦竟能麻木不仁，熟视无睹。

"O系统"实验室的又一个天外来客，一个成功地超脱了凡尘，逃避了痛苦的"外星人"。

"师兄，你为啥这般死心眼，非吊死在一棵树上？"这回轮到我摇头了。

"师弟，你这样问我，是因为你还是没认识导师。"

他还是那副轻松样。

即便我认识了导师又会怎么样呢？难道会成为另一个"外星人"？我才不想。

E

这天，我刚走进实验室，就听见"吴师傅"在里边嚷嚷："龚爱平，电话！"

抓起话筒一听那声"喂"，就知道是她——妻子。高兴之余又有些纳闷，她为啥这么早来电话？还有她声音也似乎有点儿不对劲，吞吞吐吐的。尽管她说一切正常，只是有点儿想我，可隐隐中，我总觉得家里可能有什么事。

啥事呢？

此时，我真是连揣测它的精力都没有了。说来也好笑，我这30岁的一米七几的大男人竟活生生让那一块块铜币般大小、水晶般透明的石英片折腾服了。

整日坐在磨砺机旁的小高脚圆凳上，五指把石英片按在抹着石膏泥的飞旋的转盘上，为使用力均匀，右臂抬酸了不能动，屁股坐疼了不能挪，眼睛都不能眨一眨，甚至连心里都不能有杂念，可谓全神贯注。一天下来，腰酸腿也疼。加之这破磨砺机，也像北极熊一样笨，操作极费劲，把人给折腾苦了。不出一周，我这没下乡种过地、未进厂做过工的白面书生，右手五个指头平生第一次长出了五个厚茧子。

更让人难以忍受的是，这个被老头称作"吴师傅"的愣头青，竟把鸡毛当令箭，像军训的那个小下士一样，把我这堂堂的博士研究生当成了他的小徒弟，不时眯缝着那双小眼睛瞄我，时不时走过来抬抬我手臂，扶扶我腰身，纠正我的姿势，让人厌烦透了。对此，我常给他不屑的目光。

不久，老头为从根本上提高磨砺水平，又让我协助"吴师傅"改进身边这台50年代"老苏"援助的磨砺机。看这架势，我这"打工仔"生涯有一阵子熬的了。我在失望的泥潭中越陷越深。

任是抵触情绪再重，老头的话还不得不听。此后，我除了磨石英片，还得协助"吴师傅"改造磨砺机。说是协助他，其实是他给我打下手；我绘图纸，他去动手。这样，我比从前更累了。

我自认，我不是那种有强烈表现欲的人，更不想出风头。可这次却非露一手不可了，为了心里急剧膨胀的对老头的不满，为尽快摆脱目前这苦难的处境，我决定写出那篇论文。尽管我也明白这种抗争是多么地软弱无力，但仍希望能以此唤醒老头的良心，让他知道自己是在残酷地浪费着人才，从而尽快结束我们的"打工"生涯。

再说，论文也是职称评定的重要条件。别人可以随意糟蹋我，我却无权浪费自己的时光，我要对自己负责、对未来负责。

那篇论文是考博前就酝酿好了的，思路早已烂熟于心，各种公式和数据也是经过了试验验证，要不是过去那些个"学术带头人""课题组长"等有名无实的头衔所带来的琐事的耽搁，它早就问世了。它可是光学界的"冷门"，当初在原单位，我只说了说论文的选题，就博得了同行们的阵阵惊叹。我自信它在国家权威光学刊物上发表没什么问题，收入世界著名的四大科技论文检索也不是没可能。

那一周我可累惨了。白天磨石英片，腰酸腿疼回到宿舍，还得继续画图纸。眼皮子都抬不起了，抹点清凉油，又写论文。身体就像那台老掉牙的磨砺机，强打精神连轴转，常有一种快散架的感觉。那天去院机关办事，经过那面整容镜前时，发现自己就像刚走出原始森林的猴儿，瘦得都不成样了。

不过，身上这几斤肉没白掉，只用了9天，一篇洋洋洒洒近两万字的论文诞生了。

这天，带着它和由它生发的几分喜悦和豪情，走进了老头办公室，把它放在他的办公桌上，"导师，我写了一篇论文，请您斧正。"

我嘴上谦虚，心里骄傲得不行。

老头正敲着电脑键盘，演绎一道公式。他侧目瞄了一眼标题，立刻敲了一下回车键，拾起论文凑到眼前看起来。良久，脸上的层层皱沟里破天荒地挤出一丝微笑。又连看了好几页，才高兴地放下，说："好，做学问就是要这样，不要单腿独行，而要全面发展。"

尽管这微笑多么微不足道，这鼓励如此轻描淡写，但它就似挤出云层的一线阳光，久旱的土地得到的一阵毛毛雨，照亮了阴暗，滋润了干涸，让我激动了一天加一夜，失眠了。

犹疑，老头是被我的论文打动了，吸引了，当晚就看完，次日便让我去他办公室取论文。

我去时，他又在敲电脑键盘。可这次他没有停下，而且没说一句话，皱沟里的那丝微笑也不见了，连看都没看我一眼，右手敲键盘，左手拿过论文，从肩上方递给我。

我火热的心头马上"咯噔"了一下。接过论文低头一看，眉头不由地皱起来。

老头在右上角空白处写了三个醒目的英文字母："C、C、C。"

医生诊病，在诊断书上写三个"＋"，表示病情严重；文化部门审查电视、电影拷贝，标上三个"X"，表示是带"色"的，少儿不宜。老头审稿，批上三个"C"又是啥意思？

又是一串"外星人"向人类发来的信号。

虽然我这凡人不能完全破译它，但能隐隐地感觉到这是一串危险的信号，就像那医生的诊断书、文化部门的审片卡。

我本想问个明白，但见他不停地"嗒嗒"敲键盘，一副不容人打扰的神情，又马上打消了这个念头。

我快快地退出他的办公室，低头朝我的岗位——那间石英磨砺房走去。"嘭"，竟与人撞了个满怀。

懵懵懂懂地抬起头。龙斌。

"是你呀，师弟。"龙斌哈哈大笑着揉了揉被碰疼的额头，"看来咱师兄弟还真够亲热的。"

我不像他这个"外星人"，啥时都能乐起来。我反倒像只破皮球，长长地叹了一口气，"唉——"

"怎么啦？"龙斌终于发现我情绪不对头。

我把论文递给他。他瞄了一眼，抬头问我："导师的意思你不懂？"

我点点头。

"真不懂？"

我又摇摇头。

他笑笑，开始为我破译密码，在论文左上角飞快地写了三个英语单词：Clean（整洁）、Clear（清楚）、Correct（正确）。

我懂了，导师要求我卷面要整洁，抄写要清楚，观点要正确。同时，背后还藏着一句话：还行。我心里那线一度隐去的阳光又重现了。

我真服了，我的师兄真不愧是小"外星人"，让老"外星人"一点即通。

的确，我这凡人生活在他们中间，有着一种明显的隔世感。我不仅不适应他们的价值观念、生活方式，更难趋同他们的思维方法。在我看来，导师的这些做法，是晦涩，是故弄玄虚。我便向龙斌发起牢骚："干什么绕来绕去的，直说多痛快！"

"老弟，对于一个博士研究生，说得太直白，你不觉得像喝白开水吗？还是喝茶好，有品头。"龙斌挺深奥地说。

细想想，似乎还真有些道理。

F

读硕时，我和同学们曾钻过一次"牛角尖"——讨论谁是世界上的最高统治者。有的同学说，美国总统最牛气，指挥美军四处充当国际警察。但有的同学马上反驳说，这国际警察名不正，言不顺，到处遭人骂。于是又有同学说，还是联合国秘书长最牛气，说组织多国部队，马上就有国家响应。但同样遭到大家的反对，说联合国连会费都收不上，穷嗖嗖的；而且派出去的多国部队连枪都不敢放，干挨打，还牛气呢，窝囊！！唾沫飞溅，各执牛角，就在相持难下之际，我慢慢站起身来，说了一句话，立刻赢得一片掌声，特喝彩。

我说："还是金钱最牛气，谁都是它的臣民，它的奴隶，谁不听它的，它就收拾谁。"

难道不是这样吗？

你看老头吧，他轻视甚至蔑视金钱，金钱很快就报复和惩罚了他。

海湾战争爆发了。如爆炸一颗巨大当量的原子弹，它的冲击波、辐射波，化作密集的无线电波，迅速向全世各地翻滚而去。

在中国，一时间，"海湾战争"的字眼充塞报端，战争报道充斥荧屏。国人在会议室、家里、路上、里弄……谈论着同一个话题："飞毛腿""爱国者"。举国上下一阵骚动。人们仿佛从睡梦中猛醒过来——现代战争已从人与人的直接拼杀，悄然转向高、精、尖的科技较量！

这时，一份经机要参谋译过的密码传真传到老头的手上：限期半年拿出"O系统"。理由简单而亘古——谁也无法计算战争啥时摆在你面前。

老头看完，沉思片刻，胸有成竹地拾起桌上的英雄笔，飞快地在传真报上签了字，退还机要参谋。

他如此自信，自有理由，他和龙斌的镀膜技术研究最近有重大突破。当然，这里边也有我这个受歧视的学生的一份功劳——那台老掉牙的磨砺机，经我一番精心设计改造，磨砺水平连上好几个档次，"吴师傅"用它把石英片磨到了6个A。这可是镀膜的基础。

夏天，被那阵凉爽的秋风吹远了。菊花开了，树叶黄了。

秋天，成熟的季节，收获的季节。

"O系统"在走过28个春夏秋冬，经历28次严寒酷暑后，也逐渐成熟了。第一个"O系统"顺利组装完成。

听说晚年得子的父母，对其子都格外偏爱，甚至娇宠。"O系统"就像这样的孩子，充分地享受着实验室人们的关心，甚至溺爱。人们为它特制了一个晶莹透亮的有机玻璃盒子，又包了一块鲜艳的红金丝绒，端端正正地供在会议室的大圆桌中央。

正式试机这天，大家早早地涌进了会议室。凝望着桌上那神秘的小匣子，人们期盼的目光里交织着喜悦与紧张。唯有老头依然从容不迫，平心静气，微靠在人造革旧沙发里，双目透过锃亮的镜片，悠然瞄着"O系统"。他今日那副老花镜架得出奇地端正，这是少有的事。

人们如此关注"O系统"，是可以理解的。等会儿电源一通，它能吐出那串飞旋的光环，就能申请专家鉴定，大伙多年的血汗的付出就得到了回报，然后就是立功受奖，就是上报科研成果、评职称、晋级，还可能有一笔数目可观的奖金。对此，人们整整渴望了28个春秋。这些，虽与我这"老新兵"无缘，但我仍然为此高兴，起码"O系统"一完成，我就能结束"打工"生涯，专心致志攻博了。

按电源键，别看动作简单，但它代表着荣耀，意味着功勋，不是谁都可以干的。享此殊荣的人，就像一座高楼大厦奠基礼上那铲起第一铲土的人，落成仪式上那个握剪刀的角色。今天，老头选择了龙斌来担此重任。

此刻，会议室安静得能听到空气的流动声。

终于，龙斌站起来了，把颤抖的手指伸向了桌上的电源键，按出一声"嘀嗒"。

众人的目光如数十条闪电划过会议室空间，把焦点凝到"O系统"上，等待那束渴望已久的旋光。可数秒钟后，她却像胆怯的新嫁娘，紧紧地躲在那个透明的躯壳里，没有出现。

众人的眼帘猛地撑得圆圆的。

这时，老头不紧不慢地走过去，慢条斯理捧过"O系统"，把老花镜稍稍压了压，端详了一阵，然后捧着它不慌不忙走进一墙之隔的检测室。

我知道，他之所以镇定自若，是他坚信自己的理论和原理，问题可能仅仅出在某个细节上。但突然，我听到了一声玻璃掉到地上的破碎声。

是老头鼻梁上的老花镜滑落了。

第一次试机失利了。

几天后，我的直觉得到了证实："O系统"不发光，的确是由一个细节问题所致——组装室含尘量过高。只需购进一套超净空设备，问题就迎刃而解了。可当我了解实验室情况后，马上就意识到，这个细节问题的确够老头喝一壶的。超净空设备一套数十万元，对于某些腰缠万贯的大款也许是小意思，可对于老头，这却是个天文数字。"O系统"实验室的科研经费一年就这个数，维持正常科研都捉襟见肘，奖金不敢发，连加夜班的夜餐费都不敢领。他到哪儿去弄这数十万元？

雨丝像绣娘手中舞动的根根丝线，密密麻麻、纷纷扬扬飘落下来。连绵的秋雨到来了。天空一片灰蒙蒙、沉甸甸。

"O系统"实验室被迫停止一切科研活动。实验室里，女人们织起了毛衣，男人们稍有文化的看小说，没文化的甩老K、搓麻将。贴满一脸白纸条的"吴师傅"告诉我，他进实验室好几年了，还是第一回这么自由自在。看他这麻木不仁样，我忍不住回了一句："假若日本鬼子再打过来，你这种人还会活得更潇洒。"

老头早没心思管这些，一个人不是像团灰面似的窝在办公室的椅子里长吁短叹，就是在长长的走廊上低头徘徊。我呢，竟也像让他牵了魂似的，无论他在哪儿，都不自觉地远远守候着他，注视着他，不知是出于担心他会倒下去，还是出于对一个老人不幸际遇的同情。我发现自己是被感动了，被他的那种强烈的责任感、被他那近乎固执的执着感动了，不知不觉已原谅他过去对我的"折磨"。这或许是知识分子的一个共同的性格特点吧，心肠特软，极易被人感化。

可我这一腔同情，也仅是同情而已，对老头又有什么用呢？在科研上，我也许可以成为他的助手。但这事，我们谁也帮不上他的忙。我们这些知识分子，搞科研，是高智商，但搞钱，却全是低能儿。

他终于发现了我的"监视"。他笑着对我说，不搞"O系统"，他绝不会死，让我放心磨石英片。

让我去磨石英片，实在是扫兴。可我还是依了他，规规矩矩走进了磨砺房。然后趁他不注意，再溜到微机房，继续修改、完善我那篇论文。

这天，一进实验室，协理员就通知大家扫马路，搞卫生，因为有一位国家机关领导要来院里视察。院里常有头头脑脑来检查工作，每来一个，院里就里里外外、彻彻底底搞一次卫生。我参军才几个月，这样的活动就进行过好几次了，心里早腻歪得不行。于是，我到场后挥了几下扫帚，便借故去方便，悄悄溜回了实验室的微机房。

这时，老头背手走进来，压低那副老花眼镜四下看，见只有我一人在，便问："人呢？"在他锐利的目光下，我不敢撒谎："扫马路去了。"

"谁来了？"老头很灵敏。

"财政部部长。"

"谁？"

老头抬手推正镜框，阴郁的脸上像突然划过一道闪电，甚至有些佝偻的身躯也在这一瞬间挺得笔直。

"财政部部长！"我一字不落复述一遍。

"快走！"他拉着我就走。

对呀，这不是"财神爷下凡"吗？瞧我这脑子！我一拍脑门站起身。

老头把我拉到实验室门口，拍着我那辆刚买的单车，"带上我。"

这真让我为难。这刚买的车是啥车？是单车修理店那个老师傅处理给我的破车，除了轮胎、坐垫没锈，其他部件没一个不锈迹斑斑。让自己的导师坐这车，这价掉得也实在太那个了。

但老头却一个劲催促："快骑呀，等会儿'财神爷'就走了！"

我只好把老头请到锈渍斑斑的后架上，一路"咔嚓"着向院办公大楼蹬。

天晴了，刚被秋雨洗过的天空瓦蓝。运气还不错。我刚在办公楼前刹住车，课间休息号就响了。部长一行人听了院领导两个小时汇报后，正纷纷走出党委会议室，到外边活动坐酸了的腰腿。

老头跳下自行车，径直迎向由院长、政委陪同着的那个一脸福相的人。

这时我才注意到，老头身上穿着那身磨花了领口、袖口的的确良军装，这样走向西装革履的部长仿佛一个乞丐正把手伸向富翁。这让我这当学生的都感到了一丝窘意。

这时我又注意到，部长左右的院长、政委同时皱起了眉头。我猜想，定是院长、政委以为又不知哪里惹恼了老头子，来向部长告状了。每逢上头要来人，院里都要再三给下边打招呼：天大的问题内部解决，家丑最好别外扬。

果然，院长马上过来挡住老头，小声着急地说："老岑，有事跟我说。"

老头却把院长往一边推，"老纪，这事你难解决，我要见部长。"

院长一听肯定更急了，脑门都冒汗了。可以想见，被一个愣老头当场捅娄子、揭疮疤，那是多么尴尬的局面。但此时再急也没法子了，部长已注意到这情形并走了过来。

院长真不愧是院长，马上敏捷地把老头介绍给部长："这是我院博士生导师，国家'863'重点项目'O系统'负责人，一级教授岑老。"

部长大概也觉得眼前这老头与院长的介绍不相配，上下打量一番，才缓缓地抬起白皙肥厚的右手。

　　老头一把握住这只手，"部长，对会议室的杯子、塑料花、千篇一律的汇报，一定乏味了吧？走，换换口味，看看我的实验室，我那儿的风景可是别具一格哟。"

　　在场的众人没想到，平时一脸冰霜、沉默寡言的老头子，在部长面前突然变得这么健谈、这么风趣，有那么几个幽默的细胞呢。

　　部长似有些犹豫："这……"

　　老头却热切地说："部长，走吧，我那儿的风景准让你陶醉。"

　　一旁的院长急得直瞪眼，"老岑……"

　　老头轻松地朝院长笑笑，"老纪，你放心，我只让部长去看看风景。"

　　政委则明显是央求的语气，"老岑，等会儿部长还要听汇报。"

　　老头环视着周围三五一堆或甩胳膊扭腰或轻松谈笑的人们，"不是正休息吗？"然后笑望部长，"我那儿的风景虽新鲜，但不多，20分钟足够欣赏了。"

　　许是部长确是坐腻了会议室，听烦了千篇一律的汇报，许是老头德高望重不宜拒绝，终于说："那就看看去。"

　　但院长开始阻拦了，"部长，车都开回车队了。"

　　这时，老头拍拍我那破单车的破坐垫，高声道："部长，让我学生带你，我在后边跑步跟上。嘿嘿，我刚才就是坐他这车来的。这学生车技不错，坐在后边一点儿都不颠。"

　　我承认，老头并非挖苦我，他的夸奖一片真心，可面对他的褒奖，我却像脖子抽了筋似的，把头深深地低着。别人肯定会这么想："导师就这水平，学生免不了也是傻瓜。"心里不禁埋怨起老头，刚才那么敏锐、机智，怎么又突然冒起傻气来了？真是，天天把自己幽闭在实验室里，哪知道外边是个啥世界，现在是什么年月？连一些"县太爷"都不买国产轿车的账了，还让一个堂堂大部长坐自行车！

真担心部长会认为老头精神不正常，又突然改变主意，那就一切都泡汤了。

还好，部长只是极含蓄地笑笑，并没说什么。

当然，部长不可能坐自行车，车队的车也来不及派了。反正路途也不太远，就和老头一道走路吧。毫无疑问，院长、政委无论如何是要陪同前往的。

五个人，成三横两纵的队形一起向实验室走去，部长和老头并肩在前，院长、政委齐步跟着，我和单车走在最后。

院长、政委一路无言，部长和老头倒是谈笑风生。

"部长，今年贵庚？"

"正六十花甲。你呢？"

"古稀只差一了。"

"嗬，还得叫你老兄呢。"

"从年龄看，我不必谦虚了。"

……

我慢慢宽下心来。看来部长还平易近人，已理解和原谅了老头的唐突，这对解决问题太重要了。

说笑着，一行人进了"O系统"实验室。

其实，老头这"外星人"，有时还是挺有人间烟火味的，比如进了实验室以后，他首先把部长、院长和政委请进会议室上首坐了，然后让我给部长倒茶，又吩咐我去附近那家代销店买包烟，拿几听易拉罐，还特意交代要最高档的。

无疑，静卧在圆桌中央深红丝绒上的有机玻璃盒子里的"O系统"部长早就看见了。部长深吸一口烟，扭头问："岑教授，这大概就是你让我看的风景吧？"

"正是。"老头双手拄着一根不知何时从哪儿弄来的教鞭，"它的代号为'O系统'。"

"可我没发现它和一般玻璃管有什么区别。"部长说。

"它能吐出一串美丽的旋光，而其他玻璃管不能。"

纪院长、王政委及我或坐或立着默默静听。老头和部长一问一答，十分投机、默契。

"那这束旋光有什么作用呢？"部长问。

"无论云雾有多么厚重，它都能把飞机准确无误地引向千万里外的机场；无论海浪有多么汹涌，它都能让战舰驶进平静的港湾；无论太平洋有多么宽阔，它都能让我们把导弹喂进那边高鼻子下的那张大嘴里……"一说起"O系统"，老头立刻像年轻父母夸耀自己的孩子般神采飞扬，又像个多情的诗人，用教鞭指点着"O系统"，以诗化的语言介绍着它的神功异能。

导师真行！要不是怕部长说我放肆，我真想为他鼓掌。

部长能不陶醉吗？

部长果然陶醉了，把烟头按进烟灰缸，有些急不可耐地前倾着身子，"快把旋光放出来看看。"

老头示意接通电源。我望着他，会意地点点头，然后走到电源键前，稳了稳心绪，然后煞有介事地按下那个红按钮。

我发现部长眼睛一眨不眨地盯着"O系统"。当很久也没发现那束旋光时，他便急躁起来："旋光呢？旋光呢？"

这时，就见老头长叹一声："它被空气中的尘埃缠住手脚了。"

"为什么不让它冲破尘封，释放出来？"

"它需要一套超净空设备，可我没有。"

部长慢慢地仰靠在沙发上。思忖了一会儿，慢慢从口袋摸出一张便笺，一支笔，"需要多少钱？"

"23万。"

部长飞快写下几行字，起身交给老头，"教授，请派人去部里找国防司司长。"

问题就这样戏剧性地解决了。

部长走到门口，回头向老头挥别："祝你早日把旋光放出来。"

老头却握着那便笺怔怔地站在那儿，喉头动了动，却最终没说出话来。我只好紧追上去向部长说了声："再见！"

这天，妻子又来电话了，还是打到了实验室，还是我刚上班的时候，还是说家里一切正常，只是有点想我。隐隐中，那种家里出了事的感觉加重了。这种感觉来自对她的了解，来自夫妻心灵的感应。对妻儿的牵挂开始让我坐立不安起来。

也许是我对她们强烈的思念感动了上苍，让我终于得到了一次回家的机会。老头让师兄进京办事时，师兄请求老头让我一同前往，因为我是北京人，关键时刻可能会用得着。

一到北京，家便像一个强大的磁场，立刻把我吸引回去。

我隐隐中的感觉是多么地灵验！女儿病了，生下不久就感染了乙肝病毒，已住院一个多月。妻子一个人单位、医院、家里三头跑，家务、公务里外忙，丰满的身子骨累成了一副骨头撑着一张皮。

我没把这事告诉师兄。我就是这样一个人，不想给别人增加负担，无论是生活上的、工作上的，还是思想上的。

兴许是同病相怜吧，一到北京，他就对我说，没事就家里待着去，好好向媳妇献几天殷勤。一般的事都是他一个人跑，结果我这北京人压根儿就没派上用场。师兄手里捏着部长的条子，谁敢节外生枝？机关，银行……一路绿灯。

这样，那几日我大部分时间待家里。我加倍地报答和补偿妻子，不仅包下了所有的家务和照料女儿的事务，而且提前换了煤气，打好过冬取暖的煤球，拆洗了所有被褥。

稍感内疚的只有一件事，就是没请师兄到家里坐坐。

仅用四天，银行的拨款凭证就拿到了，需马上前往上海购买净空设备。半年的期限在无情地逼近。

我再没任何理由赖在家里了，不得不拎起那个提包。妻子突然一把抱住我，请求我给老头打个电话延几天。我知道，她的请求不知经历了多少心理的矛盾。可我还是轻轻掰开了肩上那双纤弱的手臂、柔柔地擦去她眼角的泪，狠心地离开了家。并不是我这人思想觉悟有多高，我也想过给老头打电话。可人家师兄已经很够意思了，岂能再让他一个人去上海？"O 系统"又正值紧锣密鼓的关头，我还能不知足？

很快，我们便买回了超净空设备。

超净空设备太魁梧了，八九米高，三四米宽，十几米长。这是出乎大家预料的，就连精明的老头也忽略了这一点。这样，一个新难题就不可避免地出现了——房子问题。实验室哪有这么宽的房子？就连实验室边上那间最宽的 50 年代"老苏"援建的破旧的大平房，也仅能容其长宽，可高度还差两米多。

老头后悔得直跺脚："当初为啥没想到房子问题，向部长多要个十几万呢？"

再要是没脸了，只能因地制宜。

全室的人都集中到那间平房里商量如何制宜之法。有人建议"开天窗"，老头说，这是脱裤子放屁，这样还不如放外边省事。有人说加高房子，可老地基承受得了吗？时间又来得及吗？有人又说快盖房子，这就更不着边际了。

从太阳出山商量到太阳落山，也没商量出个良策来。老头只好宣布明天再议。

那晚 12 点，我从图书馆回来时，看见老头低头托腮蹲在那儿，双眼呆望着三合泥地板，仿佛地板上写着个解决问题的方案。

次日，大伙一上班，就见老头戴着那副老花镜拎着一把铁铲，威严地等候在那儿了。那样子，竟让我突然想起电影《地道战》里那个戴眼镜、拎着东洋指挥刀跨立在高家庄的日本指挥官。

农家出身的老头，其思维的终结又回到了祖辈相传的模式上——从脚下的土地想办法。他把铁铲一顿，掀起一抹泥土："挖地三尺，我也要把设备安装好！"

老头就像高家庄的那些农民，在逼上绝路后，脚下的土地帮了大忙，终于绝处逢生，赢得了胜利——魁梧的超净设备一半地上一半地下地安家了

老头背着手，在超净空室里外转了几圈，蹭蹭鼻梁上的老花镜，露出一脸得意，"挺好嘛，冬暖夏凉，省了好几千元空调费。"

大伙跟着打趣，笑说："这破房子还是绝好的伪装呢，符合保密原则，不仅技术间谍不注意，就是将来发生战争，敌人也不会把这里当目标，安全着呢。"

G

那束美丽的旋光，终于揭去神秘的面纱，款款旋出"O系统"。

但谁能想到呢，它却像创作《汤姆大叔的小屋》的那个小妇人在美国引发了一场战争一样，也在"O系统"实验室引发了一场"战争"。

"战争"的主要原因，是"O系统"的指标问题。当初，老头设计它时，防震、抗干扰等指标的理论值，不仅领先于英法等国，而且远远地超过了美国。现在经测试的"O系统"指标，虽说远远超过了英法德等国的水准，却未达到超过美国的预期目标。这就出现了是否申请鉴定的问题。

其实，在我看来，这场"战争"完全没有必要发生。"O系统"虽没达到设计指标，但通过鉴定完全没问题，拿不到"世界领先"，拿个"世界先进"总可以。

在如今，做人做事能到这份儿上，就可算是"大大的好人"了。且不说充塞市场的那些假冒伪劣商品，"打假办"越打越多的造假人。就是在科技领域，通过了鉴定，拿到了获奖证书，最后又派不上什么用场的成果还少吗？有时做事的确不能太"认真"，过去老人就说，怕就怕"认真"二字，现在有时是亏就亏在"认真"二字。

可"战争"还是发生了，而且相持难下，虽然双方力量对比是这般悬殊：老头对实验室几乎全体工作人员。其中包括副总师和平时对老头唯命是从的"吴师傅"。龙斌，大概因为自己虽然年纪一大把，但毕竟还是个学生的缘故，一直缄默不语。当然，我这个"老新兵"就更应该闭上嘴了，再"旗帜鲜明"，也只能"坐山观虎斗"。

我真服了老头子。他居然单枪匹马顶住了众人的"进攻"，坚持着自己的观点：不能申请。

老头子袖手坐沙发里，拉着一副长长的脸，目光仰望天花板，一副不可动摇的神态。副总师等几个烟民一口接一口地抽烟，其他人目光都盯在桌面上。会议室里烟雾弥漫，一片沉寂。

副总师终于从沙发上站起来，把烟蒂往烟缸一按，"我还是那句老话，马上申请鉴定'O系统'。"新的一轮争执又拉开了序幕。

副总师的话再次得到了多数人的响应："我同意。""我也同意。"……

老头在沙发里岿然不动："我不同意。"

副总师说："离上边的最后期限没几天了，想改进也来不及。"

老头固执地说："过期了我也要坚持标准。"

副总师苦口婆心地说："老岑，我们都搞了 28 年了，这 28 年没鉴定过一项成果，没发表一篇论文，没领过一分钱奖金，这日子……唉！"

大伙都跟着摇起头来。

这声"唉"，又引起我许多同感和同情。想想吧，我为了拿职称，别妻离子来求学，博士生磨石英片得认命，女儿生病住院、妻子累得皮包骨也得瞒着，只几个月时间就觉得……唉。将心比心，他们这 28 年……唉。作为一个科技工作者，我深深地敬重老头的敬业、执着、追求至善至美的精神境界，但作为一个有血有肉有情感的人，面对别人的痛苦，总该有点儿同情心吧。

老头在人情上的冷漠，我是早就领教过的。因此，他说出下边的话，我一点也不惊讶，"正因为耗时太久，失去太多，最后才不该出次品。"

"怎么能说是次品呢？"副总师说，"不是各项指标均高于英法德的产品吗？"

"吴师傅"说："就是嘛。"

大家也赞同地应和。

老头却说："没超过美国就是次品，就是落后。"

"可这有可能吗？"副总师显然有些激动了，"你看人家啥条件？要啥有啥。我们呢，连设备还得挖地三尺抬进去！还是实事求是吧，老岑。"

"吴师傅"等人又附和起来："就是嘛。""就是嘛"……

"容易的事情还用得着我们？"老头说。

……

双方各执己见，互不相让，又争论了近两个小时。

看来大家也真是"黔驴技穷"了，不得不搬出用于党内生活的决策原则——少数服从多数——举手表决。

这招还真灵，老头马上把手从袖口里伸出来，脸上也挂出些笑意，说："好了，好了，吵累了，先看段录像，松弛松弛。"

见此，大伙慢慢抬起了目光，轻吁了一口气，可我却觉得有些意外："老头怎么突然举起了'白旗'呢？这不像我这几个月所了解的老头。"但老头又不像在骗人，对龙斌挥挥手，我的师兄就变戏法似的，很快搬来一部录放机、一盒录像带。"这可是我一个在总参情报局工作的学生刚寄给我的新带子，精彩得很呢。"老头笑道。

龙斌接通电源，屏幕上迅速跳出一行字："海湾战争实况。"

内容果然很精彩。美国一艘艘航空母舰，巨鲸般航行在滔天巨浪间；一架架隐形飞机从舰甲上昂头起飞，直扑云天；一排排航弹砸向一座沙漠城市，掀起层层沙浪；一枚枚"战斧"导弹擦着海面、沙丘，蹿向一座座高楼，冲起片片火海；一枚枚"爱国者"迎着"飞毛腿"飞去，炸开团团星火……

"美国人这些个玩意儿越弄越玄了。"

"这些大鼻子还真有些硬的。"

"难怪人家想当国际警察呢。"

大伙已完全沉浸在那些紧张画面中，早把刚才的争论抛诸脑后，一个个睁大眼睛边看边议论。我的预感没错，大伙是高兴得太早了。画面突然定格了：一柱柱徐徐升起的狼烟，一座座坍塌的楼片，几个稀落行人，背着沉重的包袱，牵着幼小的孩儿，低头走向茫茫沙海……

大伙正出神着呢，老头却起身拿过那根教鞭，敲敲定格的画面。

"大伙看看，这就是落后于美国的结果。"

大伙这才傻眼了，哑巴了。

老头这时却激动甚至是愠怒起来。他把教鞭向桌上一丢，"你们以为我就不想早日鉴定'O系统'、早日撒手吗？我都快七十的人了，我还能拼几天？可是想起搞了大半辈子的'O系统'最后交给国家这么一个不理想的东西，我心里不忍啊！这录像上的情景，当年'走日本'时，我也经历过。老娘拉着我的手不停地跑呀，跑呀，为什么跑？日本人在后边追着开枪呀！枪一响，我身边就倒下一个面孔熟悉的人，这个人就永远也不再爬起来。一想起这个情景，我心里就难受，就坐不住，就不甘心，就想给咱国家也弄个世界一流的东西……"

大家不知是被老头的一席话感动了，还是被震慑了，都默默地低下了头。这时，我的心情却开始矛盾起来。一方面，我的确被老头朴素的民族感情和责任感打动了；另一方面，我却总觉得这对大伙来说有点残酷。在老头这个位置自然可以毫无牵绊地追求某种崇高和完美；但对大伙来说，毕竟存在着各种现实问题的煎熬啊……

中午，和龙斌在食堂就餐，我边扒着饭边慢慢地把自己的心情摆给他。

龙斌笑笑，没回话，若有所思地用筷子拨拉着菜盘里的白菜帮子和肥肉片。过了一会儿，慢慢地将筷子朝碗上一搁，给我扯起了老头家里的一些琐事。

老头有一男一女两个孩子，在他们那个年代已够得上计划生育模范了。小女儿是他和老伴年逾不惑后感情的结晶，极聪明伶俐。但也像所有家庭的所有老小那样，调皮而贪玩。因此，上学后一直属于智商高成绩差的那类，任凭当小学教师的老妈如何调教管束都无济于事。

一年夏天，老头出人意料地请了 10 天假，把年仅 10 岁的小女儿带回乡下老家。老头在田里划出两片成熟的水稻，将一把禾镰塞到女儿小手上，说："我们每人割一块，不割完不回家。"狠毒的夏日把女儿娇嫩的手背烤得通红。他不让她躲荫。夜幕初降，月亮出来了，稻子没割完，他坚决不让回家。

次日，他又把女儿领到田野上，又划出两大块。第三天，他照旧拉着女儿的小手天不亮就出门。他自己累得不行了，把女儿也给累脱了相，圆脸蛋上突起两块颧骨，原本胖乎乎的四肢已变得形似四条小麻秆，手背上刀伤纵横，手心里血泡点点。

"孩子，白米饭香吗？"

第七天，他看着狼吞虎咽着饭菜的小女儿问。

女儿点点头，抬头望着老父亲。

"割稻子累，还是读书累？"他又问。

女儿的泪水终于滚了出来，"爸爸，以后我不贪玩了。"

果然，她此后的学习成绩直线上升，不仅顺利升上重点中学、大学，前年还考下托福，到美国攻博去了。

老头倒挺有点子呢，不过这么个教育法未免心狠了点吧？我边听着边想。女儿的出走（这词似比"出国"贴切），没准儿就与这有关呢。将来，我想我对女儿可下不了这份狠心。

他的大儿子够听话了，读小学，一班之长，成绩顶尖；上中学，年年三好；进大学，又是国家名牌学校中最亮的明星——清华大学物理系。

第一个寒假，儿子从北京千里迢迢奔回家报喜："爸爸，期末考试我拿了全班第三名。"

"啥？"他似没听清。

"第三名。"儿子响亮地复述一遍。

他这才看了几眼儿子，点点头。

寒假即将过去，儿子伸手向父亲要路费，回北京。

他没给钱，说："这学期不用去北京了，在家里读。"他通过在清华的老同学，给儿子请了一学期长假，在家里给儿子开了一学期"小灶"。儿子第二学年返校后，期末就考了个全班第一名。

"干什么都要争第一，这是导师的人生哲学。"龙斌慢条斯理地总结。

这老头，简直是个冠军狂。我想。

H

营区里的那些泡桐、梧桐，由一身身郁绿慢慢变成一树树枯黄。渐渐地，枯黄也褪尽了，只剩赤裸裸几根枝条。一场漫天的大雪，又很快把它们裹成一树树银白。

老头的的确良军装也换成了涤卡军装，后又罩上一套军棉衣裤，再后来又加上了军棉大衣。无论他身上穿什么，都是旧的军用品，从没见过他穿过新式军装，佩戴过领章、肩章这些军人标志，仿佛压根就不是个军人。

我纳闷儿，部队配发的那些几百元一套的毛料军服，千余元一件的军呢大衣，他留着不穿干什么？多希望他穿整洁点，就算为大家净化视觉环境吧。瞧别人的导师，穿着马裤呢军装一个个笔挺笔挺的，多精神，让学生也跟着荣耀。

"导师，军需处没给你发毛料军装？"

一天，在实验室门口，我边拍着他棉大衣上的雪花，边问他。

"发了。"他说，"我不想穿。"

"为啥？"

"整天待在实验室，穿太贵重的不方便。工作时，心里老想着它多少钱一套，当心弄破弄脏了怪可惜，增加了我的思想负担，分散我的思绪。"

他掀了掀棉大衣衣襟，"瞧这多好，不值几个钱，思想没顾虑，爱蹭哪儿就蹭哪儿。"

这似乎也有道理，可就是他大衣后边那团发亮的油渍太刺眼。

结果，我的提醒白费劲了。他仍旧用棉衣、棉裤和军棉大衣，把自己包裹得如圆桶一般，整日关在实验室中。

我来实验室不久，就发现他进实验室极有规律：都是早上8点进去，次日上午才出来，然后下午3点进去，次日下午才出来——每次都连续工作24个小时。最近，我发现他又加码了，早上8点进去，次日傍晚离开——工作36小时。而这期间，除我和龙斌可以进他的办公室请教外，其他人是被拒之门外的，包括前来送饭的家人。

　　且不说一个老头子精力之惊人，就说其胃功能，都让我惊讶不已，他的胃是啥胃？数十小时不进食，居然不饿？

　　后来，龙斌告诉我，老头进实验室之前，一顿能吃一斤半米饭，喝两大碗汤。

　　我更惊讶了，这是啥胃？竟能容下那么多食物？

　　莫非真是"外星人"，有特异功能？

　　让人不可思议的，还有对我这个博士研究生的指导问题。如果为了"O系统"，让我去磨石英片，当工匠，我也就认了。可"O系统"已经发光，这说明石英磨砺水平已达标，该结束我的"打工"生涯，让我正式攻博了吧？可老头不，他不仅要我继续坐在磨砺机旁的高脚圆凳上，还让我由实践上升到理论，写出几篇有分量的关于工艺方面的论文。

　　"工艺水平差，一直是困扰我国科技发展的大问题啊。"老头一副忧国忧民的模样。

　　他为何就不忧忧我这个学生呢？30岁的人别妻离子来拿博士学位，争职称，女儿病倒了，妻子累垮了，而我却在这当工匠，"打小工"，几个月连博士论文的边球也没擦一个。

　　这时，我几乎到了绝望的边缘。

　　要不是担心原单位那些人笑话，要不是羞于见我那崇拜我、一个人带着生病幼女为我作出巨大牺牲的妻子，要不是怕长大的女儿说她爸爸年轻时无所作为，我真想——退学！

我还有啥心思忧国忧民？不仅研究工艺理论静不下心，连屁股在高脚圆凳上都坐不安，手指里的石英片也拿不稳。

　　结果，这天就连续报废了十几块石英片。这事，如果没人发现，过去了也就过去了。就是退一步说，即使被人看见，像"吴师傅"这号，问题也大不到哪儿去。可恰恰是他——老头子——从门口经过正准备下班，一眼就瞧见我随手扔在机台上的那堆废品。他走进磨砺房，拨拉机台上报废的石英片，像拨拉着从他身上割下的肉似的，惋惜不已，"你瞧这，你瞧这，好几块钱一片哪！"

　　"老龚今天老走神，不出废品才怪呢。"他娘的"吴师傅"还雪上加霜，当场告状。

　　老头的目光缓缓转向我，并又抬手去压鼻梁上的那副老花镜。

　　仿佛他的目光会把我灼伤，我立刻把头低下。但仍感觉到他那锐利的目光，透视着我的心窝，刺得心脏突突直跳。

　　"你觉得磨石英片没出息是吧？想退学是吧？"

　　老头的目光果然犀利，立刻洞穿了我的心思。

　　"嘻嘻……"

　　是他娘的"吴师傅"在笑我。这家伙，每次老头批评我，他就乐得慌，真是个没文化、没同情心的家伙。好吧，我这回就让你乐个够，反正这回老头肯定有一顿好批。

　　可老头的声调儿降低了，一字一顿地说："好吧，成全你，你打退学报告，我批。"

　　这声音仿佛一声霹雳，在我耳边炸响，我禁不住打个寒噤，屁股差点儿从高脚圆凳上滑下来。脑海中一片空白，脸上恐怕比脑海还要苍白。

　　老头言罢，把手在背上一交，迈着那双短短的罗圈腿，挺着那硬硬的腰身，走了。

　　"我说吧，不听师傅言，吃亏在眼前。""吴师傅"还自以为是，幸灾乐祸。然后哼着"妹妹你大胆地往前走",也走了。

车间里只剩下木然的我和同样木然的磨砺机,静得让人心慌,仿佛能听到空气的流动。外边的寒气从窗缝"咝咝"地钻进来,凉透了我的脊梁骨。

完了,同事的讥笑,妻子的失望,女儿未来的白眼,已成定局了。我感到一阵茫然,甚至恐惧。

"咚,咚",突然有人敲门,接着又是筷子敲碗"当当"。真他妈烦人。

"谁呀?"我憋着一肚子怨气吼了一声,转身开门。是龙斌。

龙斌显然让我这声吼吓了一跳,怔望着我:"咋啦,肝火这么旺?"

"对不起。"我有气无力地道歉。这事与他无关,师兄又不是受气包。

宽厚的师兄马上就原谅我了,举起手中的碗筷道:"走,吃饭去。"

"不想吃了。这是最后的晚餐。"

龙斌走进来,坐在我对面的高脚圆凳上。

"啥?最后的晚餐?想当犹大?"

"犹大是老板。"

"导师怎么啦?"

"他让我打退学报告,他签字。"

"他说啥?"

"让我打退学报告,他签字。"

"你就为此紧张得满头冒汗?"

我抹了一把脸上的汗,心想,难道这情况还不够严重吗?

"你就安心磨你的石英片吧,我准保你没事。"龙斌仍轻松地说,"你想想看,要是导师认为你没造化,没出息,要你退学,用得着你自己打报告？一句话就让你走人了。"

这话倒也有道理。我稍稍踏实了一些。可我仍然不敢肯定，我刚才这身冷汗就是虚惊一场。因为以我几个月对老头的了解，似不是那种说话有商量余地的人。

|

我抱着一种忐忑不安的心情过日子，不得不对一切都格外谨慎和小心。打个不恰当却非常形象的比喻，那段时间，我简直像只看着主人扬起了棍棒的小狗，把尾巴夹得紧紧的。用"吴师傅"的话说："老龚突然间乖巧起来了。"

我是学"乖巧"了：规规矩矩地坐在那把高脚圆凳上磨石英片，腰杆子挺得直直的，手腕抬得平平的，一副全神贯注的样子。晚上还及时记上心得体会，然后整理成文，呈老头过目；对"吴师傅"呢，也不敢再给他不屑的目光了，向他问这问那，虚心请教，压根儿就不敢有一点原来的脾气。

只有一件事我没依老头：没打那个申请退学的报告。

头几天，老头还整天高深莫测地绷着脸，渐渐地，脸上就偶尔有点笑意了。

师兄龙斌没说错，果然是虚惊一场。

我终于轻吁了一口气，但这次教训实在够深刻了。

我想，老头之所以没劈下手中的"棍棒"，除了我变得"乖巧"了之外，大概还因为我那篇论文。

前段时间我重新对它的每一个观点、公式和数据，按老头子的三个"C"要求，进行反复论证、推演后，花了100多元钱，请人工工整整地打印好，再次送给老头子审阅。

这次，他虽没有在上边写"C"，但字里行间却填满了修改的痕迹。他不仅矫正了尚欠严谨的观点，订正了某些公式和数据，而且提出了不少新见解，加了不少新内容，甚至还修改了那些有语法错误的语句、表达不准的字词，就连那些用得不当的标点符号，也没放过。可以想见，他为我的论文花去了多少时间。我第一次为过去的"重理轻文"思想而懊悔，为自己这工科博士研究生字写得像小学生、作文水平不如高中生而惭愧。

"我想寄给《中国光学》。"

老头让我去取论文那天，我试探着说。《中国光学》是我国光学权威刊物，大部分论文被国际检索录用。

不想他一个劲摇头，"不，你把它译成英文，寄给国际光学学会年会。"

我没想到他会提出这个建议。国际光学学会是世界光学权威组织，其每年一次的年会只录用十余篇论文。

我英语水平可比作文水平好多了，考博时，差 2 分就是满分。我用了三个晚班加一个星期日，就把论文中的所有方块字换成了 26 个英文字母。打印后，老头又帮我仔细校对了一次。然后寄往地球另一面。

元旦临近了。老天也像要过节似的，心情不错，天空晴朗，阳光暖人，照亮一张张为过节而忙碌的笑脸。

在这喜气盈盈的时刻，"O 系统"的喜事儿也接踵而来。

龙斌的毕业论文终于写毕，已呈老头过目，准备申请答辩了。

更可喜的是，老头在龙斌的协助下，经过一个多月的艰苦探究，终于找到了困扰"O 系统"指标的终极原因——V 光。

V 光是一种神秘的光，它像红外线，肉眼是看不见的，需用特别仪器加上特别的感觉，才能捕捉到它神秘的踪影。人类发现 V 光，这是首次。从此种意义上说，老头是航行在光学海洋上的哥伦布。但，如同哥伦布发现美洲大陆仅仅是开始，征服美洲大陆将更艰难曲折一样，他要弄清 V 光机理，找到克服的良策，还有一个漫长的历程等着他。

但正如打仗发现了暗堡，找到了明确的攻击目标，攻克它只是个时间问题了。所以，老头那段时间的心情，也像那段时间的天气，阳光灿烂。

这一点，从那天他同时接见我和龙斌就可以感觉到。

房门早就为我俩敞开。老头骑着那把椅子正对着门口，双手抱着椅背，鼻梁上的老花镜架得一丝不苟、端端正正。

"你们坐吧。"老头指了指左右两把椅子对我们说。

在老头办公室享受坐的待遇，我还是头回。看情形，又有不赖的消息等着我俩。

我俩左右坐了。他先将身体侧向左边的龙斌，下意识地扶了扶镜框，"你的论文我看过了，可以。"

听了这话，只见龙斌那双淡淡的眉毛挑了挑，荡开一脸喜悦。我也替他高兴，8 年攻博，总算从苦海中游到岸了，然后就是甜头：拿职称，搬住房，迎接事业的辉煌。

但这时，老头又扶了扶镜框。一见他这习惯性的动作，我心里掠过一丝不祥的阴影。

马上我的感觉就被证实了。

"只是我觉得还缺少点什么，假若能补上它，就好了。"老头说。

我的心不禁替龙斌一沉。我知道老头接着要说什么。

龙斌高扬的眉毛弯下了。显然，他也知道老头后边的话是什么。他跟了老头 8 年，都修炼成小"外星人"了，当然比我更了解老头。

龙斌不吭声了。对，沉默，这是最佳对策，看他老头好意思说不。遗憾的是，龙斌的沉默只坚持了一分钟，就傻乎乎地问："导师，还缺啥呢？"

老头的回答果不出我所料："V光的机理和对策。"

龙斌终于连脖子也弯下了。他已跋涉了8年，而这有可能再拖他8年，甚至更漫长。

老头见状，似动了一丝恻隐之心，轻叹了一声，回头捧起龙斌那堆厚厚的论文稿，递过去，"好吧，复印去吧。"

我替龙斌松了一口气。看来老头也不是冰制铁铸的冷血动物，还有点儿人类的同情心。

龙斌终于抬起头来。但我没想到他竟说出这样的话来——

"导师，我还是先和你研究V光吧。"

不仅我惊讶了，而且连老头都感到意外，久久地望着龙斌，然后激动地伸出手去握住龙斌的手，重重地摇起来。此刻，我真不知要为师兄感动，还是应为他悲哀。

我傻在一边，呆呆地望着龙斌接过论文，慢慢地消失在门口，直至老头叫我一声，我才觉察到自己的失态。这时，老头手上不知从何时何处摸出一封信来。

"国际光学学会把你的论文寄到我这儿来了。"老头说。

这不奇怪。论文上，我把老头不常用的一个化名署在我前边。这是学术圈沿袭下来的一个习惯，况且他为论文也搭进去不少精力。

他把信袋给我，"不错，真不错，只是也缺少点什么。"

我打开一看，里边除了那篇论文，还有一封用英文写给老头的信。大意是，此论文具有开拓意义，若能补上工艺方面的内容，大会准备安排作者第一个登台宣读。

"以后写我的名字，必须经我批准，懂吗？"老头又带着几分严肃的口气说。

我赶紧翻开论文稿，他的名字果然已被墨汁盖住了。

"导师，这……"

"这是啥，我的名字也是能给外国人看的？"

"我写的是化名。"

"化名就不是名？你要不是用化名，我处分你！"

他说得挺严肃。他的意思，我懂，全懂。我心里忽然对他有一种亲切感。

"别愣在这儿了，快改去吧。"说完，他转过身去，忙自己的事了。

我立刻着手补充论文，仅用几天业余时间便顺利完成。这时我才发现，写得之所以如此顺利，全得益于在石英磨砺机旁度过的这段时间。

也只有此刻，我才发现，这几个月的"工"打得——值。

过去对老头的埋怨，甚至仇恨，对吗？我开始思考起来。

J

未等海湾战争的硝烟散去，国家科研体制改革的序幕马上拉开了：引入竞争机制，改变一潭死水的现状，以推进科研进程。

"O 系统"作为与战争直接关联的高、尖、精项目，理所当然地被列为首批改革的对象。

因此，临近最后期限时，上边又发来一封密码传真：到时拿不出"O 系统"，明年研究经费向兄弟研究所转移，另起炉灶重新开张。

改革科研制度，引入竞争机制，无疑是及时的、必要的，尽管"O 系统"成功与否与我关系甚微，并不影响我作博士论文，甚至有可能让我尽快切入主题，但我仍要说句公道话，这样对待"O 系统"是否有些轻率和有失公允呢？搞科研，尤其是像"O系统"这种周期长、难度大的高、尖、精项目，可不是像现在有些年轻人谈恋爱，三五天就能切入正题，这需要长期的知识的储备和经验的积累。老头子搞了28年没搞出，别人再搞28年说不定同样是泡影。若草率更张，不是一种巨大的浪费吗？

当然，上边也有理由这么想：你搞了28年没搞出，难道再等你28年？一个民族的强大总不能系于你一身，吊死在一棵树上吧？

老头接到这份传真时的心情是不难想象的。前来送报的机要参谋大概也没想到，他会成为一只"替罪羊"。

老头接了一看，脸色骤变，当即将传真揉成一团，朝办公桌上一砸。

机要参谋一怔，伸手要去拾，"教授，这可是机密件呀。"

老头复又拾起，抓过副总师的打火机，"咔嚓"打出火苗："我让它机密！"

机要参谋看着老头手上的火焰，急得直跺脚："你让我拿什么回去交差呀！"

老头把纸灰朝烟缸一丢，"呼"地站起身，手朝门口一指，"你去告诉他们，我拿'O系统'交差！"

可怜的机要参谋只能一路摇头一路嘟哝着走了。

副总师拉拉老头衣服，让老头坐下，然后小心翼翼地问："你同意马上申请鉴定了？"

不知怎么的，我总觉得副总师这话有点儿趁火打劫的味道。

老头看他一眼，取下老花镜，用两根拇指蹭着镜片，说："我没说马上。"

"那啥时候？"

"啥时候达标就啥时候。"

"传真说，明年经费就转移。"

老头把眼镜朝鼻梁上一横，"我砸锅卖废铁也坚持搞下去。"

大家怔了一会儿，然后脑袋都摇得跟拨浪鼓似的。会议室冷肃的空气里，起伏着一声声叹息，还有几个脆弱女人的抽泣。老头的固执，我已不再大惊小怪，大伙的伤心失望，我也深深地理解。一旦经费转移，"O系统"就像一个快成年的孩子突然夭折，过去的一切都白扔进了时间这条长河里，被永远地淹没了。

春节临近了，"O系统"实验室仍笼罩在一片失望的浓雾中。

可此时，别的实验室却是欢天喜地的时节。季度奖，年终奖，过节费……大把小把的钞票揣进了兜里。水果，鱼肉；皮鞋，西服；热水器，煤气罐……吃的，穿的，用的，大包小箱，肩扛手提车拉着往家里堆。

在这种时候，这样强烈的反差下，"O系统"实验室出现这种情况就理所当然了——近乎一半工作人员把请调报告放到了老头子办公桌上，其中几个还是主要技术骨干。

难题，又是一个难题，而且这个难题，对于老头子来说，恐怕比过去的任何难题都要令他头疼。我不禁替他担忧起来。

真不忍心看到他那副痛苦状：坐在那张木椅上，两肘支桌，双手托腮，边摇头边盯着那堆白纸黑字。

整两天。

第三天，老头办公室门口的小黑板上出现了一行字：上午8时全体到会议室集合。

大伙到后，老头却迟迟未到。大伙开始有些坐不住了。有人开始发牢骚说，这老头也不写集合干什么，装神弄鬼的，该不是打击报复，涮人吧。这时，老头背着手进来了，将一只黑布袋"嘭"地丢在圆桌上，"嘿嘿"笑两声："过年了，我们也发点儿奖金。"

大伙的眼睛忽地圆了，怔怔地张着嘴望着黑布袋，它撑得圆圆的，怕是有好几万元呢，虽然我知道，我这"老新兵"拿不到一个子儿，但我仍感到高兴，为大家终于有奖金了而高兴。奖金，大家实在渴望得太久了，28年。当然，我更为导师高兴，他总算认识到了钱的作用。

"导师哪儿来的钱呀？"

这回，连小"外星人"龙斌也失去了对老"外星人"的心灵感应，用肘顶顶我问。

"偌大一个实验室，再穷，几万元还是有的嘛。"我不假思索地说。

"年底了，几万？几千都没有。"龙斌说，"这我知道。"

"管它哪儿来的，是钱就能买东西。"我这人一高兴，就俗气得不行。

老头解开黑布袋，把钱"哗"地倒在桌上。大伙的目光又不约而同地一亮。嘀，12大捆呢，还是硬崭崭的新票子。可待细看时，大伙睁圆的眼睛就缩小了一半。全是5元面额的。

老头似没察觉大伙表情的细微变化，仍脸挂恩赐的微笑，将一捆捆钞票往大伙怀里扔，"大伙帮着分分，一万二，每人整三百。"

尽管三百元是少了点，与别的实验室相比，显得十分可怜。但有总比没有强。再说，这是第一次发奖金，大伙没说啥，愉快地接受了老头的好意，都动手分起来。办公室响起一片点钞声。

"老头子，不好了，不好了！"

这时，老头的老伴贾师母惊呼着跌撞进来，气喘吁吁，汗流满面。

"你怎么进来的？"这老头子真是，不叫老伴坐，反板起了脸。

"闯进来的。"贾师母说。

"看你慌张得，啥不好了？"

"家里遭……遭贼了！"老太太上气不接下气。

我心里"咯噔"一下。老头也好似有些紧张，直起了腰，"啥?"

"银行存折被偷了!"老太太难过得直落泪，"那一万元是我要买'画王'的呀，春节联欢晚会眼看就到了，我一年就看这么一场好电视呀。"

我暗暗心急起来。可这时，老头反而平静下来了，还有些不耐烦地把老太太往外支，"老太婆，在这儿哭啥嘛，快回家再找找吧!"

我纳闷了。心想，你家再有钱，再瞧不起钱，也大可不必这样不在乎呀。再说，让人偷了去，还养活了懒人。

贾师母着急地说:"家里哪旮旯儿都找了，没有哇! 我已经到派出所报案了。"

"什么? 你报案了?!"老头子一屁股塌在沙发里。

我突然意识到了什么。原来……

大伙不约而同地望着老头，又不约而同地望着各自手中的钞票，然后把它们一一收拢，重新码齐捆好，装回那只黑布袋里。

那些要求调走的人都去老头办公室找自己的报告。

K

脑海中，那间塞满了家具、弥漫着奶香、药苦的斗室，妻子纤弱如风柳的身影，女儿黄豆芽般嫩黄的小脸，随着春节的临近，愈发挥之不去。

可第一个寒假，却看来与我无缘了。为抢时间赶任务，老头宣布，"O 系统"实验室春节不放假。他让我和龙斌在他家过年。

向老头说说家里的情况吧，兴许他会改变主意的。我想。但想来想去，还是我改变了主意: 给妻子打电话。老头让我到他家过年，这份师生情也同样来之不易。

春节前夕，打电话的人很多，电话站里拥挤不堪。好不容易才站到电话机前，把薄薄的磁卡喂进去，话筒里传来妻子的哽咽："是爱平吗？孩子还住院呢。医生说，这个年恐怕要在医院里过。女儿病得可怜，我也孤单得慌，你回来吧，快回来吧……"话筒里那一声哽咽，一句句哀求，像一滴滴温开水，很快就把我本来就不坚硬的心泡软了，早忘了心里边想好的那些安慰和说服她的话，鬼使神差地说："放心吧，我一定在医院陪你们过年。"

我实在太想回家了，哪怕只看上她们母女俩一眼。

终于向导师办公室走去

门虚掩，留有一细缝。透过它，我看见老头正摆弄桌上的一台录音机。尔后，他把身子往椅子一仰，再把两只脚丫往桌上一搁，眼皮子一搭，双手开始随着桌上那对一翘一翘的脚丫，在两膝上悠然弹着拍子。

我还真没见过老头有这么高兴的时候。我悄悄站在门口，想听听是什么音乐让他这般陶醉。

门缝中挤出的哪是什么音乐，是一道轻轻的女声："爸爸——"无疑是他那留美的女儿了。声音柔和、亲切、活泼，宛如一条叮咚的小溪——"春节快到了，可由于论文紧张，我不能回家了。我多想回家，尤其在夏天，想跟着爸爸再到乡下割一回稻子，明年夏天，是无论如何也要回去的，爸一定带女儿去乡下割稻子。祝爸爸春节快乐！"

怪物，竟一点不记恨老父当年的残酷。不愧是"外星人"的后代。

"死丫头。"老头疼骂一句，"十几年了，还耿耿于怀。"接着传来喊里咔嚓的换带声。

"爸爸——"门缝中又飘出这声呼唤，但是男声。定是他那上清华毕业留校任教的儿子了——"我和要丽原定回家过年，车票都定了。但昨天我们同时接了一个新课题，挺急。因此，只能向爸爸说声'抱歉'了。我们这就给爸妈拜早年了，祝您节日愉快！"

门里又响起换带声。接着是老头的嗓音——"蓉儿，华儿：你们都忙，爸爸高兴，但再忙，明年也得给我多带两个人回来，一个是女婿，一个是孙子。你们都老大不小了——"

原来这"外星人"也有父母心肠。只要他知道我家里的情况，没准儿会让我回去呢，我想。

"顺便告诉你们一句，今年春节我和你妈不孤单，因为有两个学生陪我们。这可是两块好料子。"

"咔嚓。"录音机关了。我轻轻地抬起的右手，思量半晌后，还是没有敲下去。

我转身要走。

"门口是谁呀？"

我轻微的脚步声还是让他听见了。只得折身推门。他扭过身体，手扶镜框，见是我笑指着一旁的椅子，"这儿坐。"

我坐了。他仍在沉醉中，两只脚丫子还一翘一翘的。许是心情好的缘故，他突然关心起我的家庭来了，问："双亲贵庚？"

"母亲已作古，父亲逾古稀。"我说。

"哦，妻子可好？"

"还好，就是累点。"

"可有小的？"

"女儿刚生。"

"谁带？"

"住在医院里。"

我脱口而出。可我马上就后悔了。

"啥病？"两只一翘一翘的脚丫子停住了。

"乙肝。"

"多久了？"

"两个多月。"

"两个多月？"他从镜片后射出两道锋利的光芒，"为什么不早说？乱弹琴！"

他的目光刀子般从我脸上划开，操起一旁的电话机，敲打几下键盘："喂，管理处吗？我是'O系统'实验室岑主任，我要一张去北京的火车票。什么？春运紧张，车站停止订票？乱弹琴！"

他气呼呼拍开关，又敲号码盘，"刘部长吗？我是老岑，请你帮忙解决一张去北京的车票吧。什么？你们助理员都自己排队买票？我的人可没有你们助理员的清闲！"

他再拍开关，再敲号码盘，"纪院长吗？我是岑老头哪，给我解决一张去北京的车票吧，求你了，什么？你女儿回上海婆家的票……老纪，我谢你了。"

老头放下话筒，边往电话机上搁，边朝愣一边的我挥手，"快准备去，今晚的车。"

可我的脚，却踩了胶水似的有些拔不动了，站在那呆呆地望着老头，不，导师，很久。

除夕那天我赶回了家。在女儿的病床前与妻子一道吃过饺子，给女儿喂过奶，让妻子轻轻地依偎在怀里，然后向她说起在学校的情况，说导师要我写阿拉伯数字，说他要我当"工匠"磨石英片，说他让我"退学"，说他给我改论文，说他坐我的破单车，说他"偷"家里的钱，说他向院长要车票……

妻子一边笑着，一边泪水在眼窝里打转，结果，正月初五这天，妻子就把我"逐"出了家门，让我提前赶回了学校。

L

　　第二年，上边并没动真格，把经费转移给兄弟研究院所，而且还增加了25%。至于为啥，上边没人说，上边也不是傻瓜，去问起这事，"这是上头甩下的一催马鞭啊。"倒是有人这么猜。

　　春节探家回来，老头给我的"打工"生涯画上了圆满的句号，要我与他及龙斌一道同攻V光。他俩负责理论攻坚，我嘛，做些数理演绎和数学推理这样一些个具体事。

　　我们三人都把被子搬进了实验室。同时搬进来的，还有两大箱方便面，三大捆火腿肠，数十袋面包。当舌头和胃对它们实在腻烦得不行了，才出去打一打牙祭，来一盒高档点的盒饭。

　　即便这样，老头仍未改过去那些老毛病，每次都连续工作数十小时后，一气吞下三四块面包、两三根火腿肠，再用一包方便面泡上一碗汤，然后把会议室沙发一对，被子一铺，连续睡上十几个小时。他办公室的灯光总是通宵达旦亮着。让我和龙斌直担心，他这盏年月已久的老灯，过快地耗尽灯油，会被一阵微风熄灭。

　　这天早晨，老头终于走出了办公室，用手擦着那副老花镜，快步走进了我和龙斌工作的微机房。只见他红肿的双眼流光溢彩。日渐深刻的一条条皱沟，鼻梁上让老花镜挤出的两块红斑却盈满了笑意。

　　老头已很久没这么神采奕奕了。我和龙斌一看就猜到，老头攻下V光有望了。

　　果然老头走到龙斌身边，拍拍他的肩，"我准备再加两块M片，你帮我推演一下。"

　　"好的导师。"

　　我和龙斌起身目送导师走出微机室。龙斌开始操作微机进行推演，俨然一个完全沉浸在音乐中的钢琴家，十指在键盘上飞快地跳跃，连脸上的肌肉也跟着不住地颤抖。

突然，他眼前的屏幕似波涛汹涌的海面，哗啦啦推出一行行程序。

龙斌愣了愣，把头向前一抵，脸都快要贴到屏幕上，定定地盯着那一行行程序很久，又慢慢地仰身靠在椅背上，远远地看了好一阵，然后敲一下回车键，又像钢琴家一般，重新敲打键盘，重新推演。不久，原来那一行行程序又如大海波涛般地涌上屏幕。

龙斌摇了摇头。他那张被映亮的脸庞上的肌肉忽然间仿佛成了铅质的，无比沉重。他叹了一声，又打回车键重新推演，可结果依旧。

龙斌终于像钢琴家敲下最后一个休止符，果断地敲了一下回车键，"呼"地从转椅上站起来，然后将我从座椅上拽起来，"走，告诉导师去。成了！"我俩走到会议室门口时，我犹豫了一下，"还是等一会儿吧，导师刚躺下。"

龙斌却说："你放心，问题没解决，导师睡不着。"

"你们进来吧。"

老头果然没睡。

"导师，问题果然出在 M 片上。"龙斌脚未进门先将喜讯送了进去。

老头坐起来，披上军大衣，欣慰地点点头，"那你说再加几块M 片？"

"不，"龙斌说，"不是要加 M 片，而是要去掉 M 片。"

我愣了愣。我入学半年多，还是第一次听见师兄在老头面前说"不"字。

当然，老头更惊诧："什么？要去掉？"

"对！"

"我当初设计 M 片，为的就是抗干扰。"老头有些不悦。

"可现在的事实是，它成了干扰源。"

龙斌今天怎么啦？是吃错药了？还是哪根神经不对头？往日对老头顶礼膜拜的，怎么今天突然跟他唱起了对台戏？

"小子，你忘了我是谁吧？"

老头摸着茶几上的老花镜，挂在鼻梁上，斜目盯着龙斌。

对老头这话，我就有看法了，搞科研又不是打仗，指挥员说怎么打就怎么打，在真理面前，可不是职务高资历深说话就算数。

龙斌今天却一反往日的温顺，像电影上接受敌人审讯的共产党员，岸然挺立：

"您是我导师，但真理没有导师！"

"我的每一句话，在中国光学界都是真理！"老头愠怒了。

我赶紧向师兄递眼色，让他别说了。可龙斌偏偏视而不见。真是一个钻石，一个花岗岩，都硬得可以。

"权威不等于真理，真理才是权威。这道理导师肯定比我明白！"

"怎么？翅膀硬了，要坏我名声？"

我不得不拉龙斌衣襟。得罪了老头子，可没好果子吃，你的论文还得要他签字，要他组织答辩呢。可龙斌这木头脑袋，又挥手挡开我的手臂。

"假若哪天我超过导师，不仅是我的荣耀，更是导师的骄傲。因为我是站在您的肩头上起飞的。"

"好了，别说了，我是'O 系统'实验室主任，我说了算！"老头固执得近乎蛮横地说。

"如果导师要使'O 系统'成功的话，今天就应该让我说了算。"

龙斌今天真是喝了兴奋剂不成？口气比老头还牛？

"不，我敢肯定，绝对是你刚才推演失误。"

"不，我敢担保，我的推演绝对正确。"

"你拿什么证明？"

"我用实践证明，我现在就拆 M 片！"

说罢，龙斌真的上前去拆圆桌中央的"O 系统"。

这时，只见老头被子一掀，上前一把按住龙斌的手，突然"嘿嘿"笑起来。

"小子，不错，真不错，你的论文通过我的答辩了！"

龙斌这才怔住了，"导师，您这是……"

老头取下老花镜，用拇指蹭着，挤着一脸笑容，"V 光的危害总算消除了。"

这老头也真是，这是什么答辩呀？设个圈套让人钻，好悬哪，要是师兄对自己的推演稍有迟疑，钻进去了，就坏事了。好在师兄功底不凡，充满自信，没往里钻。

这时，老头又缓缓地转向我，"你的博士论文选题也该确定了。"

"导师，啥方向？"我惊喜地问。

"变害为利，V 光的运用问题。"

哇，又是大方向、大选题。这将耗去我多少时间呢？谁知道。到时恐怕我也会成为小"外星人"的。就顺其自然吧。

新一代"O 系统"的诞生已是水到渠成的事。经检测，各项指标均达设计要求。

申请鉴定的报告送走后，大家着手准备迎接鉴定仪式的到来。

老头和龙斌日夜加班，赶写研制报告。实验室里那些褪色的红地毯卷走了，换上了刚扛出商店的鲜红地毯。从家具厂抬来的真皮沙发，占据了会议室原属于那些旧人造革沙发的位置。圆桌上盖上了一块崭新的军绿丝绒布。那些日子，"O系统"实验室像一片欢乐的海洋。

鉴定申请终于在人们的渴望中批复了。只是那批语却出人意料——经部委保密委员会慎重研究决定：为减小影响面，以防技术扩散，"O系统"不宜公开鉴定，且要强化保密措施。

知道这个批复时，我首先想到了龙斌的论文，成果送审，以及职称、住房等问题。

我的担心不久就被证实了。

作为强化保密措施之一，龙斌和老头夜以继日赶写的研制报告，被盖上"机密件"的红字样，锁进了档案馆保密柜。龙斌那篇耗去8年多心血、长达数十万言的博士论文，经军内有限几个专家看过，签上了字后，搬上警车开进印刷厂，然后再用警车拉回来，盖上同样的三个字"机密件"，锁进了同一只铁皮箱，上边要求凡涉及"O系统"的所有论文均不能公开发表。申报科技成果奖也同样成为泡影。龙斌一无获奖成果，二无公开发表论文，高级职称就成为悬而难决的问题。

"O系统"唯一赢得的奖赏，就是院里准备给3万元奖金，听说还是提前支付年终的奖励经费。

春深了，天气渐渐暖融起来，人们身上的冬衣都洗净放进了柜中。这时，一股春季寒流从北方急袭而来。到达这个城市时正是上午10点，大家正上班，很多人没有及时加衣受了凉。流行性感冒在这个城市大面积流行开了。

"O系统"实验室就病倒了一半人。老头和龙斌病得最惨。他们不是感冒发烧，得的都是怪病。老头双腿突然站不起来了，龙斌一夜间头发全白了。医院对他俩组织了多次会诊，均没弄明病理，查出病因。

原以为我是整个"O系统"最不幸的人，没想到最后成为唯一的幸运者。国际光学学会已把我的论文确定为首篇发言论文，已寄来去美国赴会的通知，回北京办理出国护照时，意外地听到了一则小道消息，有关部门针对龙斌的特殊情况，正着手制定一份解决特殊部门的科研人员职称问题的特别条例。

不管是真是假，从北京一回来，我立刻去医院要把这个消息告诉老头和龙斌。再则，也是出国前向他们告别。

像前几次去医院一样，我又为礼品买一份还是两份而犹豫。前几次犹豫的结果是，先空手去老头病房，然后再买东西去看龙斌。但觉得去看病号，又是师长，老空手，心里过意不去。于是，这次买了两份，一块儿提进老头的病房。

老头的情绪好多了，招呼我坐在他身边，告诉我他女儿就在那个城市，让我一定抽个空儿去看看她。师生俩正谈着，突然而来的一道强光打断了我们的谈话，回头一看，只见门口蹲着一年轻人正对着老头拍照。

"你是谁？"

老头质问。

"我是宣传处胡干事。"年轻人仍蹲在那儿说，"先让岑老的光辉形象留下两卷。"

"你想干什么？"导师用手挡镜头。

"我想采访您。"年轻人笑说。

"你为啥不先问问，我能不能说，你能不能写？"

"如今啥都改革开放了，你还有啥不能说，我又有啥不能写的？"

"你敢把稿子寄出去，我立刻把你送上军事法庭！"老头突然拍着床板，吼，"走！"

年轻人一愣神，赶紧提起照相机包溜了。这情景，又让我想起那次去他家的窘境。于是，与老头寒暄了一阵告辞时，原定给他的那袋水果也不敢留下，一块儿拎上。

"这是啥？"

这时，老头子偏偏指着我左手的食品袋问。

我有些难为情，"给……龙斌……"

他又指着我右手的袋子，"这呢？"

我脸上烧得慌，"这……"

"你留下吧，我这病人也爱吃水果。"

他一把拿去那袋苹果，抓了一个红富士，用手擦擦，咬下一大口，"吧嗒、吧嗒"，嚼出一脸微笑，嚼得两边嘴角溢出了白色的果汁。

"真香。"

（该小说原载《昆仑》杂志，曾获《昆仑》年度优秀作品奖、全军文艺优秀作品奖）